Tankred Lerch

DER RÜBER-BRINGER

ODER
EIN IRRER TRIP
ZWISCHEN
LEBEN UND TOD

Roman

BELTZ
& Gelberg

Für Tiffanie Hase

MIX
Papier aus verantwortungsvollen Quellen
FSC® C089473

Dieses Buch ist erhältlich als:
ISBN 978-3-407-81239-1 Print
ISBN 978-3-407-75789-0 E-Book (EPUB)

Lektorat: Christian Walther
Neue Rechtschreibung
Einbandgestaltung: Johannes Wiebel | punchdesign, München,
unter Verwendung von Motiven von Shutterstock
Satz: publish4you, Engelskirchen
Druck und Bindung: Beltz Grafische Betriebe, Bad Langensalza
Printed in Germany
1 2 3 4 5 23 22 21 20 19

Weitere Informationen zu unseren Autor_innen und Titeln
finden Sie unter: www.beltz.de

PROLOG

Ich öffne die Augen und sehe eine dunkle Wolke. Eine Wolke, die schon seit einer Ewigkeit über mir schwebt. Und mit Ewigkeit meine ich: Sechzehn Jahre.

Denn so alt bin ich.

Oder bin ich geworden?

Ich weiß es gerade nicht.

Die Wolke bildet Gesichter. Momentan schaut sie mich an wie ein kleines Kätzchen, das zärtlich lächelnd um Milch bettelt, aber jederzeit bereit ist, sein wahres Gesicht zu zeigen und seine Krallen in mein Fleisch zu schlagen, sollte ich seinem Wunsch nicht nachkommen.

Ich schließe die Augen wieder.

Ich hasse mich für den Vergleich mit dem Kätzchen. Zärtlich lächelnd. So etwas darf man doch nicht sagen, ohne dass man für einen Megaspacko gehalten wird.

In meinem Fall ist es aber egal, weil mich bereits alle für einen Megaspacko halten.

Ich würde gerne sagen, dass mir das egal ist.

Das stimmt aber nicht.

Ich kann nur manchmal so tun, als ob.

Die Wolke: Seit ich sie kenne, empfinde ich sie als ein klammes Geflecht, das Nichtsnutzigkeit auf mich hinabregnen lässt.

Meine Wolke, die selbst Sonnentage grau färbt und alles Schöne traurig macht, indem sie es mit einem nebligen Schleier überzieht.

Ich denke viel nach. Es will nur meistens keiner hören, worüber.

Wenn ich nicht einschlafen kann, lasse ich manchmal Schäfchen aus der Wolke springen, um sie zu zählen. Freundlich blökend stehen sie vor mir. Dann löst sich das erste Lamm aus der Herde, springt über ein Gatter, bleibt mit den Hinterläufen hängen, fällt auf die Fresse, bricht sich den Hals und die Wolke lacht mich aus.

»Du bist selbst zum Schäfchenzählen zu dämlich!«

Wenn die anderen mich in der Schule verarschen, schwebt die Wolke über mir und verlacht mich, weil ich es stillschweigend und dümmlich ertrage.

Meist fallen mir auf dem Weg nach Hause dann witzige Äußerungen ein, die ich den anderen hätte entgegnen können. Mit einem Delay von ein paar Stunden. Vielleicht bin ich deswegen auf die Idee gekommen, ich könnte ein Schriftsteller sein? Weil ich dann genug Zeit habe, um ein paar Gedanken zu formulieren?

Alles in allem war ich bislang ein ziemlicher Loser-Typ. Ich hatte schon immer Schwierigkeiten damit, Entscheidungen zu treffen. Was mir aber eigentlich hätte egal sein können, denn es schien gar nicht darauf anzukommen, für oder gegen was ich mich entschied. Letztendlich ging es sowieso schief.

Jetzt in diesem Moment habe ich das Gefühl, dass in der Wolke Stimmen miteinander reden. Eine jüngere, männliche Stimme und eine sehr wohlklingende, etwas tiefere, weibliche. Die jüngere Stimme scheint unzufrieden und macht ihrem Missmut Luft.

»Also, eigentlich passt es mir jetzt gar nicht so gut!«

Die weibliche Stimme klingt verhandlungsunwillig.

»Eigentlich ist *mir* das ziemlich egal. Du wusstest immer, dass dieser Moment kommen wird, und jetzt ist er da.«

Sie holt Luft und setzt nach.

»So ist es eben.«

»Schon gut«, murmelt die männlich klingende Stimme, »schon gut!«

»Hast du dir etwas überlegt?«, fragt die Frau.

»Logo!«

Die Frau atmet tief ein.

»Da fängt es schon an. *Logo* sagt heute keiner mehr. Ich denke, ich komme mit und werde dich unterstützen.«

»Muss das wirklich ...«

»Ja, das muss wirklich!«

Was soll ich sagen? Andere sehen vielleicht ein Licht am Ende eines Tunnels – ich höre wirre Gespräche aus einer beknackten Wolke. Geht so tot sein?

Oder bin ich selbst dazu zu blöde?

1

Das ganze Zimmer wirkt wie ein Hotelzimmer, nur dass der Bauherr wohl zu den Arbeitern gesagt hat: »Ist egal, macht ruhig hässlich.« Es ist in einem Gelb gestrichen, als ob man eine Horde Kettenraucher auf Stühlen vor die Wände gesetzt hätte. »Los! Raucht und blast dagegen. Sonst schaffen wir es nie!« Es erinnert mich farblich an »das gute Porzellan von Oma«, das meine Mutter aus den Tiefen des Küchenschranks kramt, wenn mal Besuch kommt. Nur sind hier keine Blumen drauf. Das Muster scheint willkürlich entstanden. Macken, abgeschabte Stellen, an denen irgendjemand Krankenhausbetten gegen die Wand gefahren hat.

Bilder gibt es auch. Schwarze Scherenschnitte vertrockneter Blumen. Als Sinnbild nicht schlecht, wenn das hier die Selbstmörderstation ist.

Der Raum ist eigentlich für zwei Betten ausgelegt, meins ist aber das einzige. Und es sieht auch nicht so aus, als würde noch ein zweites kommen, denn an der dafür vorgesehenen Stelle stehen ein Sessel, ein kleiner Tisch und ein Stuhl. Alle aus verschiedenen Zeiten, von verschiedenen Herstellern, die – wenn ich mir die Möbel so ansehe – sicherlich auch schon verschieden sind.

Was anscheinend nicht verschieden ist, das bin ich.

Ich erinnere mich an die Tabletten und einen Sturz. Ich erinnere mich an Schreie, einen Krankenwagen, einen Schlauch im Hals und dann ... das hier.

Im Gegensatz zu den Wänden sind die Gardinen ziemlich

weiß. Die Raucher müssen sie vergessen haben. Das Zimmer hat einen Balkon. Fenster und Türen sind geschlossen.

Ich sinke zurück in die Kissen, schließe die Augen. Von irgendwoher höre ich Musik. Ich lausche. Ein Mann und eine Gitarre.

Er klingt verzweifelt. Seine Stimme ist von gebrochener Klarheit. Er singt von Abschied. Er muss sterben. Er spricht einen Freund an. Es ist ein trauriges Lied. Schön irgendwie, aber traurig. Eigentlich trifft das Lied meinen Musikgeschmack ziemlich gut. Ich hasse die Charts. Ich mag gerne Musik aus den 50er und 60er Jahren. Viele neue Lieder sind sowieso alte Lieder, die einfach neu produziert werden. Stimmen werden hochgepitcht und Beats und Bass drunter gemischt. Das Ergebnis ist für mich dann wie ein Hund mit Katzenfell. Es passt nicht zusammen. Fast immer finde ich die Originalversionen viel besser. Ich habe mich schon oft gefragt, woran das liegt. Bin ich altmodisch? Verschließe ich mich dem Fortschritt?

Wenn wir in der Schule eine Freistunde haben und die anderen beginnen, sich ihre Playlists vorzuspielen, hat mich noch nie jemand gefragt, ob ich mal eine von meinen anmachen kann.

Eigentlich werde ich aber auch nicht einmal gefragt, ob ich überhaupt mitmachen möchte.

Und noch eigentlicher weiß ich nicht einmal, ob ich das überhaupt will.

Die meiste Musik geht mir auf die Nüsse.

In meiner Schule hören viele Hip-Hop. Sie nennen es Swag. Die Deutschrapper aus ihren Playlists gehen in den Puff, haben Glocks auf dem Beifahrersitz des Maseratis liegen; es sei denn, da sitzt ein Babe, das ihnen die Eier leckt, während sie lila Scheine zählen, koksen oder einen Joint drehen. Der Sinn des Lebens ist es, entweder reich zu werden oder in den Knast zu gehen. Wer anderer Meinung ist, bekommt auf die Fresse oder wird gleich kaltgemacht. Drogendealer oder Waffenhändler sind ehrenwerte Berufe. Halleluja!

Ich glaube, der Grund, dass ich Oldies mag, ist, dass ich angefangen habe, Musik in der Küche zu hören. Und zwar bei meiner Oma. Und die hat einen Sender gehört, der nur diese 50er und 60er Musik gespielt hat. Ein uraltes, großes Radio mit alter Musik. Als Kind habe ich einmal geschaut, ob Staub aus den eingebauten Lautsprechern kommt ...

Ich hatte mal gehört, dass Menschen, die operiert werden, sich Lieder wünschen, die dann gespielt werden, wenn sie aus der Narkose aufwachen. Ich hatte mir aber nichts gewünscht. Nur, nicht mehr aufzuwachen.

Irgendwas berührt meinen Fuß. Ich öffne die Augen und schaue auf. Am Fußende meines Bettes steht ein Junge in meinem Alter. Er trägt Jeans, ein weißes, hochgekrempeltes T-Shirt, ist tätowiert wie ein Seemann, an den Füßen weiße Basketballschuhe. Er hat ein Radio dabei, das dem meiner Oma ziemlich ähnlich ist.

Er grinst wie der Held in einem Actionfilm, der gerade die Welt gerettet hat und sich jetzt die Hauptdarstellerin als Belohnung abholen möchte.

Was ist das für ein Freak?

Hat der einen an der Murmel?

Der Typ schaut mich an.

Dann macht er die Musik leise, packt mein rechtes Bein und zieht es unter der Decke vor. Ich versuche mich zu wehren, aber er ist stärker.

Dann betrachtet er meinen Fuß und fummelt an meinem kleinen Zeh herum.

»Alter, mit den Pfoten bist du aber auch nicht besonders gesegnet!«

Ich erschrecke. Er betrachtet meine Fußsohlen.

»Fakir, oder was?«, sagt er.

Was geht ihn das an?

Ich schäme mich. Normalerweise trage ich Socken, damit niemand meine Füße sehen kann. Manche ritzen sich die Arme, ich steche mir in die Füße.

Er betrachtet meine Füße. Ich ziehe die Beine an und will sie verstecken. Er lacht.

»Das ist egal. Sie haben es sowieso schon alle gesehen.«

»Was?«, frage ich und stelle mich dumm.

»Na, dass du dir in die Füße stichst.«

Ich sage erst einmal gar nichts.

»Die meisten ritzen sich in die Unterarme«, bemerkt er. »Das erzielt denselben Effekt, aber man kann besser laufen. Weißt du, wofür das bei dir ein Zeichen ist?«

Ich will es eigentlich nicht wissen, aber irgendwie doch.

»Wofür?«

»Dafür, dass du anscheinend nicht die hellste Kerze auf der Torte bist.«

Er soll endlich gehen, finde ich.

»Komm, wir hören Musik«, sagt er stattdessen.

Da wird man einmal gefragt, ob man Musik hören will, und dann von so einem? Vielen Dank!

Ich bin so der Typ, den alle eigentlich immer und überall übersehen. Ich kann nichts Besonderes, ich weiß nicht viel, ich sehe nicht gut aus, ich bin nicht witzig. Einen Vorteil hat das. Fällt man nicht auf, wird man von den anderen wenigstens in Ruhe gelassen. Es sei denn, man wird mit so einem wie dem hier gesehen. Dann ist Stress doch vorprogrammiert. Er sieht aus, als würde er Ärger geradezu anziehen.

»Keinen Bock«, sage ich lahm.

Er sagt gar nichts und schaut sich im Zimmer um. Mein Blick folgt seinem und bleibt an einem Bücherstapel hängen. Ich schaue genauer hin. Es sind Bücher von mir. Ein paar Stephen-King-Romane und – tatsächlich meine Schulbücher für Bio und Philosophie.

Meine Eltern müssen sie gebracht haben.

»Leseratte?«, fragt er.

Ich sage nichts. Ja, ich lese gerne. Ich mag erfundene Welten. Ich schließe die Augen und tue so, als ob ich einschlafe, damit er wieder abhaut. Nach einer Minute öffne ich sie wieder und schaue nach. Er sitzt auf einem Stuhl an meinem Bett und ist gerade dabei, einen Popel an mein Bettlaken zu wischen.

»Was ist denn mit den Girls?«, fragt er und grinst wieder so blöde.

Mit den Girls?

»Was?«

»Na, was mit den Girls ist?«, fragt er noch mal.

Er klingt wie einer, der klingen will wie einer in meinem Alter.

»Girls?«, frage ich nach.

»Girls«, wiederholt er, »Weiber. Du weißt schon ...«

Er kneift ein Auge zu.

Was soll schon mit Weibern sein, denke ich und schaue mich um. Wonach sieht das denn hier aus?

2

Meine Eltern stehen an meinem Bett. Neben ihnen ein Arzt. Ich habe kein Verlangen, mit einem von ihnen zu reden. Ich tue so, als würde ich schlafen, und blinzele durch meine geschlossenen Augenlider.

Der Arzt schaut auf ein Klemmbrett, dann auf mich, dann zu meinen Eltern.

»Was er zunächst braucht, ist Ruhe!«

Mein Vater sieht sich im Zimmer um.

»Bekommen alle Einzelzimmer?«

Der Arzt findet die Frage dumm, antwortet aber trotzdem.

»Ja.«

Mein Vater findet den Arzt dumm, fragt aber trotzdem weiter.

»Und das zahlt die Kasse?«

Der Arzt schaut auf sein Klemmbrett. »Ja.«

»Wie lange muss er denn hierbleiben?«, will meine Mutter wissen.

»Das können wir nicht genau sagen«, sagt der Arzt. »Kommt drauf an ...«

»Auf was?«

»Na«, sagt der Arzt und schaut auf mich, »wir wissen ja nicht, was überhaupt passiert ist.«

»Was soll schon passiert sein?«, sagt mein Vater. »Er hat aus Versehen ein paar Tabletten geschluckt und ist dann die Treppe runtergefallen. Das war es.«

Genau. Ich hatte mir aus Versehen die Paracodin-Tabletten aus Opas Medikamentenkiste geholt, die er gegen seinen Husten bekommt. Dann bin ich ins Schlafzimmer meiner Eltern gegangen und habe mir aus Versehen noch die Schachtel Eukodal eingesteckt. (Die Tabletten werden meinem Opa von meiner Mutter zugeteilt.) Und danach habe ich aus Versehen noch vier Citalopram, die mein Vater gegen seine Depressionen verschrieben bekommen hat, eingeworfen. Völlig aus Versehen habe ich diesen Zettel geschrieben, auf dem »Macht's gut und haut rein«, stand.

Tatsächlich aus Versehen bin ich die Treppe runtergefallen. Wäre das nicht passiert, wäre keiner aufgewacht und wir hätten es jetzt hinter uns.

Der Arzt glaubt meinem Vater nicht und wendet sich meiner Mutter zu.

»Wir würden ihn gerne zur Beobachtung hierbehalten.«

»Was bedeutet das?«, will meine Mutter wissen.

Die Zimmertür wird geöffnet, meine Schwester kommt rein, auf einem Tablett balanciert sie Kaffeetassen, eine Thermoskanne und vier Snickers.

»Was anderes hatten sie nicht«, sagt sie.

Sie stellt das Tablett auf den Tisch und schaut mich an. Mein Vater gießt sich einen Kaffee ein. »Kein Kuchen?«

»Nein«, sagt Friederike, »und die Snickers kosten einen Euro im Automaten.«

»Was bedeutet: Zur Beobachtung?«, fragt meine Mutter noch einmal den Arzt. Er trägt ein Namensschild, aber mit den zugekniffenen Augen kann ich es nicht lesen.

»Wir würden gerne mit ihm reden und feststellen, was eigentlich warum passiert ist.«

»Unterliegt das der ärztlichen Schweigepflicht?«, fragt meine Mutter.

Der Arzt ist verwirrt.

»Ich versteh die Frage nicht ganz«, sagt er.

Ich schon. Sie will wissen, ob die Nachbarn und Verwandten herausfinden könnten, dass ich wegen suizidalen Verhaltens in der Psychiatrie gelandet bin.

Mein Vater schlürft einen Schluck Kaffee.

»Ich hoffe, es ist hier nicht alles so dünn wie der Kaffee«, sagt er.

»Wird er in der Schule viel verpassen?«

Der Arzt zuckt die Achseln.

»Das hängt davon ab, wie lange er hierbleibt.«

»Er ist sechzehn«, sagt mein Vater, »er lernt gut. Er hat die Möglichkeit, die elfte Klassenstufe zu überspringen und direkt ins Kurssystem einzusteigen. Das ist das eine. Vom Verhalten her ist er aber eher erst vierzehn. Das ist ein Problem.«

So wie der Arzt meinen Vater ansieht, erkennt er noch mehr Probleme.

»Wir haben hier eine sehr gute Betreuung«, sagt er.

»Kann ich heute Abend das Auto?«, mischt sich Friederike ein.

»Es heißt: Kann ich das Auto *haben*«, sagt mein Vater. »Ganze Sätze bitte!«

»Was soll das?«, sagt meine Mutter zu meiner Schwester. »Du hast keinen Führerschein.«

»Ich fahre auch nicht selber«, sagt meine Schwester.

»Ist gut«, sagt mein Vater.

»Was?«, fragt meine Mutter. »Ist gut?«

»Ja«, nickt mein Vater. »Sie ist doch schon vierzehn.«

Er schaut auf seine Casio Armbanduhr. Es ist Samstag, gleich halb vier. Fußball fängt an.

Meine Schwester drückt meinen Fuß und blinzelt mir zu.

Friederike hat alles, was ich nicht habe. Sie sieht gut aus, sie hat Freundinnen und Freunde, sie hat kein Latein, kommt mit meinen Eltern klar und sie hat schon Sex. Sie hat die bessere DNA. Meine Mutter muss sie als Baby aus der besseren Brust gestillt haben.

Der Arzt nimmt meine Eltern mit nach draußen.

»Nicht dass er aufwacht. Er braucht Ruhe!«

3

Hinter der Klinik ist ein kleiner Park mit einem See. Einem Mini-Tümpel. Darin schwimmen Enten. Fünf Weibchen und ein Männchen. Ich wäre gerne so ein Männchen, hinter dem vier Weibchen herschwimmen.

Weiter hinten stehen ein paar auf antik getrimmte Laternen, die abends den Besucherparkplatz der Klinik beleuchten. Hinter der Schranke räumen lustlos wirkende Möbelpacker im einsetzenden Nieselregen nahezu lautlos Kisten in Mietlastwagen. Der über einen verlassenen Spielplatz führende Trampelpfad zum Haupteingang riecht einerseits süßlich herbe nach lange vermoderten, auf der anderen Seite aber auch nach frisch knospenden Blättern.

Vor dem Haus steht ein von Menschen in weißen Kitteln oder blauen Jogginganzügen dicht belagerter Aschenbecher. Die Stimmung dort ist eher gedämpft. Wenn das Fenster geöffnet ist, dringen Gesprächsfetzen zu mir hoch.

Ich öffne das Fenster.

»... erst wurden alle Finger, dann das ganze Gesicht blau ...«

Ich schließe das Fenster.

Ich öffne es wieder.

»... der ist dann auch gestorben ...«

Zu.

Auf.

»... musste mit achtzehn Stichen genäht ...«

Zu.

Auf.

»... hatte fast drei Liter Blut verloren ...«

Immer geht es um Krankheiten, Wunden, Amputationen, Leben und Tod.

Ich spiele ein Spiel. Ich schließe das Fenster, beobachte die Patienten und denke mir aus, was eine der Personen sagen wird. Über welche Verletzung sie redet. Dann öffne ich das Fenster und kontrolliere.

Der Herr im Pyjama mit den Schläuchen in der Nase und dem Sauerstoffgerät, das er hinter sich herzieht.

Ich tippe auf Lungenkrebs und lausche.

»... eine Art postoperatives Asthmasyndrom, das ...«

So etwas gibt es?

»... nachdem sie mir die neue Hüfte eingebaut hatten ...«

Aha.

Die meisten Treffer lande ich bei einer dicken Frau im Rollstuhl, die beide Beine verloren hat. Sie ist extrem rot im Gesicht. Bluthochdruck. Sie sieht aus, als ob ihr gleich der Schädel platzen würde, weil das Blut ihrer Beine sich jetzt im Kopf befindet.

Beine verloren ...

Was für ein komischer Ausdruck. Als ob man die irgendwo einfach so vergessen würde.

»Entschuldigung, habe ich vielleicht meine Beine bei Ihnen verloren? Ach, da sind sie ja. Ich nehme sie mal mit, ja? Sorry, wird nicht wieder vorkommen. Ich bin aber auch ein Schussel ...«

Keine Ahnung, warum ich dieses Spiel spiele. Vielleicht geht es mir besser, wenn es anderen schlecht geht?

Die Psychotherapeutin meiner Station heißt Frau Cielo. Irgendwie kommt sie mir bekannt vor, aber ich habe keine Ahnung, wo und ob ich sie schon einmal getroffen haben könnte. Sie hat nicht nur einen spanisch klingenden Namen, sondern sieht auch südeuropäisch aus. Dunkle Haare, grüne Augen. Sie trägt keine weißen Kittel, meistens hat sie Kleider und kniehohe Stiefel an. Um ihren Hals baumelt ein goldenes Amulett an einer Kette. Es pendelt zwischen ihren Brüsten hin und her, wie ein Stab zwischen zwei wunderbaren Glocken. Am liebsten gehe ich hinter ihr. Ihr Hintern sieht aus wie ein weiches, dennoch straffes Herz aus Fleisch, das wackelt wie Götterspeise in einer Schüssel, wenn man mit dem Löffel draufhaut.

Sie ist wunderschön.

Ich traue mich nicht, ihr in die Augen zu schauen.

Im Gebäude ist es neonwarm, Leuchtröhren spenden grelles Licht. Die Flure sind lang und übersichtlich. Es gibt Zimmer für Ärzte, Zimmer für Schwestern, Zimmer für Patienten und Besuchertoiletten. Jede Station ist gleich. Es riecht nach Desinfektion, Blut, Kaffee, Kuchen und für manche auch ein bisschen nach Hoffnung.

Zu meiner Station fährt ein eigener Aufzug. Ein kleiner, schmaler Lift, der sich in einer Reihe mit vielen anderen, großen Aufzügen befindet.

Die Station heißt »Kinder- und Jugendpsychiatrie«.

4

Welche wie ich kommen nicht sofort nach Hause, wenn es ihnen besser geht. Wir müssen in eine Gruppe. Die Gruppe wird von Frau Cielo geleitet. Wenn man im Gruppenraum aus dem Fenster schaut, sieht man auf einen steilen, bewaldeten Hügel. Ich kenne keinen einzigen Baum beim Namen.

Ein kleiner Bach schlängelt sich bergabwärts. Er sieht aus wie gemalt, wie diese Kitschkunstwerke, die man in den türkischen 1 Euro Shops kaufen kann. Ein Stück Backsteintapete, ein goldener Rahmen und ‘ne Lichterkette drum und es könnte die Wand einer jeden Dönerbude schmücken.

Schmücken, haha!

An den Wänden hängen Kunstdrucke. Die eine Hälfte der Bilder besteht aus Punkten, die andere aus Krickelkrackel. Das soll uns irgendwie beruhigen. Mich beruhigt der Gedanke, dass man als Maler anscheinend nicht viel können muss, um berühmt zu werden.

Wir sitzen auf wild gemusterten Polstersofas, sie riechen nach Plastik, Rauch, Essen und Mensch. Jeder von uns hat ein Kissen. Zum Anlehnen, Kuscheln oder auf dem Schoß halten. Meins war mal blau.

Ansonsten passiert in der Gruppe eigentlich nicht viel. Wir reden und reden und reden. Das soll uns wohl helfen, mit unseren Gedanken und Problemen klarzukommen. Ich habe aber das Gefühl, dass das keinem von uns wirklich hilft.

Wie heißt es noch mal? Das Gegenteil von gut ist gut gemeint.

Wir sind zu sechst. Gorleben heißt eigentlich Daniel. Aber mit seinen dünnen Haaren, dem blassen Gesicht und der klappigen Figur sieht er aus, als wäre er in einem Atomkraftwerk aufgewachsen. Oder einem atomaren Endlager. Deswegen nennen sie ihn Gorleben. Heute bin ich das dritte Mal hier und er hat bislang nichts gesagt. In den Pausen raucht er drei Zigaretten in zehn Minuten. Rauchen kann er wirklich gut. Zwischendurch sortiert er seine Zigaretten.

Dann ist da Gina. Sie ist eingeschlafen. Wenn man aussieht wie Gina, ist es wahrscheinlich gut, wenn man schläft. Dann bekommt man nicht mit, dass die anderen lästern. Gina ist 1,60 groß und wiegt bestimmt 130 Kilo. Sie trägt keine Jeans, sondern meistens geblümte Zelte. Sie hat eine Badekappe auf und niemand weiß bislang, wieso. Ihre Arme hat sie vor der Brust verschränkt, dadurch wirkt es, als ob ihr breiter Körper ihre sehr kurzen Arme einsaugen würde. Ihre Brüste sind so groß wie Babyköpfe.

Bekim habe ich schon ein paarmal auf dem Flur getroffen. Er trägt ausschließlich Trainingsanzüge. Eigentlich trägt er immer den gleichen Trainingsanzug. Er ist von adidas und Bekim hat ihn in drei Farben. Neulich war ich neben ihm pinkeln. Er trug keine Unterhose und hatte sehr volles Schamhaar.

Damian sieht aus wie Anfang zwanzig, ist aber siebzehn. Er hat Jeans an, die unten nicht enger, sondern breiter werden. Seinem Hemd fehlen die Ärmel und man kann seine Muskeln sehen. Die sind beeindruckend. Fast so beeindruckend wie die beiden Verbände an seinen Handgelenken. Damian trägt Sandalen. Seine Fußnägel sind bunt lackiert. Zu frieren scheint er nicht.

Jens benutzt wahrscheinlich Klebstoff und Zement, um

seine bunt gefärbten Haare hoch zu halten. Er hat gesagt, er wäre Punk. Er trägt schwarze T-Shirts von Bands, die ich nicht kenne. Seit Frau Cielo ihm das Kaugummikauen verboten hat, macht er mit Spucke Blasen. Richtig amtliche Dinger.

Die Sofas, auf denen wir sitzen, sind rechtwinklig zueinander aufgestellt. Damir, Bekim und ich auf einem, Gina, Gorleben und Jens auf dem anderen. Den Sofas gegenüber steht ein Sessel, auf dem Sessel sitzt Frau Cielo.

Frau Cielo hat heute ihr dunkles Haar zu einem Pferdeschwanz gebunden, eine schwarze Brille umrahmt ihre Augen, ihre Lippen sind dezent rot geschminkt und sie lächelt. Ihr Kleid ist eng, ihre Brüste zeichnen sich deutlich ab.

Sie schaut sich im Raum um. Als sie sieht, dass alle abgelenkt sind, wirft sie mir einen verführerischen Blick zu. Sie zieht ihr Kleid etwas höher, sodass ich ein Stück ihrer wohlgeformten, leicht gebräunten Beine sehen kann. Sie fährt sich mit der Zunge über die Lippen und flüstert mir leise zu. »Bitte, Red. Komm her und schlaf mit mir!« Ich zögere. Frau Cielo rutscht unruhig auf ihrem Sessel hin und her, sie windet sich jetzt schon. Leicht öffnet sie ihren Mund und atmet schwer. »Bitte, Red!«

Dann klatscht sie plötzlich einmal kurz in die Hände.

»Red! Was ist los mit dir? Hast du geträumt?« Frau Cielo steht direkt vor mir und starrt in mein verschwitztes Gesicht.

Ich werde mindestens so rot wie die Frau ohne Beine.

Jens lässt eine Spuckeblase platzen und lacht schmutzig.

Neben mir sitzt der tätowierte Kerl, der mich in meinem Zimmer besucht hat, und grinst mich an.

»Die gefällt dir, was?«, sagt er.

Was will der denn auf einmal hier? Nicht dass es bei dieser Ansammlung von Gescheiterten nicht egal wäre – aber ich habe ihn nicht kommen gesehen.

Doch bevor ich noch etwas antworten kann, ist die Gruppe zu Ende und ich darf zurück auf mein Zimmer gehen.

5

Irgendwo wird gesungen. Eine Fröhlichkeit heuchelnde Stimme verliert sich.

Ich werfe einen Blick auf das Fußende meines Bettes, aber da sitzt niemand. Ich lausche. »Wie schön, dass du geboren bist.« Jemand scheint Geburtstag zu haben. Leise summe ich mit und ändere das Lied dabei ein klein wenig ab. Ich singe: »Wie schön, dass du gestorben bist.«

Das macht mich traurig.

Wenn ich tot wäre, hätte ich nie wieder Geburtstag. Ein unangenehmes Gefühl macht sich in mir breit. So als ob eine kalte Hand in mich hineingreifen würde.

Geburtstage sind wie Sonntage, nur schlimmer.

Sonntage riechen irgendwie schon anders als andere Tage. Sie haben so einen Duft von Traurigkeit und Trostlosigkeit. Kein Geschäft ist geöffnet. Alte Menschen sitzen in Kirchen in leeren Bänken und beten zu irgendeinem komischen Gott, der ihnen anscheinend alle Lebensfreude aus dem Körper saugt, obwohl sie andauernd Lieder vom Feiern singen. An Geburtstagen ist es noch schlimmer. Als ob man die Luft greifen, sie wie Matsche kneten und dann wegschleudern könnte.

Ich versuche mich an meinen letzten Geburtstag zu erinnern. Das ist keine sechs Wochen her. Es gab Kerzen. Vier Stück. Keine Ahnung, ob sie nur diese vier Kerzen im Haus hatten oder einfach keinen Bock, ein paar mehr anzuzünden? Es gab auch einen Kuchen. Er war nicht extra dekoriert, weil er sowieso eingeschweißt war. Auf die Verpackung war eine Schleife gedruckt.

Meine Eltern haben mir einen Gutschein für zwanzig Stunden Lateinnachhilfe geschenkt. Ich hasse Latein. Man lernt eine Sprache, die man mit niemandem sprechen kann. Das ist wie: »Komm, wir verabreden uns, aber ich sage dir gleich, dass ich nicht kommen werde.« Schwachsinn!

Mein Vater kommt mit schöner Regelmäßigkeit an jedem Geburtstag darauf, dass ich endlich Gas geben und etwas aus meinem Leben machen soll.

Ich habe bislang noch nichts gefunden, was mir wirklich Spaß macht, und ich glaube auch nicht wirklich an Spaß. Und selbst ohne Spaß: Ich kann mir mich nicht als Arzt oder Anwalt oder Sachbearbeiter oder Lastwagenfahrer vorstellen. Wie gesagt, ich habe Angst davor, Entscheidungen zu treffen. Es könnte die falsche sein. Und dann?

Ein Waldweg. Links und rechts von Bäumen gesäumt. Vielleicht noch ein Bach auf einer Seite. Es ist einfach. Man geht geradeaus. Dann eine Brücke. Brücken finde ich scheiße. Ich habe Höhenangst. Ich habe aber nicht Angst zu fallen, ich habe Angst zu springen. Ich quäle mich über die Brücke. Dahinter teilt sich der Weg. Es gibt drei Möglichkeiten. Welche nehme ich? Ich muss mich für eine entscheiden. Und wenn es die falsche ist? Woher soll ich es wissen? Ich gehe und gehe und gehe und irgendwann drehe ich um, gehe zurück, entscheide mich für einen anderen Weg und gehe und gehe und vielleicht ist es gerade hier falsch? Und ich hätte die dritte Möglichkeit nehmen sollen? Oder doch die erste? Und weitergehen. Soll ich noch einmal umdrehen? Eine vertrackte Situation. Vielleicht hätte ich besser von der Brücke springen und nirgendwo hingehen sollen?

Die meisten Entscheidungen haben deshalb bis jetzt meine Eltern getroffen.

Gymnasium. Französisch – nicht schlecht, aber wenn er Medizin oder Jura studiert, dann ist Latein viel besser. Also Latein. Muss er durch.

Ich habe also keinen echten Plan, was ich machen will. Um aber überhaupt etwas zu sagen, sage ich dann immer Schriftsteller. Ich habe keine Ahnung, wie man das wirklich wird. Ich mag aber die Vorstellung, mir etwas auszudenken und aufzuschreiben, das andere dann lesen können. Genug Fantasie dafür habe ich jedenfalls, schätze ich. Jetzt brauche ich nur noch die Leser.

Ich erinnere mich an andere Geburtstage. Manchmal musste ich feiern und andere Kinder einladen. Ich wollte das genauso wenig wie die anderen Kinder.

An einem Geburtstag von mir – ich muss fünf oder sechs gewesen sein – haben wir einen Ausflug auf einen Bauernhof gemacht. Da waren Kühe. Eine ganze Herde. Alle waren schwarz und weiß. Nur eine Kuh war grau. Sie stand etwas abseits. Ich wusste genau, wie sie sich fühlte.

Es muss Gina sein, die Geburtstag hat.

Die Zimmer der anderen liegen weiter hinten.

Es singt jetzt auch keiner mehr, sondern Gina schreit, als hätte man sie aufgespießt und würde sie nun verbrennen. Das sind hässliche Gedanken. Ich weiß, warum ich mir den Spieß und das Feuer vorstelle. Weil sie fett ist.

Sie ist auch ein Außenseiter. Ich möchte nichts mit ihr zu tun haben. Viele denken, dass wir Außenseiter uns doch eigentlich nur zusammentun müssten, dann wären wir keine Außenseiter mehr. Das stimmt nicht. Der Teufel erkennt den Teufel und will nichts mit ihm zu tun haben.

Ich habe mir früher ausgedacht, ich wäre nicht das Kind meiner Eltern, sondern ein amerikanisches Adoptivkind. Weil ich damals aber noch nicht so gut Englisch konnte, habe ich dann in der Schule erzählt, dass ich zwar adoptiert wäre, aber aus Österreich. Ich hatte sogar ein wienerisch klingendes »Bist deppert« einstudiert. Doch meine Schwester hat alles kaputt gemacht. Einen Scheiß wäre ich adoptiert, hat sie allen gesagt.

Ich denke an Gina, ich bin kein guter Mensch. Vielleicht ist mein Leben Gottes Strafe dafür?

Ich beschließe, etwas für mein Karmakonto zu tun. Sollte es dieses Karma geben, würde ich nicht gerne als Käfer wiedergeboren werden. Wieder überkommt mich ein dummes Gefühl, denn fast hätte ich es herausgefunden.

Ich verlasse mein Zimmer und gehe über den Stationsflur zum Automaten mit den Süßigkeiten. Niemand ist zu sehen. Ich werfe zwei Euro hinein und ziehe zwei Snickers. Weil Gina immer noch schreit, öffne ich nur die Tür zu ihrem Zimmer einen Spalt und schiebe die Riegel schnell durch. Es wird kurz ruhig. Ich schließe die Tür und höre Gina jetzt noch lauter brüllen als eben.

»Was soll das? Damit ich noch fetter werde, ihr Idioten?«

6

Handys dürfen wir nicht haben. Social media entfällt also. Wenn man in der Klinik nichts zu tun hat, sagen sie einem, man solle doch mal ein Nickerchen machen.

Ich hatte ein Nickerchen gemacht.

Als ich aufwache, steht wieder der Bekloppte an meinem Bett und schaut mich an.

Was will der Arsch denn schon wieder hier?

»Haste ‘n Handy?«, fragt er.

Nee, habe ich nicht. Wir haben hier keine Handys. Dürfen wir nicht.

Ich antworte nicht, weil er das ja auch selber wissen müsste.

»Haste?«, fragt er noch mal.

»Nee«, sage ich.

»Schade«, antwortet er.

Ich frage nicht, warum. Brauche ich auch nicht.

»Sonst hätten wir uns einen Porno runterladen können und zusammen einen runterholen«, grinst er mich an.

Was???

Ich weiß nicht, wo ich hinschauen soll, so sehr schäme ich mich für diesen Spacko.

Meine Hand wandert langsam zu dem Knopf, mit dem ich die Schwester rufen kann.

Er sieht das und schüttelt den Kopf.

»Brauchste nicht.«

Ich bin mir da nicht so sicher.

»Was war denn heute mit der Dicken?«, fragt er.

Was geht ihn das an?

»Die hat Geburtstag«, sage ich lahm. Als ob das eine Erklärung für das Geschreie wäre.

»Na dann«, sagt er. »Ich heiße übrigens Joe.«

»Ich heiße Red«, sage ich.

Ich drehe mich zur Seite, damit er geht. Aber er bleibt.

»Weiß ich. Aber das ist kein Name, das ist eine Farbe«, entgegnet Joe.

»Das ist ein Spitzname. Vielleicht wird es mal mein Künstlername«, sage ich.

Warum sage ich ihm das? Was geht es ihn an?

»Das ist gut«, sagt Joe, »ist nur scheiße, wenn man sich die Lichter ausbläst, bevor man ihn braucht, was?«

Ich finde ihn unangenehm. Wäre ich lieber alleine? Ich bin mir unsicher. Mich hat nie jemand besucht. Ich habe bislang nur einen einzigen Freund gehabt. Den dicken Bernd. Ich mochte ihn nicht wirklich, aber wir haben zusammen gespielt. Wenn er geklingelt hat, hat mein Vater immer gesagt: »Der dicke Bernd ist da und will spielen.«

Einmal hat der dicke Bernd das gehört und ist danach nicht mehr gekommen.

Joe macht es sich am Fußende meines Bettes gemütlich.

»Haste denn schon mal einen weggesteckt?«

Hat er das jetzt wirklich gefragt? Können wir nicht über was anderes reden, wenn wir schon reden müssen?

Ich schaue ihn nicht an, mein Blick wandert nach draußen zu dem Tümpel, zu den Enten.

»Wär doch schade, oder? Einfach einen Abgang machen, ohne ihn mal wo reingesteckt zu haben. Wo du doch in der Gruppe auch an nichts anderes denkst!«

Ich werde rot. Woher weiß er, was ich gedacht habe? Ich schäme mich. Er macht aber einfach weiter.

»Also, haste schon mal? Oder haste nicht?«

Ich bin sechzehn. Eigentlich hätte man schon können ... aber was kümmert den das?

Joe kneift mir in den Arm.

»Hier, die Dicke, die heute Geburtstag hat ...«

»Gina?«

»Ja, das wäre doch cool. Du gehst rüber und legst die einfach flach. So als Geburtstagsgeschenk.«

Was ist mit dem Typen nicht in Ordnung? Meint er das ernst?

»Bist du nicht ganz dicht?«

Er verzieht keine Miene.

»Mit Dicken ist super. Die sind schön weich und ganz dankbar. Wollen ja nicht so viele. Und wenn du erst einmal dabei bist, dann merkst du auch nicht mehr, dass die dick sind. Ist wie Männer küssen. Wenn die rasiert sind und du machst die Augen zu, isses auch gut.«

Er ist widerlich.

Er soll gehen. Aber das tut er nicht.

Gut, dann gehe ich eben.

Ich stehe auf.

»Ich muss meine Tabletten holen.«

7

Als ich zurückkomme, ist Joe immer noch da. Warum?

Die Pillen bekommt man in so einer Art Schnapsglas aus Plastik. Ich setze es an und kippe sie runter.

»Na?«, fragt Joe. »Lecker? Ich würde die übrigens nicht nehmen.«

»Warum?«

»Brauchst du nicht.«

»Wieso?«

»Weil ich es weiß!«

»Woher weißt du das?«

Er grinst provozierend.

»Finde es doch heraus!«

Ich öffne den Mund und zeige ihm die Pillen auf meiner Zunge. Dann spucke ich sie in das Wasserglas auf dem Abstelltisch. Eine ist rot, eine ist blau, eine ist gelb, eine ist weiß. Die blaue sinkt schnell auf den Grund. Die rote dreht sich wie ein Herbstblatt im Wind und fällt dann auf die blaue. Die gelbe schwimmt am längsten.

Warum habe ich das gemacht? Warum tue ich plötzlich, was dieser Idiot sagt?

Ich setze das Glas an den Mund und schütte mir alle Tabletten in den Hals.

So!

Er schaut mich an, als wäre ich einfach nur ein Trottel.

Bin ich das?

Wir schweigen. Das finde ich noch schlimmer, als zu reden.

»Was war das für ein Lied, das wir da gestern gehört haben?«

»Das habe ich extra für dich rausgesucht«, sagt er. »Du stehst doch auf Oldies, oder?«

Hä? Woher weiß er das?

»Es geht um einen, der stirbt und der das dann gar nicht mal mehr so gut findet.«

»Bringt er sich um?«

»Nein. Er stirbt einfach so. Er ist krank.«

Joe schaut mich an.

»Ich liebe das Lied. Traurig, aber auch irgendwie schön. Es ist wie das Leben.«

Der Satz verblüfft mich.

»Was wird das? Grundkurs Philosophie? Und du bist der Klugscheißer an der Tafel?«

Joe schüttelt den Kopf.

»Ich meine das ernst. Wenn man nicht weiß, wie traurig geht, kann man auch nicht wissen, was glücklich ist.«

Er redet Quatsch. Nein. Er redet wie ein Erwachsener. Und außerdem stimmt es nicht. Denn ich weiß ziemlich genau, wie traurig geht. Weiß ich deshalb, wie glücklich ist? Aber wenigstens redet er nicht wieder über Sex.

»Weißt du, das ist genauso eine dämliche Phrase wie die Frage: Warum bringt man sich mit sechzehn um? Man hat doch das ganze Leben noch vor sich ...«

»Und warum hast du es versucht?«

»Genau deswegen.«

»Und was ist jetzt? Bist du jetzt *in diesem Moment* unglücklich, weil du lebst?«

Würde ich die Frage bejahen, würde ich lügen. Der Vogel hat mich reingelegt.

Wir schweigen.

»Vielleicht bist du ja auch tot?«, sagt Joe. »Und alles ist irgendwie wie vorher, als wärst du lebendig. Stell dir das doch mal vor. Arschkarte komplett: Das Leben nach dem Tod ist wie vorher. Könnte ja auch sein.«

»Ja«, sage ich, »oder dass du einfach ein Schwachkopf bist. Könnte ja auch sein.«

»Bloß weil es unwahrscheinlich ist?«, fragt Joe.

»Ja, genau deswegen.«

»Im Lotto gewinnen auch immer welche, obwohl es sehr unwahrscheinlich ist.«

Ich denke nach. Was wäre, wenn er recht hätte ...

»Vielleicht«, murmelt Joe geheimnisvoll, »bin ich ja einer, der Seelen von der einen auf die andere Seite bringt. Von den Lebenden zu den Toten. Ein Geist ...«. Er beugt sich vor und macht: »Huuuuuh!«

»Ja«, sage ich, »vielleicht bist du aber auch nur ein Vollidiot, der Müll labert?«

Joe nickt ernst, so als hätte ich etwas wirklich Gutes gesagt.

Er nimmt sich das Klemmbrett, das der Arzt hat liegen lassen, und liest darin.

»Depressiv?«

»Bin ich nicht«, sage ich, »ich bin nur ...« Ich denke nach, ich suche das Wort. »Ich bin nur realistisch.«

Joe liest weiter. »Erbkrankheiten: Keine! Echt nicht!?«

Ich überlege und muss grinsen.

»Vielleicht meine Eltern?«

»Deine Eltern sind eine Erbkrankheit?«

Ich muss lachen.

»Ja, irgendwie schon.«

Die Tür wird geöffnet. Frau Cielo steht plötzlich im Zimmer. Sie guckt seltsam.

Sie geht auf das Bett zu, bleibt vor mir stehen und berührt meine Stirn. Sie scheint mit dem Ergebnis nicht unzufrieden. Dann sieht sie das Glas auf dem Tisch, auf dessen Grund eine Tablette liegt, die ich aus Versehen nicht geschluckt habe. Sie zeigt darauf.

»Also, die müssen wir schon nehmen.«

Wir greifen nach dem Glas und trinken Wasser und Pillen auf Ex.

»Dann können wir auch viel besser schlafen«, sagt Frau Cielo.

Sie lächelt mich tatsächlich an und geht dann in Richtung Tür.

»Na«, sagt Joe, »haben *wir* ein Glück.«

»Wieso?«

»Na, jetzt kannste dir doch schön einen kloppen und dann einschlafen.«

Was stimmt mit diesem Typen nicht? Das muss sie doch gehört haben?

Frau Cielo tut so, als wäre nichts und schließt die Tür. Eigentlich knallt sie sie eher zu.

Ich zeige Joe einen Mittelfinger.

»Oder du gehst doch noch rüber zu der Dicken.«

Zweiter Mittelfinger.

8

Am nächsten Morgen frage ich den Arzt nach Joe.

»Du meinst Jens?«

»Nein, ich meine Joe!«

»Vielleicht Bekim? Oder Damian?«, fragt der Arzt.

»Nein.«

»Daniel?«

»Nein, Joe«, sage ich.

»Haben wir hier nicht«, antwortet der Arzt.

»So alt wie ich, etwa 1,80 groß, braune, mit Gel nach hinten gemachte Haare, trägt immer weiße T-Shirts und blaue Jeans.«

»Kenne ich nicht.« Der Arzt schüttelt den Kopf.

»Vielleicht ist Joe Besuch von einem anderen ...«, ich zögere, das Wort *Patient* auszusprechen.

»Die Abteilung ist geschlossen. Hier kommen nur in Notfällen und in meiner Begleitung andere Menschen rein. Der Besuchsraum ist draußen auf Station *Brigitte.*«

»Aber ...«, setze ich an.

»Wir wollen jetzt mal in die Gruppe«, unterbricht mich der Arzt. »Die anderen warten schon.«

Wir gehen. Wir wollen niemanden warten lassen.

9

Der Wasch- und Duschraum, der einfach in eine Ecke des Zimmers gemauert wurde, ist sehr eng. Wenn man am Waschbecken steht und beim Zähneputzen einen Schritt rückwärtsgeht, hat man die Stange des Handtuchhalters im Rücken.

Wenn man so groß ist wie ich.

Ist man größer, kann es auch schlechter laufen ...

Knapp über meinem Steißbein habe ich schon drei blaue Flecke.

Ein Duschbecken gibt es nicht. Dafür einen Vorhang, der sich an meinen Körper saugt, sobald ich mich unter die Dusche stelle und das Wasser anmache. Egal in welche Richtung ich den Hahn drehe, es ist im ersten Moment eiskalt und im zweiten siedend heiß. Das Wasser plätschert einfach auf den Boden, der Boden ist leicht schräg, sodass es ablaufen soll. In der Schule haben wir gelernt, dass Wasser sich immer den schnellsten und einfachsten Weg sucht. In meinem Badezimmer scheint dieser über meine Füße zu führen. Von oben betrachtet sehen sie nicht so schön, aber relativ normal aus.

Unten drunter schaue ich lieber nicht.

Am Rand des Waschbeckens liegt ein Stück Seife. Als ich klein war, hat mein Vater jedes neue Seifenstück fotografiert. Dann noch einmal, wenn es halb aufgebraucht war und ein letztes Mal als kleinen Klumpen. Die Bilder hat er in einem Album gesammelt.

»Um die Vergänglichkeit zu dokumentieren«, hat er gesagt.

»Vielleicht die Vergänglichkeit deiner Hirnzellen«, hatte meine Mutter ihn ausgelacht.

Irgendwann hat er mit den Fotos aufgehört.

Ich betrachte mich im Spiegel.

Die dunkle Wolke über meinem Kopf ist wieder da. Egal wie schnell ich mich bewege – die Wolke geht mit. Sie hängt immer über mir. Sie macht mir Angst. Ich schaue über mich, aber ich kann sie nicht sehen. Es ist eine Wolke, die man fühlt.

Ich fixiere mich. Ich sehe einen dunkelblonden Jungen mit weder kurzen noch langen Haaren. Für Extreme hat mir schon immer der Mut gefehlt. Ein paar Haare fallen mir über die Stirn, wenn ich den Kopf schüttele. Ob ich wohl früh eine Glatze bekommen werde? Opa hat keine. Mein Vater hat kurze Haare und Geheimratsecken, aber er hat Haare. Meine Nase ist einigermaßen gerade. Ich weite meine Nasenlöcher und ziehe sie wieder zusammen. Sieht aus wie bei einem Pferd. Ich mache das ein paarmal.

Hühühü hü!

Meine Augenbrauen sind nicht besonders ausgeprägt. Sie haben die gleiche Farbe wie mein Kopfhaar. Habe ich Wimpern? Ich erschrecke kurz. Aber dann sehe ich sie. Da sind sie. Ich habe Wimpern! Meine Schwester biegt ihre mit einer Zange hoch, das macht die Augen größer. Meine Augen sind grau-grün und nicht besonders groß. Eher Schweinsaugen. Unter ihnen, ja das werden wohl mal Tränensäcke. Meine Sackschweineaugen starren in meine Spiegelbildaugen. Ich sehe mir in die Pupillen. Der schwarze Kreis ist gestochen scharf, der Rest meines Gesichts verschwimmt langsam. Meine Augen beginnen zu glühen. Meine Konturen verwischen. Mein Blick ist unglaublich gütig, aber das Gesicht wird böse. Was sehe ich da? Blicke ich auf ein anderes Ich? Schaue ich jemanden an, der ich mal werden soll? Oder ist das ein Teil eines uralten Ichs? Ein Ich, das schon immer war. Und ich bin nur die momentane Inkarnation in einen seit Ewigkeiten bestehenden Körper. Was hält länger? Geist oder Körper? Was verschwindet zuerst, wenn man tot ist? Wieso denke ich jetzt plötzlich so einen Kram? Und woher kenne ich eigentlich das Wort Inkarnation? Vielleicht habe ich zu viel in meinem Philosophiebuch gelesen?

Auf einmal steht wieder Joe neben mir.

Wie ist er so lautlos hier reingekommen? Warum ist er überhaupt schon wieder da? Er soll verschwinden. Stattdessen fängt er ein Gespräch an und hält meine Zahnbürste hoch.

»Ist da ein Traktor drübergefahren?«

Ich betrachte meine Zahnbürste. Sie ist ausgefranst. Manche Borsten stehen ab, andere sind ausgefallen. Sie sieht aus wie ein nuklear verstrahlter Gnom. Und sie ist definitiv dreckiger als meine Zähne. Wann habe ich eigentlich das letzte Mal eine neue Zahnbürste bekommen?

»Pass auf, dass du deine Zähne damit nicht schmutzig machst. Oder dich aus Versehen verwundest«, sagt Joe.

»Wo kommst du auf einmal her?«, frage ich.

»Ich war schon immer da, nur jetzt bin ich hier.«

Alles klar, mir dämmert, warum er hier ist.

»Ach so, ja, das kenne ich aus der *Sesamstraße*«, antworte ich.

Ich lache über meinen eigenen Witz. In diesem Moment finde ich mich richtig gut. Ich habe mal gelesen, dass man mit Irren umgehen muss wie mit Tieren. Keine Angst zeigen. Auf normal schalten.

Es ist aber auch ein bisschen unheimlich, was er da sagt.

»Wie meinst du das?«

»So wie ich es sage!«

Er nimmt meine Zahnbürste und wirft sie in den Mülleimer, dann sieht er mir lange und tief in die Augen. »Beides!«, sagt er.

Er gruselt mich ein bisschen.

»Beides was?«, frage ich.

»Du siehst einen Teil dessen, was geschehen ist, einen Teil dessen, was geschehen kann, und auch manches, das nie passieren wird.«

»Das verstehe ich nicht«, sage ich.

»Doch«, sagt Joe, »du willst es nur nicht verstehen.«

»Wieso sagst du das?«

»Ich sage nur, was du eben selbst gedacht hast.«

Wieso weiß er, was ich gedacht habe?

»Aber das war doch Spinnerei!«

»Wirklich? Ich glaube, du willst nur, dass es Spinnerei war.«

»Warum?«

»Weil es dir Angst macht.« Er schaut mich an, als ob er ein Pferd beruhigen will, das kurz vorm Durchgehen ist. »Keine Angst«, sagt er, »es macht *jedem* Angst.«

Er hat recht.

»Alles ist da«, erklärt Joe, »ob du es machst oder nicht, das ist deine Entscheidung. Es ist ja dein Leben. Aber es ist alles da.«

Er drückt meinen Arm.

»Hat dich schon einmal ein Tier angeschaut, als wüsste es mehr als du?«

Ich muss nicht lange überlegen. Unsere Nachbarn haben

einen Hahn. Und dieser Hahn schaut mich immer an, als wäre er das klügste Lebewesen der Welt. Als würde er mich mit einem Blick durchschauen.

»Ja«, antworte ich zögernd.

»Und? Was meinst du, warum?«

»Das habe ich mich nicht gefragt.«

Das ist gelogen. Natürlich hatte ich mich das schon gefragt. Ich hatte sogar überlegt, ob nicht die Seele eines sehr schlauen Toten eventuell in diesem Hahn wiedergeboren sein könnte. Ich fand den Gedanken nur so abstrus, dass ich ihn direkt wieder verworfen hatte.

»Warum?«

»Weil Tiere nicht denken können!?«

»Das ist der Punkt«, nickt Joe.

»Wie? Das ist der Punkt?«

»Das ist der Punkt. Tiere denken nicht. Tiere fühlen. Tiere wissen. Tiere handeln. Gehen wir mal davon aus, dass Menschen Tiere sind. Hochentwickelte Tiere. Die besten. Babys und Kinder spüren das noch. Aber je älter ihr werdet, desto mehr verliert ihr das Natürliche. Was haben Erwachsene denn noch? I-Phones, Navigationssysteme, Diätberater, Therapeuten für Gefühle und Stuhlgang. Eine App erklärt ihnen, wie das Wetter ist, ein Psychiater sagt ihnen, wie sie sich fühlen. Anstatt Sex und Liebe zu trennen, bezahlen sie für Paarberatung. Anstatt Augen und Nase zu folgen, haben sie Dating-Portale erfunden. Der Sinn eines Lebens wird über Geld und Job definiert. Die Menschen verlieren jeden Plan. Sie glauben nicht mehr, was sie sehen!«

Wow. Was für eine Predigt. Wozu brauchen sie hier eigentlich Fachpersonal, wenn die Patienten einem schon die Welt erklären?

»Wieso die Menschen? Bist du kein Mensch? Was bist du denn?«

»Tja«, lächelt Joe, »das haben sie dir in der *Sesamstraße* wohl nicht erklärt.«

»Und?«, frage ich.

»Du wirst es rausfinden«, sagt Joe. Dann nimmt er meinen Arm.

»Los, es ist Zeit, Frau Cielo in den Ausschnitt zu starren«, raunt er. »Komm schon, sonst gucke ich dir alles weg.«

Ein Teil von mir will mit. Unbedingt. Der andere nicht. Auch unbedingt.

10

Was ich definitiv nie wollte: Mit sechzehn in der Kinder- und Jugendpsychiatrie landen! Was ich noch weniger wollte: Auf Schritt und Tritt darauf zu achten, ob dieser Kasper mit seinen Tätowierungen und seinen hochgerollten T-Shirt-Ärmeln wieder irgendwo rumsteht und mich volllabert.

Joe – was für ein Name. Wie der Bösewicht aus einem B-Movie.

Denkt einer, der sich Red nennt, bemerke ich und muss darüber schmunzeln.

In der Klinik ist eigentlich jeder Tag gleich.

Dass das Wochenende kommt, merkt man daran, dass es Fisch gibt und die Gänge nach Autobahntoilette stinken. Der Fisch hat immer andere Namen. Manchmal heißt er Seelachs, dann wieder Rotbarsch oder Kabeljau. Manchmal ist er paniert, ein anderes Mal in Mehl und Butter gebraten oder gegrillt. Aber er schmeckt grundsätzlich gleich und schwimmt immer in der gleichen Soße. So eine dicke, weiße Pampe mit Kapern. Die Kapern sehen aus wie Insekten ohne Beine. Sie müssen ziemlich teuer sein, denn wir bekommen nicht viele.

Auf dem Flur meiner Station steht Tag und Nacht ein Servierwagen. Darauf befinden sich Obst, Äpfel und Bananen, Wasser, mit Sprudel, ohne Sprudel, und Tee, Pfefferminz und Kamille. Um Punkt vierzehn Uhr stellt eine Schwester einen Teller mit sechs Stück Kuchen dazu.

Eine Stelle an der Wand gegenüber von meinem Bett ist

etwas heller. Dort könne ich, wenn ich wolle, ein Poster aufhängen, hat man mir gesagt.

Poster? Was ein Scheiß!

Ich will nicht. Ich stelle mir Generationen von Postern vor, die immer an die gleiche, immer an diese Stelle gehängt werden, und das macht mich traurig.

Außerdem gibt es nichts, wovon ich mir ein Poster aufhängen würde. Keine Band, keinen Film, nichts.

Poster aufhängen, das ist irgendwie so eine Dicker-Bernd-Sache.

Meine Eltern hatten vergessen, mir neue Klamotten zu bringen, deswegen hat Joe mir ein T-Shirt geschenkt. Es ist schwarz und es steht ganz groß Motörhead – 1916 drauf. Eigentlich wollte ich es nicht annehmen. Es passt nicht zu meinen restlichen Klamotten und es war von ihm, aber wenn ich ehrlich bin, sind meine restlichen Klamotten auch ziemlich mies. Ich habe mir darüber noch nie Gedanken gemacht. Es gibt auch noch einen anderen Grund, aber über den spreche ich nicht gerne. Also habe ich es genommen und in meinen Schrank gelegt.

»Die Musik von denen ist auch old school«, hat Joe gesagt. »Leider ist der Sänger tot.« Dann hat er mir etwas von Motörhead vorgespielt.

Man muss es ein paarmal hören, dann ist es gar nicht mal so übel. Auf jeden Fall weit weg von Charts oder so. Das konnte ich aber nicht einfach so zugeben.

»Ich weiß, woran er gestorben ist«, habe ich zu Joe gesagt.

»Ja? Woran?«

»Ich glaube, er hat eine Überdosis seiner Musik bekommen.«

Joe kann man nicht beleidigen. Er hat mir auf die Schulter

geklopft und gesagt, dass das für meine Verhältnisse recht lustig war und wir uns auf einem guten Weg befinden würden.

Was soll man damit anfangen?

Geweckt werden wir sehr früh. Warum, weiß keiner. Aber ich brauche nicht von sechs bis sieben Uhr dreißig, um mich zu duschen.

Bei den Mahlzeiten sehe ich Joe eigentlich nie.

Zum Frühstück gibt es Brot, Butter, Wurst, Käse und Marmelade unter einer Plastikglocke. Die Messer sind stumpf, ein durchschnittlicher Eierlöffel ist gefährlicher. Man müsste sich damit die Pulsadern aufschlagen.

Wer will, kann auch Joghurt und Cornflakes bekommen. Kaffee geben sie uns nicht. Es gibt eine Kanne auf dem Flur, hinter dem Süßigkeitenautomaten, aber die ist für Personal und Besucher. Besucher dürfen nur in Ausnahmefällen oder zu Arztgesprächen auf die Station, einen entsprechenden Aufenthaltsraum, den Raum *Brigitte*, gibt es draußen. Wir sollen unsere Ruhe haben.

Einer der Räume hat Teppich und einen Fernseher. Theoretisch könnten wir zusammen Fernsehen gucken, das wollte aber bislang niemand. Irgendwie ist jeder gerne für sich. Meine Eltern haben mir ein altes Radio mit CD-Player mitgebracht. CDs habe ich keine dabei, aber ich höre den Oldiesender meiner Oma.

Es gibt hinter dem Tümpel eine Minigolfanlage und einen Platz, auf dem wir Krocket spielen können. Wir dürfen aber nicht alleine raus. Nur in Begleitung von Willi, Zivildienstleistender und Sportwart.

Nach dem Frühstück macht der Arzt seine Runde und stellt uns Fragen und macht Kreuze auf Zetteln oder schreibt

Notizen. Gibt es ein Problem, wird er es beobachten. Sein Text ist jeden Tag identisch. Ich habe inzwischen herausgefunden, dass er Dr. Trappe heißt. Auf seinem Schild steht: Dr. A. Trappe. Von uns beiden bin ich aber der Einzige, der das komisch findet. Dr. Trappe lacht nie. Von der Laune her müsste er hier eigentlich Patient sein.

Von zehn bis elf Uhr kann, wer will, zum Sport gehen. Sport findet in den Reha-Räumen im ersten Stock statt, wo die meisten Teilnehmer Senioren sind und Übungen machen wie »Auf dem Boden liegen und atmen« oder »Wassertreten ohne Wasser«. Hinterher gibt es Tee. Ich war einmal da. Reicht.

Man kann auch joggen. Macht auch keiner.

Auf dem Flur steht ein Bücherregal, aus dem man sich bedienen kann. Das Problem ist nur, dass wir alle sechzehn oder siebzehn sind, sich bei der Einrichtung des Bücherregals aber jemand an dem Wort »Kinderpsychiatrie« orientiert hat. Auch wenn ich noch so gerne lesen würde: *Der kleine Wassermann*, *Neues aus Bullerbü* und *Die Hexe Schrumpeldei* brauche ich nicht mehr. Vielleicht steckt ja auch Absicht dahinter? Und man will uns nicht überkonfrontieren? Lass die Selbstmörder mal lieber Kinderbücher lesen, das regt sie nicht auf? Vielleicht kriegen wir auch deshalb keinen Kaffee? Möglich ist es. Bleiben also nur die paar Bücher, die mir meine Eltern mitgebracht haben.

Im Laufe des Morgens besucht Frau Cielo mich auf dem Zimmer und fragt, ob ich nachher zur Gruppe kommen möchte. Die Frage ist eigentlich dämlich, denn die Gruppe ist PFLICHT. Trotzdem freue ich mich jeden Tag auf Frau Cielo. Ich finde sie aufregend schön. Sie trägt tolle Kleider. Sie sind alle eng und sie muss Hunderte in verschiedenen Stoffen,

Mustern und Farben und mit unterschiedlichen Motiven besitzen. Neulich hatte sie eins mit großen, bunten Karos an. Das Muster teilte ihren Körper in Planquadrate. Sie sah aus wie eine höchst appetitliche Landkarte. Außerdem riecht sie gut. Ich traue mich nie, ihr in die Augen zu schauen, weil ich Angst habe, dass sie meine Gedanken errät. Ich weiß, dass das Schwachsinn ist, aber ich denke immer irgendwie, dass man mir durch die Augen direkt ins Gehirn schauen kann und sofort weiß, was ich denke.

Ich sage immer, dass ich kommen werde.

Um zwölf gibt es Mittagessen. Es wird ebenfalls unter einer Plastikglocke serviert, und wenn es nicht Fisch gibt, wird eben Fleisch in der Soße ertränkt. Zum Nachtisch gibt es Schoko- oder Vanillepudding. Was genau davon, ist egal, weil beides gleich schmeckt. Um vierzehn Uhr kommt der Kuchen, ab vierzehn Uhr dreißig ist Gruppe und danach kann man dann Besuch empfangen oder Minigolf oder Krocket spielen, lesen oder fernsehen oder mit was man sonst so als Selbstmörder in der Kinderklapsmühle die Zeit totschlagen möchte. Totschlagen, haha.

11

»Kann es sein, dass es etwas damit zu tun hat, dass er als Baby im Brutkasten war?«, fragt meine Mutter den Arzt.

Er steht auf dem Flur am Süßigkeitenautomaten und hört durch die geöffnete Tür des Arztzimmers, was über ihn gesprochen wird.

»Eine Art pränatale Depression?«, fragt meine Mutter. »Ich habe davon gehört.«

Meine Mutter hört viel und gut. Im Gegensatz zu mir wurde meine Mutter in ihrer Jugend aber nicht dazu gezwungen, in Latein gut zuzuhören. Sie weiß weder, dass pränatal vorgeburtlich bedeutet, noch dass diese Depression eher Mütter als Babys bekommen. Vor allem dann nicht mehr, wenn die Babys bereits sechzehn sind.

»Kann sein«, sagt Dr. Trappe, »ist aber unwahrscheinlich. Mir macht etwas anderes viel mehr Sorgen. Hat er Freunde oder sogar eine Freundin?«

»Ich weiß nicht«, sagt meine Mutter.

»Hat er nicht«, sagt mein Vater, »und das weißt du genau.«

Meine Mutter kneift meinen Vater.

»Früher kam mal der dicke Bernd zu ihm«, sagt mein Vater und sieht meine Mutter an. »Meinst du den?«

Sie schüttelt den Kopf.

»Er hat keine Freunde«, sagt mein Vater.

»Seine Schwester, die schon. Aber er nicht.«

»Und was macht man jetzt mit ihm?«, fragt meine Mutter.

»Beobachten«, antwortet Dr. Trappe. »Wir würden ihn

gerne noch etwas hierbehalten.« Er sieht meinen Vater an. »Das zahlt die Kasse.«

»Wenn es denn sein muss«, seufzt meine Mutter.

»Eine andere Frage habe ich allerdings noch«, sagt Dr. Trappe. »Er hat Citalopram geschluckt. Das hat man nicht einfach im Haus. Im Anamnesebogen steht aber bei parentalen Vorerkrankungen nichts von Depressionen.«

Meine Mutter schaut meinen Vater an. Der sagt nichts. Meine Mutter stupst ihn an.

»Was ist?«, sagt mein Vater. »Ich habe keine Frage gehört.«

Dr. Trappe verlagert sein Standbein.

»Nehmen Sie Psychopharmaka gegen Depressionen?«

»Mein Mann arbeitet seit fast dreißig Jahren für die gleiche Firma«, sagt meine Mutter leise.

Mein Vater schweigt.

»Jetzt hat man ihn ... vom Dienst frei gestellt«, flüstert meine Mutter fast.

Mein Vater schaut die Wand an.

Dr. Trappe macht ein Kreuz irgendwo auf seinem Zettel.

»Wenn er wieder nach Hause kommt: Sorgen Sie dafür, dass das Zeug irgendwo steht, wo er nicht drankommt. Und das gilt generell für alle Medikamente.«

»Die meisten sind für meinen Schwiegervater«, sagt mein Vater.

»Die gehören in erster Linie kindersicher aufbewahrt«, findet Dr. Trappe. »Vielleicht ist es eine gute Idee, wenn er zu Hause in der ersten Zeit nicht alleine bleibt?«

»Opa kann bei ihm schlafen«, sagt mein Vater.

»Gute Idee«, findet meine Mutter, »dann ist er nachts nicht alleine.«

Er findet das keine gute Idee.

12

Wir hatten meinen Opa bekommen, weil ihn sonst niemand wollte. Meine Oma war letztes Jahr gestorben und alleine konnte man ihn nicht wohnen lassen. Mein Opa leidet an schwerem Husten und hatte bereits zwei Schlaganfälle.

»Lange wird er es sowieso nicht mehr machen«, sagte mein Onkel.

»Krrrttt«, machte mein Opa in seinem Rollstuhl.

»Ihr werdet euer Bad umbauen müssen, sonst fällt er beim Pinkeln um. Er weigert sich, sich zu setzen«, sagte mein Onkel.

»Krrrtt«, machte mein Opa.

»Und wo soll er schlafen?«, fragte mein Onkel.

»Red und Rikchen können erst mal in einem Zimmer schlafen«, sagte meine Mutter.

Rikchen ist der Spitzname meiner Schwester, den meine Mutter benutzt, wenn sie sich mit ihr solidarisch erklären soll.

»Am Arsch«, sagte Friederike.

»Ganz gewiss, Madamchen!«, sagte meine Mutter.

Madamchen ist der Spitzname meiner Schwester, den meine Mutter benutzt, wenn es mit solidarisch erklären gescheitert ist. Meistens sagt sie aber einfach Rike wie wir alle.

»Ich habe keinen Bock auf den«, sagte meine Schwester und zeigte auf mich.

»Krrrtttt«, machte mein Opa.

»Wir können ihn natürlich auch ins Heim geben«, sagte

mein Onkel und meinte damit meinen Opa, »aber das kostet natürlich.«

Dass mein Opa zu meinem Onkel kam, stand außerhalb jeder Diskussion. Mein Onkel hasste meinen Opa.

»Und wir haben ja auch zwei Kinder«, sagte mein Onkel.

Ich sah auf meine Schwester und mich. Aber ich war der Einzige, dem aufzufallen schien, dass auch wir zwei waren.

»Na, wie gesagt, es ist ja sicher nicht mehr allzu lange«, sagte mein Onkel und sah seinen Vater an. »Dann hast du es geschafft!«

»Muss er immer im Rollstuhl, oder kann er noch laufen?«, wollte meine Mutter wissen.

»Es heißt im Rollstuhl *sitzen*«, sagte mein Vater.

»Krrrtttt«, machte mein Opa und spuckte auf den Boden, »hören kann er zumindest noch gut.«

Meine Familie war schon immer sehr gut darin, über Anwesende in der dritten Person zu sprechen. Ausnahmslos.

Mein Onkel tat, als hätte mein Opa nichts gesagt.

»Er kann mit den zwei Stöcken hier gehen«, antwortete mein Onkel, »da besteht auch keine Gefahr, dass er in einer Radaranlage geblitzt wird.«

Mein Onkel lachte, mein Vater lachte aus Gefälligkeit mit. Und aus Erleichterung, weil er kein Heim bezahlen musste.

»Schnaps braucht er jetzt auch nicht mehr«, sagte mein Onkel. »Dafür bekommt er morgens und abends tolle Pillen.«

Er klopfte meinem Opa auf die Schulter.

»Ne, Vadder? Die sind noch besser, als sich den Arsch dicht zu saufen, was?«

Mein Onkel nickte meiner Mutter zu.

»Und sie machen ihn auch eher müde als aggressiv.«

»Mich hat er nie geschlagen«, sagte meine Mutter.

»Mich jetzt auch nicht mehr«, sagte mein Onkel.

Und so zog mein Opa zu uns.

»Krrrrtttt«, machte er.

Wäre mein Leben eine Dokumentation, die man einer Jury zeigt, dann würde irgendwann Dieter Bohlen aufstehen und mit seiner Frettchenstimme sagen: »Nee, den Scheiß guck ich mir nicht länger an. Is schon gut, dass er sich totgemacht hat.«

13

Manchmal passieren seltsame Sachen, die alles verändern.

Ich habe jeden Tag eine Einzelstunde bei Frau Cielo.

Wir gehen in ihren Raum, sie sitzt mir dann gegenüber in einem Sessel. Ich nehme auf dem Sofa Platz. Beide sind mit schwarzem Leder bezogen. Sie hat aus ihrem Fenster den gleichen Ausblick wie ich, sie schaut über den Ententümpel auf den Parkplatz. Was fühlt sie, wenn sie die Enten sieht?

In einer Ecke des Raumes steht ihr aufgeräumter Schreibtisch und neben der Tür gibt es ein kleines Aktenschränkchen. Ein einziges Bild hängt in einem schwarzen Rahmen an der Wand. Es ist nichts drauf. Es ist einfach nur weiß. Auf ihrem Schreibtisch liegt ein Block, daneben wartet ein goldener Füller darauf, in ihre Hände genommen zu werden. Die Arbeitsfläche des Tisches ist groß genug, um einen größeren Hund oder ein kleineres Pony darauf zu operieren. Der ganze Raum erinnert weniger an Krankenhaus als an das Ausstellungszimmer eines Designers von *Stilsicher Wohnen.* Es gibt keine Farbtupfer im Zimmer, außer ihr selbst. Sie hat ihre Haare zu einem Zopf gebunden, eine Strähne hängt raus, baumelt ihr ab und zu gegen die Nase, wenn sie ihren Kopf bewegt, und wird dann weggepustet. Ihr Atem ist sicherlich angenehm warm und riecht nach Minze. Ab und zu sehe ich ihre rosa Zunge, die aussieht wie der Kopf einer Babyschildkröte, die einen Blick aus einem Elfenbeinturm wirft, zwischen ihren weißen Zähnen herausgucken und wieder verschwinden.

Sie will immer wissen, wie ich mich fühle, und ich weiß dann nicht, was ich ihr sagen soll. Soll ich ihr von der dunklen Wolke über meinem Kopf erzählen? Soll ich ihr erklären, dass sich Sonntage wie Schlamm auf meine Haut legen und mich ersticken? Soll ich ihr erzählen, dass sich für mich jeder Tag wie das Ende der Sommerferien anfühlt, wenn man wieder in die Schule muss? Wenn man sich vorgenommen hat: Jetzt ist aber mal Schluss mit der Außenseiterei? Ab jetzt gehört man einfach zu den Coolen. Ab jetzt hat man auch einen Facebookaccount mit mindestens 500 Freunden. Soll ich sagen, dass ich mal einen Account hatte? Ich hatte drei Freunde. Meine Schwester, die Rügenwalder Mühle (warum auch immer) und Urban Outfitters (da habe ich mir ab und zu Klamotten angeguckt, aber nie bestellt, weil ich mich erstens nicht trauen würde sie anzuziehen und zweitens kein Geld habe).

Als Rike mich entfreundet hat, habe ich meinen Account wieder gelöscht. Facebook wird sowieso überbewertet. Die Leute posten irgendeinen Schwachsinn und Bilder und Bilder und Bilder, während das echte Leben an ihnen vorbeigeht. Gut, eigentlich empfinde ich es nicht ganz so, aber irgendeine Begründung muss man haben, wenn man mal gefragt würde, warum man nicht bei Facebook ist. Was bislang nicht stattfand.

Letzten Sommer hatte ich all meinen Mut zusammengenommen und meine Mutter überredet, mir bei Saturn ein Tour-T-Shirt von Revolverheld zu kaufen. Ich kenne die Band nicht wirklich und ich stehe auch nicht auf ihre Musik. Aber ich wusste, dass viele aus meiner Klasse sie gut finden. Am ersten Schultag nach den Ferien habe ich das T-Shirt angezogen. Jetzt gehöre ich dazu, habe ich gedacht. Und dann habe ich gehört, wie ich ausgelacht wurde. »Als ob man den Spacken da reingelassen hätte.«

Zu Hause habe ich das T-Shirt weggeworfen.

»Wo ist denn eigentlich das neue T-Shirt mit der Pistole?«, hat Mama gefragt.

Wo schon? Im gleichen Abfalleimer, in den auch ich gehöre.

Das ist die Geschichte, weswegen mir Band-T-Shirts ein schlechtes Gefühl geben.

Ich will Frau Cielo das Leben nicht zu schwer machen.

Und ich glaube auch nicht, dass sie das alles hören will. Sie will hören, dass das eine einmalige Sache war und ich nicht vorhabe, mich wieder umzubringen, sobald ich die Klinik verlassen habe.

Sie fragen hier nicht direkt, sie reden um den heißen Brei herum.

14

Dr. Trappe ist einfach zu durchschauen. Er fragt immer den gleichen Katalog ab.

Jeden Tag die gleichen Fragen. Wir sitzen an seinem Tisch. Hinter ihm steht das obligatorische Skelett, auf einem Bild an der Wand sieht man den Querschnitt eines Gehirns. Ein typisches Arztzimmer.

»Wie geht's dir?«

»Gut«, sage ich.

»Hast du gegessen?«

»Ja«, sage ich.

Und so weiter.

Als ich heute zu Dr. Trappe gehe, sitzt Joe schon bei ihm. Ich verstehe nicht, warum, aber Dr. Trappe macht keine Anstalten, es zu erklären. Vielleicht hat er heute wenig Zeit? Andererseits hat er neulich behauptet, keinen Joe zu kennen.

»Wie geht's dir?«

»Gut«, sage ich.

»Ich fühle mich waaahnsinnig toll, lieber Onkel Doktor«, sagt Joe.

Dr. Trappe kritzelt etwas. Ich muss kichern. Dr. Trappe hält es für ein Lächeln.

»Hast du gegessen?«

»Ja«, sage ich.

»Waaaahnsinn«, sagt Joe wieder, »hätten sie mir das Essen püriert, hätte ich es schmerzfreier und schneller auskotzen können.«

Ich lache, Dr. Trappe ist kurz irritiert, dann lacht er auch.

»Schön, dass du gute Laune hast.«

»Ist das ein abgekartetes Spiel? Ist Joe zu ihm bestellt worden, um mich zum Lachen zu bringen?«

»Hast du heute geduscht?«, fragt Dr. Trappe.

»Ja.«

»Nein, ich stinke wie ein Otter am Arsch«, brüllt Joe.

Dr. Trappe reagiert nicht. Warum? Spätestens jetzt müsste er etwas sagen, wie »So reden wir hier nicht« oder so.

»Warst du beim Sport?«, fragt Dr. Trappe.

»Ja.«

»Ja«, ruft Joe, »aber diese Gymnastikmatten sind hart und kalt. Wie wäre es, wenn Sie uns mal ein paar weiche, warme Nutten bestellen würden?«

Ich pruste los, obwohl es unheimlich ist. Aber auch wirklich lustig. Ich verstehe nur wirklich nicht, warum Dr. Trappe sich das bieten lässt.

Dr. Trappe macht lächelnd zwei Kreuze und einen Haken.

»Wie ist das Wetter heute?«

»Guck doch raus, du Affe. Es regnet, es ist kalt, es ist dunkel«, ruft Joe.

»Gut«, sage ich zögernd und suche Joes Blick.

Der grinst mich einfach nur feist an.

Dr. Trappe macht ein weiteres Kreuz.

»Sagen Sie …«, frage ich ihn.

Er blickt auf.

»Ja? Was?«

»Sind wir jetzt immer zu dritt hier?«

Joe nickt mir aufmunternd zu, als hätte ich eine besonders gute Frage gestellt.

»Warum?«, fragt Dr. Trappe.

Was weiß ich? Es war ja nicht meine Idee. Das muss er doch wissen.

»Warum warum?«, frage ich.

»Warum warum?«, antwortet Dr. Trappe.

Warum warum, dibb dibb de dibb, warum warum, dibb dibb de dibb, warum warum, dibb dibb de dibb, warum warum ... das ist irgendwie ein Lied ...

»Na, ob Joe jetzt immer mit dabei ist?«

Dr. Trappe schaut interessiert auf.

»Wer ist Joe?«

Gut. Jetzt ist es so weit. Es gibt zwei Möglichkeiten: Entweder Dr. Trappe will mich testen. Aber er sieht irgendwie nicht so aus und er ist auch nicht der Typ für so etwas. Oder: Möglichkeit 2: Ich bin nicht nur ein Weirdo, Nerd, Außenseiter – oder wie immer man es auch nennen will –, der einen Selbstmordversuch hinter sich hat, sondern ich bin ein irrer Weirdo, Nerd oder Außenseiter, der Personen sieht, die andere nicht sehen.

»Wer ist Joe?«, fragt Dr. Trappe noch einmal.

Joe schaut mich erwartungsvoll an. In seinem Gesicht steht die Frage: Was wird er sagen?

»Joe?«, frage ich und mache auf blöd. Was mir nicht schwerfällt ...

»Du hast doch Joe gesagt«, sagt Dr. Trappe.

»Nein«, sage ich.

»Doch.«

»Nein, ich habe ... ich habe Juhu gesagt.«

»Juhu?«

»Juhu, ja.«

»Warum?«

Ich überlege.

»Warum? Weil ... weil heute ein guter Tag ist.«

Dr. Trappe schaut mich an.

»Wirklich?«

»Ja!«

»Hattest du Kontakt zu den anderen?«

»Ja.«

»Zu wem?«

»Gina.«

»Ja, leider«, sagt Joe. »Die alte Cielo lässt ihn ja nicht ran!«

Dr. Trappe sieht auf, dann schreibt er Gina auf seinen Zettel. Den Nachnamen kann ich nicht lesen.

»Sonst noch jemand?«

Joe lacht schmutzig, als wäre er der Wolf, dem noch das siebte Geißlein im Schlund steckt.

Dr. Trappe schaut mich noch einmal durchdringend an. Ich halte dem Blick stand. Dann macht er ein weiteres Kreuz.

»Na, dann bis morgen.«

»Tschüss.«

Ich ... wir gehen raus.

»Na«, sagt Joe, »das haben wir doch super hingekriegt.«

»Was sollte das?«, frage ich verstört.

Joe tut, als wäre nichts gewesen.

»Was denn?«

15

Ich sitze in meinem Zimmer und überlege.

Das eben war mit Abstand das Strangeste, das mir je passiert ist.

Dann gehe ich zum Schrank und hole das Motörhead-T-Shirt raus. Ich berühre es, es scheint echt zu sein. Ich ziehe es an und gehe aus dem Raum.

Auf dem Flur ist keiner.

Ich klopfe bei Gina.

»Ja …«, murmelt sie hinter der verschlossenen Tür.

Ich öffne die Tür.

Gina liegt auf ihrem Bett und liest.

»Was ist los?«

Ich schaue sie an.

»Was habe ich an?«

Sie findet die Frage verrückt. Klar. Würde ich auch, wenn jemand in mein Zimmer käme und mich fragen würde, was er anhat.

»Bist du bescheuert?«

»Sag mal, was habe ich an?«

Sie legt das Buch zur Seite und fixiert mich.

»Hat's dich im Schädel zerledert?«, fragt Gina.

Das will ich ja eben herausfinden.

»Sag einfach, was ich anhabe.«

Sie reckt ihren Kopf nach vorne, wie eine Schildkröte, die aus ihrem Panzer späht.

»Ein hässliches Revolverheld-T-Shirt?«

Gina blinzelt, dann greift sie nach der Brille auf ihrem Nachttisch und setzt sie auf.

»Nee, ein hässliches Motörhead-T-Shirt!«

»Danke.«

»Keine Ursache. Komm immer gerne vorbei und frage, was du trägst, wenn dir danach ist.«

Ich gehe.

Am Süßigkeitenautomaten lehnt Joe und kaut an einem Snickers herum.

16

Ich glaube, dass man grob gestört ist, wenn man Personen sieht, die andere nicht sehen. Und ich glaube auch, dass man – gerade wenn man schon in einer Psychoklinik ist – darüber mit den zuständigen Therapeuten und Ärzten reden sollte. Auf der anderen Seite beginnt mir die Sache mit Joe irgendwie Spaß zu machen.

Was soll schon passieren? Kann mein Leben schlimmer werden, bloß weil ich mit einem unsichtbaren Freak rede? Wohl eher das Gegenteil. Ich kann jetzt verstehen, wie sich andere gefühlt haben müssen, wenn sie mit mir zusammen gesehen wurden. Einem Freak.

»Geiles Shirt«, sagt Gorleben in der Gruppe und meint mein Motörhead-Shirt.

Ein Wunder. Gorleben kann sprechen.

Danach fällt er wieder in sich zusammen.

Inzwischen habe ich die anderen etwas besser kennengelernt.

Bekims Familie stammt aus Sarajevo. Seine Familie ist in den 90ern vor dem Krieg geflüchtet. Sein Vater ist an den Folgen einer Kriegsverletzung gestorben. Bekim redet nicht gerne. Manchmal hat er den Reißverschluss seiner Trainingsanzüge bis oben hin zu, zieht sich den Kragen über das Gesicht, damit man ihn nicht sehen kann, und steckt eine Hand in seine Hose. Bekim hat keinen Selbstmordversuch hinter sich, er hat aber mehrmals damit gedroht. Seine Mutter kommt jeden Tag und bringt ihm Cevapcici und Pommes.

Damian hat sich die Pulsadern aufgeschnitten. Er trägt keine Verbände mehr. Man kann die roten Ränder an seinen Handgelenken sehen. Narben, die verheilen. Er hat waagegerecht geschnitten, dabei weiß jeder Idiot, dass man längs schneiden muss. Immer der Ader nach. Damian ist intelligent, er weiß das mit Sicherheit auch. Er sagt, er wäre Hippie und Pazifist, aber die Welt wäre nicht zu retten. Wenn ihm etwas nicht gefällt, rastet er aber schnell aus und droht mit Schlägen. Damian hat Hanteln auf seinem Zimmer und arbeitet täglich damit. Er hat echt massive Muskeln. Früher hätte er mit seinem Vater trainiert, der sei Soldat. Und ein Wichser. Seine Mutter hätte das rechtzeitig erkannt und sei deswegen abgehauen, als er noch klein war.

Jens hat mir erklärt, was Punk bedeutet. Man ist gegen alles. Er verbringt Stunden vor dem Spiegel, um seine Haare zu machen. Ist es ihm gelungen, sitzt er entspannt in der Gruppe. Ist es misslungen, ist er ein Nervenbündel und macht eine Spuckeblase nach der anderen. Sein Vater ist Oberstudiendirektor und seine Mutter Professorin an der Universität. Beide sind alt. Ich glaube, sie mögen ihn. Einer von ihnen besucht ihn immer, manchmal kommen beide zusammen. Aber Jens will sie nicht sehen. Seine beiden liebsten Worte sind: »Fick dich!«

Von Gorleben wissen wir, dass er Daniel heißt und anscheinend Motörhead mag. Sonst nichts. Er kann sprechen, aber er tut es fast nie. Er trägt immer einen Schal, deswegen denken wir, dass er versucht hat, sich aufzuhängen. Er sitzt in den Gruppen immer außen und sortiert Zigaretten in ein Etui. Erst rein, dann raus, dann wieder rein.

Gina hat eigentlich die beste Story. Ihre Mutter ist Schauspielerin. Nicht irgendeine. Wir kennen sie fast alle. Sie hat als Kinderstar angefangen und spielt jetzt in fast jedem deutschen Film mit. Sie ist eine Mischung aus Sexsymbol und Übermutter. Letztes Jahr hat sie einen reichen Unternehmer geheiratet. Die Hochzeit beherrschte die Boulevardpresse mehrere Wochen. Als sie Gina bekommen hat, war sie siebzehn. Gina hat schon drei Selbstmordversuche hinter sich. Momentan prozessieren ihre Großeltern um das Sorgerecht für sie. Gina redet sehr offen. »Ich mach mich sowieso weg, wenn ich hier durch bin«, sagt sie immer wieder, »mir ist alles egal.«

In den Gruppenstunden sitzen wir zusammen. Außerhalb geht jeder seiner eigenen Wege. Es ist nicht so, dass wir uns auf unseren Zimmern besuchen. Obwohl das nicht nur gestattet ist, sondern sogar gerne gesehen würde.

Neulich haben wir über mich gesprochen. Die Meinung der anderen war, dass mein Suizidversuch nur ein Schrei nach Aufmerksamkeit gewesen wäre und ich es gar nicht ernst gemeint hätte. Vielleicht. Aber ich bin mir da nicht ganz sicher. Wenn das Ergebnis aber ist, dass man danach Wochen in solchen Gruppen verbringt, dann kann ich jedem nur von dem Versuch abraten.

Frau Cielo beginnt jede Gruppe mit einer Befindlichkeitsrunde. Wir müssen sagen, wie es uns gerade geht. Wir sagen »gut«, obwohl wir uns sichtbar beschissen fühlen. Wir tun hier das, was wir von unseren Eltern gelernt oder uns abgeschaut haben.

Frau Cielo nickt mir aufmunternd zu.

»Und? Wie geht es dir?«

Joe, der jetzt immer neben mir sitzt, flüstert mir etwas ins Ohr.

»Sag ihr, du willst nicht, dass es alle hören.«

Ich will ihn nicht beachten und setze zu meinem obligatorischen »Gut« an.

»Los, mach«, zischt Joe.

Er nervt. Aber es ist unkomplizierter, einfach zu tun, was er möchte. Ich denke also nicht lange weiter nach.

»Darf ich es Ihnen ins Ohr flüstern?«

Frau Cielo schaut kurz irritiert, nickt dann aber, steht auf, kommt zu mir und beugt sich herab.

»Gut«, flüstere ich in ihr nach herrlichem Parfum duftendes Ohr.

Sie guckt jetzt noch ein wenig irritierter, lächelt aber weiter.

»Das hättest du doch auch laut sagen können.«

Sie geht auf ihren Platz und Joe flüstert mir ins Ohr.

»Aktion: Eins! Inhalt: Eher noch 'ne ... Vier.«

»Red geht es gut«, verkündet Frau Cielo den anderen.

Gina trägt heute keine Badekappe. Gorleben scheint mit offenen Augen zu schlafen. Jens lässt eine Spuckeblase platzen, Damian kratzt an seinen Narben und Bekim hat eine Hand in seiner Trainingshose. Frau Cielo tut so, als würde sie es nicht bemerken.

»Red hat mich auf eine Idee gebracht. Wir wollen heute mal einen Versuch machen«, sagt Frau Cielo. »Ich flüstere jetzt Bekim etwas ins Ohr, der sagt es Damian, der flüstert es Jens und so weiter. Mal gucken, was zum Schluss rauskommt.«

Stille Post.

Sind wir hier im Kindergarten?

Während der *Versuch* beginnt, schaue ich aus dem Fenster. Ich habe in meinem Biologiebuch nachgeschlagen und kann ein paar Bäume identifizieren.

Rotbuche, Rosskastanie, Esche …

Gina beugt sich zu mir und flüstert mir ins Ohr.

»Ich finde, du bist süß!«

Ich erschrecke. Ich schaue Joe an. Hat er das gehört? Ich sehe Gina an. Sie guckt völlig normal. Hat sie das gerade echt gesagt? Ich bin doch nicht wieder eingeschlafen? Ich habe doch nicht schon wieder geträumt? So etwas hat noch nie jemand zu mir gesagt. Klar, der Satz klingt doof, aber der Inhalt hört sich gut an. Ich weiß nicht, was ich machen soll. Frau Cielo schaut mich auffordernd an. Was soll ich sagen? Was soll ich bloß sagen!!?

»Komm, sag was«, sagt Joe.

Ich sage das Erstbeste, was mir einfällt.

»Gott liebt die Esche.«

Frau Cielo lächelt.

»Interessant.«

Sie dreht sich zu Bekim.

»Nimm mal die Hand aus der Hose, Bekim. Und sag uns allen mal, was ich zu dir gesagt hatte.«

Bekim zieht langsam die Hand raus.

»Ein schöner Tag, hatten Sie gesagt.«

»Richtig«, sagt Frau Cielo.

»Lasst uns mal fünf Minuten Pause machen und dann darüber sprechen, okay? Wer will, kann eine rauchen, Bekim wäscht sich die Hände.«

17

»Red?«, ruft Frau Cielo eine Woche später.

Sie sitzt nicht in ihrem Sessel, sondern hat hinter dem Schreibtisch Platz genommen. Sie schreibt irgendwas in eine Mappe und deutet dabei auf die Sitzgruppe. Ich soll mich setzen.

Jetzt bin ich fällig. Sie wird mich auf Joe ansprechen.

»Los, leg dich hin. Das ist 'ne 1A Möglichkeit«, sagt Joe.

Was meint er?

Ich tue, was Joe sagt. Warum eigentlich? Will ich das? Will ich nur nicht, dass er mir auf die Nerven geht? Oder will ich einfach nicht, dass jemand auf die Idee kommt, ich würde mit Unsichtbaren reden?

Ich lege mich seitlich auf das Sofa. Frau Cielo schaut auf, guckt, sagt aber nichts, schreibt weiter.

Ich drehe mich auf den Rücken und schwinge dabei meine Beine über die Lehne. Mein Kopf liegt jetzt gerade auf der Sitzfläche und ich kann unter den Schreibtisch schauen.

»Geil, was?«, flüstert Joe.

Ich sehe ihre Stiefel, die fest verankert auf dem Parkettboden stehen.

Meine Augen gleiten den Schaft hoch. Mein Gott, ungeahnte Möglichkeiten tun sich auf. Sie macht immer noch nichts, sie schreibt weiter. Meine Augen wandern höher und dann sehe ich etwas, was ich vorher noch nie gesehen habe.

Frau Cielo trägt keinen Rock, kein Kleid. Sie hat eine Jeans an. Eine weiße Bluse und eine blaue Jeans.

»Kannste nix machen«, sagt Joe.

Sie hebt ihren Blick, ohne mich anzusehen. Sie schaut sehr streng.

»›Mach es dir gemütlich‹ brauche ich ja nicht mehr zu sagen«, sagt sie. Sie schaut irgendwie nicht mich an. Sie scheint Joe zu fixieren.

»Du hast sicherlich eine Idee, warum wir beide jetzt hier sitzen?«

Wegen Joe? Weil ich mir jemanden einzubilden scheine, den es nicht gibt? Weil das verrückt ist?

»Es wäre toll, wenn wir beide uns unter vier Augen unterhalten könnten«, sagt sie.

Warum sagt sie das? Wieso betont sie das *wir beide*? Hat sie Joe gesehen?

»Wie meinen Sie das?«, frage ich.

»Ich meine, dass du dich jetzt mal mit mir beschäftigen solltest.«

Frau Cielo scheint mir nicht ganz bei der Sache.

Joe seufzt, steht auf und verlässt langsam und betont gelangweilt den Raum. Frau Cielo ordnet derweil ein paar Papiere, dann sieht sie mich wieder an.

»Ich finde, du hast dich sehr gut entwickelt«, sagt Frau Cielo. »Du bist ausgeglichener, selbstsicherer, und manchmal habe ich das Gefühl, dass du etwas ...«, sie zögert, »... sogar richtig gerne machst. Was hältst du davon, die Klinik zu verlassen?«

Was? Damit hätte ich jetzt überhaupt nicht gerechnet. Ich soll zurück nach Hause? Zu Mama. Meinem Vater. Opa. Rike. Will ich das? Oder lieber weiter freitags Fisch, den Automaten auf dem Flur und Ginas Gekreische? Was wird dann mit Joe? Ich bin mir wirklich nicht sicher.

»Ich glaube, wir sollten den Versuch wagen«, findet Frau Cielo. »Ich würde sagen, dass du vielleicht die nächsten zwei, drei Wochen noch nicht zur Schule gehst und weiterhin jeden Tag zur Gruppe kommst. Wäre das okay für dich?«

Ich nicke vorsichtig. Es klopft an der Tür.

»Ja, bitte«, sagt Frau Cielo.

Die Tür öffnet sich und nichts passiert. Ich setze mich auf.

»Ja, bitte!«, ruft Frau Cielo noch einmal.

Nichts.

Dann sehe ich Teddybären. Auf einem Paar dicker, weißer Socken. Langsam folgt ein ganzer Fuß, dann rollt ein Rad rein und endlich fährt ein kompletter Rollstuhl durch die Tür. Darin ein Mädchen. Zumindest sieht das, was man von ihr erkennen kann, wie ein Mädchen aus. Mit der linken Hand hält sie ein Gestänge, an der ein Tropf befestigt ist. Ein Schlauch verbindet eine Flasche mit einem Katheter in ihrem Arm. Weil sie die Stange halten muss, kann sie nur mit der rechten Hand den Rollstuhl anschieben und verkantet sich auch prompt in der Tür. Ich will aufspringen und helfen, werde aber aus dem Rollstuhl angeranzt.

»Das kann ich alleine!«

Was für eine Stimme. Alter Schwede.

Braune Haare, ein Pony unter einer Basecap, eine schwarze Sonnenbrille.

Man kann nur ahnen, dass sich unter den Klamotten ein Körper verbirgt. Sie hat eine dicke Jacke an, ein Ärmel ist hochgekrempelt, unter der Jacke schaut eine Kapuze raus. Ihre Beine stecken in einer Jogginghose, statt Schuhen trägt sie diese dicken Socken mit Teddybären. Die Schuhe, es sind die gleichen, die Joe auch hat, stecken hinten in einem Netz an ihrem Rollstuhl.

Sie kann es natürlich nicht alleine. Aber sie hat verboten zu helfen. Also schauen wir ihr zu, wie sie versucht, mit dem Rollstuhl durch die Tür zu kommen. Ein Stück vor, ein bisschen zur Seite, dann ein paar Zentimeter zurück, dann ein Wutschrei. »Scheiße! Verdammte Scheiße!!!«

Sie versucht noch einmal mit Gewalt, um die Ecke zu kommen, dabei verrutscht ihre Sonnenbrille und man kann ihre Augen sehen.

Ein Blau wie ein Bergsee. Nicht ganz. Ein See stimmt. Aber eher ein See, in dem gerade jemand ertrunken ist.

Sie steht jetzt quer in der Tür. Nichts geht mehr. Sie kann weder vor noch zurück. Frau Cielo steht auf. Sie geht auf das Mädchen zu und tut, als sei es das Normalste auf der Welt, dass sich Vermummte im Rollstuhl in ihrer Tür verkeilen, weil sie nur eine Hand frei haben, weil die andere einen Tropf hält.

»Willkommen, Hanna«, sagt Frau Cielo. »Du brauchst nicht extra reinzukommen. Bleib einfach da.«

Was anderes wäre sowieso nicht gegangen. Was mag mit der wohl nicht in Ordnung sein? Beine kaputt? Aus dem Fenster gesprungen?

»Hanna ist gerade aus der Uniklinik zu uns gekommen. Sie wird ein paar Tage bleiben.«

Ich weiß, was *ein paar Tage bleiben* bedeutet.

»Ich habe mir gedacht, dass du Hanna vielleicht einmal durch die Station und das Haus führen könntest?«

Führen könntest? Fahren könntest wäre wohl angebrachter.

»Das kann ich alleine«, ertönt es aus dem Türrahmen.

»Bestimmt«, sagt Frau Cielo, »aber es ist doch einfacher, wenn jemand dabei ist, der hier alles kennt.«

Warum ich? Warum nicht sie? Sie bekommt doch Geld für so etwas?

Frau Cielo macht aber keine Anstalten, eine Erklärung zu liefern.

Keine Ahnung, wie, aber sie schafft es, sich an Hanna vorbei durch die Tür zu quetschen, und ist weg.

Ich mache erst mal gar nichts. Ich warte. Hanna auch. Wir schauen uns an. Keiner sagt was. Sie fummelt an ihrem Katheter, ich schaue auf ihre Socken. Dann nimmt sie ihre Sonnenbrille ab und mustert mich.

»Motörhead? Dein Ernst?«

Aber Teddysocken, oder was?

18

Wir gehen eine Runde um den Ententümpel.

Ich gehe, Hanna sitzt. In der Klinik durfte ich ihren Rollstuhl nicht berühren. Zweimal habe ich es versucht. Einmal hat sie mir auf die Hand geschlagen und beim zweiten Mal geknurrt wie ein Zwingerhund, dem man sein Fressen wegnehmen will.

Hier draußen ist der Boden weich und sie wäre alleine keinen Meter weit gekommen. Erst nachdem sie sich zweimal fast festgefahren hatte, durfte ich helfen. Den ganzen Weg über haben wir kein Wort gesprochen.

»Was ist mit dir?«, frage ich Hanna.

»Was ist denn mit *dir*?«, fragt Hanna schnippisch zurück.

Ich schaue mich nach Joe um, aber der ist nicht da.

»Weiß nicht«, sage ich.

»Ach so«, sagt Hanna.

Ich überlege. Was soll ich ihr sagen?

»Ich glaube, ich musste mal raus.«

Sofort hätte ich mich ohrfeigen können. Was für ein Schwachsinn.

»Mhhh«, macht Hanna spöttisch, »klar. Das machen viele, um mal rauszukommen. Einfach mal in die Klapse ziehen. Tolles Essen, coole Leute und es ist immer jemand da.«

Sie zeigt auf ihren Tropf. »Tolle Medizin. Und wenn man mag, kann man sich das Essen auch spritzen lassen. Einfach mal die Seele baumeln lassen und 'ne Auszeit in der Psychiatrie nehmen.«

Hinter der Brille und unter dem Cap kann ich nicht erkennen, ob sie lächelt oder nicht. Vermutung: Nein.

Auf einer Bank sitzen zwei ältere Männer in der Frühlingssonne und beobachten die Enten. Einer trägt einen Hut und sieht aus, als wäre er ein Statist aus »Der Pate«. Der andere wirkt, als wolle er gleich eine Bergwanderung unternehmen.

Wir halten an.

Auf der Bank wäre genügend Platz für drei, Hanna hat ihren Stuhl ja mitgebracht, aber die beiden tun so, als würden sie uns nicht bemerken. Wenn man es genau nimmt, machen sie sich sogar eher noch ein bisschen breiter.

»Rentner«, flüstert Hanna und kommt mir dabei so nahe, dass ich sie riechen kann. Ihre Hand berührt wie zufällig meine.

Sie räuspert sich.

»Es waren welche wie die beiden«, sagt sie.

Was?

Ich schaue sie an, sie schaut nicht zurück. Sie schaut in die Ferne. Was redet sie da?

»Ältere Männer. Unscheinbar«, sagt Hanna.

Die beiden Herren gucken zwar weiterhin die Enten an, ich merke aber, dass sie ihre Hauptaufmerksamkeit nun Hannas Worten schenken.

»Der eine hat mich angehalten. Er war zuerst sehr nett. Hier hast du einen Lutscher, Kleine.«

Der *Outdoorherr* stößt seinen Nachbarn an.

»Ich habe abgelehnt, da wurden sie zudringlich.«

Hanna macht jemanden nach.

»Komm, nimm doch den Lutscher, Kleine. Und komm mit uns!«

Wovon spricht sie? Wurde sie etwa vergewaltigt?

»Dann haben sie mich in ein Gebüsch gezerrt ...«

Oh mein Gott.

»Dann haben sie mir die Klamotten vom Leib gerissen und gesagt, es geschehe im Auftrag des Herrn.«

Die beiden Männer tun immer noch so, als würden sie uns nicht hören und sehen, obwohl es ihnen sichtbar unglaublich schwerfällt.

»Einer hatte einen Hut auf.«

Der Herr mit Hut zuckt zusammen. Sein Kollege schaut ihn von der Seite an.

Hanna stoppt, während die beiden Herren aufspringen und fluchtartig die Bank verlassen und sehr schnell in Richtung Parkplatz gehen.

»So!«, sagt Hanna. »Setz dich!«

Mit der linken Hand greift sie nach ihrer Sonnenbrille, zieht sie ein Stück runter, kneift ein Auge zu und lächelt ganz kurz.

Ich bin erleichtert.

»Also bist du nicht ...?«

»Nicht vergewaltigt? Doch. Aber nicht von Männern. Es waren Frauen. Ungefähr hundert Frauen. Landfrauen. Richtige Naziweiber, mit brennenden Mistgabeln und kleinen Ferkeln an Leinen. Es war schrecklich.«

Ich muss lachen.

»Ja. Und du lachst ...«, sagt Hanna ernst.

»Aber ...«, setze ich an.

Hanna legt einen Finger auf ihre Lippen.

»Die Brille trage ich, weil ich gerade nicht so gut gucken kann. Und im Stuhl sitze ich, weil ich gerade nicht so gut gehen kann.«

Ich schaue sie an.

»Und die Kappe trage ich, weil ich keinen Bock hatte, die Scheißhaare zu waschen.«

»Und …«

»Und jetzt halt die Klappe und genieß den Ausblick.«

Wir sitzen nebeneinander.

Wir schweigen.

Wir schauen auf den Tümpel.

Die Sonne spiegelt sich glitzernd im Wasser. Ein leichter Wind lässt die Bäume am Ufer sachte tanzen. Vier Enten begleiten einen flanierenden Erpel.

»Ich mag Enten«, sagt Hanna, »am liebsten süß-sauer und mit acht Kostbarkeiten.«

Ich werfe ihr einen entsetzten Blick zu.

Sie wackelt mit ihren Zehen in den Teddysocken, dann lacht sie mir ins Gesicht.

»Keine Sorge«, sagt sie, »war nur Spaß. Ich bin Vegetarierin.«

Sie ist hübsch.

Richtig hübsch. Man muss bei all den Teddysocken, Rollstühlen und Kathetern und so nur zweimal hinschauen. Wenn sie jetzt öfter kommt, bin ich mir nicht sicher, ob ich nicht auch länger bleiben sollte?

19

Zwei Tage später werde ich unter den besprochenen Auflagen – zur Gruppe zu kommen, aber zu Hause zu wohnen – aus der Klinik entlassen.

Auf der einen Seite bin froh, dass ich jetzt nicht mehr in der Klinik wohnen werde, auch wenn mir Hanna fehlen wird. Auf der anderen Seite war ich in der Klinik sicher. Vor mir, zu vielen nutzlosen Gedanken, vor der Schule und – last but not least – vor meinen Eltern.

Meine Eltern holen mich ab.

Wir haben einen gebrauchten Mercedes. Eigentlich eher: Sehr gebraucht. Er ist silber und mit Vollgas fährt er ungefähr so schnell wie eine Schubkarre, ist aber so laut wie ein Traktor. Mein Platz ist hinter dem Beifahrer. Der Wagen hat vier Türen und Kindersicherung. Während der Fahrt atme ich an die Scheibe und lecke dann mit der Zunge drüber. Als meine Mutter es sieht, höre ich damit auf.

Unser Haus ist ein altes Siedlungshaus in einer Kleinstadtvorstadt. Roter Backstein, ein spitzes, ziegelgedecktes Dach, daneben ein Carport. Ursprünglich bestand das Gebäude aus drei Zimmern. Ein großes Wohnzimmer im Erdgeschoss und zwei kleinere Schlafzimmer im ersten Stock. Eins heißt offiziell Arbeitszimmer, aber mein Vater schläft auch dort. Gebaut wurde das Haus für die Aussiedler, die nach dem Krieg nach Deutschland geflüchtet sind. Deswegen heißen die Straßen in der Siedlung auch nach den Gebieten, aus denen die Flüchtlinge kamen. Wir wohnen im Pommernweg.

Der Pommernweg kreuzt die Schlesische Straße und ganz am Ende geht der Königsberger Redder ab. Manchmal stelle ich mir vor, wie diese Straßen nach dem Krieg ausgesehen haben, als aus Wiesen und Feldwegen die Siedlung entstand. Wie die Menschen hier mit Pferd und Wagen angefahren kamen und ihre Tiere und Kinder gegessen haben. Meine Oma hat immer Schauergeschichten aus dieser Zeit erzählt. Als die Häuser gebaut wurden, war die Welt noch schwarzweiß. Im Laufe der Zeit wurde sie bunt und die Kinder der ehemaligen Flüchtlinge haben die Häuser aus- und an sie angebaut. Meine Eltern haben unser Haus mit einem Kredit gekauft. Die Vorbesitzer haben zwei Vierecke mit Flachdach an das Haupthaus gemauert.

Eines davon hat sogar ein Fenster.

Leise lache ich und sage:

»Eigentlich sieht unser Haus aus wie ein fetter Arsch mit Ohren.«

»Aha«, sagt mein Vater.

»So, so«, sagt meine Mutter.

Vor meinem Krankenhausaufenthalt – mein Vater nennt es Sturz, meine Mutter sagt Medikamentenvergiftung – habe ich alleine in meinem Zimmer gewohnt. Man teilt mir mit, dass ab jetzt Opa bei mir schlafen wird. Mir ist klar, warum, aber keiner spricht es aus.

In unserem Vorgarten steht ein gemauerter Grill, daneben ist noch Platz für einen Tisch mit vier Stühlen. Auf Wunsch meiner Mutter hat mein Vater die Möbel seinerzeit auf einem Holzboden verschraubt. Der Abstand eines jeden Stuhls zum Tisch ist absolut gleich. Da wir aber nicht alle gleich groß sind, ist es für den einen bequemer als für den anderen.

Hätten wir mal Liliputaner zum Essen da, gäbe es ein Problem.

Der Holzboden wird bei Regen glitschig, man muss aufpassen, dass man nicht ausrutscht und auf die Fresse fällt.

Hinter dem Carport ist die Eingangstür. Neben der Klingel hängt das von meiner Mutter in ihrem Kurs getöpferte Schild: »Hier wohnt die Familie Nachtigall. Helmut, Eva, Rike und Red.« Über das Red hatten wir lange gestritten, Rike zu schreiben war nie ein Problem.

»Wieso Red?«, hatte meine Mutter gefragt.

»Wieso nicht?«, hatte ich geantwortet.

»Beantwortet man eine Frage mit einer Gegenfrage?«, hatte mein Vater gefragt, ohne zu merken, dass er gerade das Gleiche tat.

»Wieso Red? Was soll das?«, hatte meine Mutter erneut gefragt.

»Das ist mein Künstlername«, hatte ich geantwortet.

»Künstler für was?«, hatte mein Vater gefragt.

»Als Schriftsteller«, hatte ich geantwortet.

»Aha«, hatte er geantwortet, »und was schreibt er so, der Herr Schriftsteller?«

Irgendwann schreibt er einen Bestseller, hatte er gedacht, der Herr Schriftsteller. Und dann wirst du dich schämen für diese Szene hier. Gesagt hatte er aber:

»Weiß ich noch nicht.«

»Aha«, war seine Antwort darauf gewesen.

Meine Mutter hatte meinen Vater eindringlich angesehen und auf dessen Entscheidung gewartet. Der hatte dann irgendwann mit den Achseln gezuckt.

»Schreib halt Red. Dann weiß eben keiner, dass er hier wohnt.«

Er hatte damals über seinen Sieg gelächelt.

Unten in der Tür ist eine Katzenklappe ausgesägt, obwohl wir keine Katze haben. Alles in allem ist es bei uns in der Siedlung so, dass wenn Außerirdische landen würden, sie sich einen perfekten Eindruck von Deutschland verschaffen könnten. Der Vorgarten ist mit der Nagelschere frisiert und am Samstagnachmittag werden das Auto gewaschen, der Bürgersteig gekehrt und um 18 Uhr läuft die *Sportschau.*

Als wir aussteigen, reitet mich der Teufel.

»Wieso haben wir eigentlich keine Gartenzwerge?«

»Gartenzwerge, ich bitte dich«, erwidert meine Mutter entrüstet, »wir sind doch keine Spießer!«

»Genau«, ruft Joe, »Gartenzwerge würden den Eindruck, dass hier progressive, intellektuelle Künstler leben, die zum Ficken nach Thailand fahren, völlig kaputtmachen ...«

Joe!

Er ist mitgekommen.

20

Wir haben ein Wohnzimmer, das eigentlich nur ein Fernsehzimmer ist. Das eigentliche Leben findet in der Küche statt. Die Küche sieht deswegen auch ein bisschen wie ein zweites Wohnzimmer aus. An den Wänden befinden sich diverse Sessel, die nicht zusammenpassen, die meine Mutter mal hier, mal dort geschenkt bekommen hat oder die nach dem Tod von irgendwelchen Verwandten oder Freunden bei uns gelandet sind.

Der Tisch steht mitten im Raum wie ein Altar.

Die Familie ist zum Frühstück versammelt.

Die Stimmung ist komisch.

Komisch im Sinne von seltsam.

Jeweils am Kopfende sitzen mein Vater und mein Opa. Mein Vater, weil er sich als Familienoberhaupt sieht. Mein Opa, weil er den Platz braucht, sich aber auch als Familienoberhaupt sieht. Auf einer Seite sitzen nebeneinander meine Mutter, die sich als das eigentliche Familienoberhaupt sieht, aber keinen Bock auf Ärger hat und auf ihrem Platz auch näher an Kühlschrank und Herd ist. Neben ihr thront das wahre Familienoberhaupt: Meine Schwester. Den beiden gegenüber: Ich.

Ich habe keinen Stuhl, ich habe ein Sofa. Es stammt aus dem Haushalt von Oma und Opa. Es ist hässlich, aber es war teuer. Ihm mussten zwei Stühle in den Keller weichen, die jetzt nur noch für Feiern hochgeholt werden.

Was für Feiern eigentlich?

Ich mag meinen Platz auf dem Sofa, ich mag mich gerne nach dem Essen darauf ausstrecken.

»Die besten Schweine kippen immer direkt am Trog um«, sagt mein Vater, wenn ich das tue. Ich bin mir sicher, heute würde er sich diese Aussage verkneifen, aber ich kann mich auch gar nicht ausstrecken, denn Joe hat neben mir Platz genommen.

Meine Eltern wissen nicht wirklich, wie sie mit mir umgehen sollen. Sie schauen mich andauernd mit diesem »Hoffentlich machen wir nichts falsch«-Blick an. Früher war es eher ein »Was soll's, dann machen wir es eben falsch«-Blick.

Meine Schwester tut, als wäre nichts gewesen – was mir eigentlich ganz gut gefällt.

Mein Opa hat Krawalltag. Er behauptet, sein Gebiss würde drücken, und frühstückt ohne Zähne. Genaugenommen lutscht er seit einer Viertelstunde an einem halben Schinkenbrötchen. Wäre es gekochter Schinken gewesen, wäre sein Plan vielleicht aufgegangen. So sieht er aber aus wie ein Mensch gewordenes, mümmelndes Kaninchen, dem eine Schinkenzunge aus dem Mund hängt.

»Hoffentlich werde ich nie alt«, flüstert mein Vater.

»Ja, das wünsche ich mir auch für dich«, murmelt mein Opa.

»Was?«, fragt mein Vater.

Meine Mutter mischt sich ein. Sie schaut mich liebevoll an.

»Möchtest du ein Ei? Wir haben dir extra ein Ei gekocht.«

Jeder von uns bekommt jeden Morgen ein Ei. Es besteht eigentlich kein Grund, darauf hinzuweisen, dass man mir *extra* ein Ei gekocht hätte. Zumal es nicht einmal stimmt, das Ei liegt noch neben dem Topf.

Mit Eiern ist es bei uns aber so eine Sache. Meine Mutter ist die einzige Frau, wahrscheinlich sogar der einzige Mensch auf der Welt, der drei verschieden gekochte Eier in einem einzigen Topf kochen kann. Jeder bekommt sein Ei dann genau so, wie er es nicht will. Mein Vater bevorzugt weich und bekommt hart. Meine Schwester genau andersrum. Mein Opa hätte gerne Spiegeleier, aber die macht Mama ihm nicht. Sie mag es nicht, wenn es in ihrer Küche morgens nach Fett riecht. Stattdessen bekommt Opa seine Eier wachsweich. Wachsweich bedeutet, das Eiweiß ist glibberig und das Gelbe noch fast roh.

Sie markiert die Eier vorher. Das meines Vaters bekommt einen Punkt aufgemalt, weil es am schnellsten rausmuss. Das Ei meiner Schwester bekommt einen Punkt, weil es am längsten drin bleiben soll. Und Opas Ei bekommt einen Punkt, damit sie es erkennen kann. Meine Mutter ist nicht dumm, keiner versteht, warum sie dieses Eierproblem hat.

Ich mag kein Eigelb, es ist für mich einfach nur schleimiges Küken.

Ich will aber nicht stressig sein. Ich tue, als ob ich mich freue.

»Wie hättest du deine Eier denn in Zukunft am liebsten?«

Als ob sich durch meinen Krankenhausaufenthalt daran etwas geändert hätte?

Nein, nach seinem Selbstmordversuch war er ganz anders als vorher, da hat er seine Eier immer weich gegessen ... Was für ein Unsinn.

»Na, wie hättest du sie denn gerne?«, fragt meine Mutter noch einmal.

»Gekrault«, sagt Joe. Und ich bin sehr froh, dass nur *ich* ihn höre.

»Hart«, sagt mein Vater. »Er will immer hart.«

»Na, dann hol schon mal einen Lappen«, grinst meine Schwester.

»Warum?«, fragt meine Mutter. Und wir wissen nicht, ob sie es ernst meint oder an Dreistigkeit einfach nicht zu überbieten ist.

»Alter, ist das 'ne Freakshow«, stöhnt Joe. »Ich würde hier ausziehen. So schnell wie möglich. Warum ziehst du nicht aus?«

»Frühestens mit achtzehn«, antworte ich Joe.

»Was?«, fragt meine Mutter.

»Ich glaube, er will sein Ei erst mit achtzehn«, sagt meine Schwester.

Mein Vater schaut meine Mutter fragend an, sie guckt hilflos weg.

Mein Opa reißt sich den Schinken aus dem Mund und schnauzt meinen Vater an.

»Das ist völlig normal! Ich habe auch erst mit achtzehn angefangen, Eier zu essen!«

Ich bin mir sicher, dass das nicht stimmt, aber ich liebe meinen Opa dafür, dass er für mich in die Bresche springt.

»Genau«, sage ich, »ich habe beschlossen, dass ich erst mit achtzehn wieder Eier esse!«

Joe grinst mich feist an und klopft sich auf die Schenkel.

»Absolut richtig«, grinst Joe, »vorher ist es auch zu gefährlich. Eier vor achtzehn – was könnte da alles passieren? Stell dir vor – am Ende bringt dich das um, das Eiergefresse ...«

Jetzt möchte ich auch lachen. Ich beherrsche mich aber. Sie halten mich ja jetzt schon für irre.

»Kille, kille«, sagt Joe und deutet an, mich zu kitzeln. Ich pruste los.

»War das jetzt nur ein Scherz?«, fragt meine Mutter. »Willst du doch ein Ei?«

Ich muss immer noch lachen. Als Einziger am Tisch. Ich nicke.

Auch das kenne ich von früher. Woran merkt man, dass ich einen Scherz gemacht habe? Daran, dass niemand lacht.

Meine Mutter steht auf und legt das Ei in den Topf, dann kommt sie zurück und setzt sich. Am Tisch herrscht Totenstille.

»Das Meerschweinchen deines Cousins hat Junge bekommen«, sagt meine Mutter.

»Das von Hans?«, fragt Rike uninteressiert.

Hans ist der Sohn meines Onkels, des Bruders meiner Mutter, des Sohnes meines Opas.

»Ja«, sagt meine Mutter.

»Hans ist ein Idiot«, sagt meine Schwester.

Da hat sie recht.

Dann ist wieder Schweigen.

Mein Opa greift nach dem Wursteller und will sich eine neue Scheibe Schinken nehmen. Mein Vater zieht den Teller weg. »Nicht ohne Zähne!«, sagt er.

»Ich brauche kein Gebiss, das drückt«, sagt mein Opa.

»Wie gesagt«, sagt mein Vater, »keine Zähne, keinen Schinken!«

»Ich esse heute nach Schule in der Stadt«, teilt Rike mit.

»*Nach der Schule*«, verbessert mein Vater.

»Das Ei ist gleich fertig«, sagt meine Mutter.

»Gib mal Geld«, sagt Rike.

»Gib mir mal *bitte Geld dafür*«, sagt mein Vater.

Joe schaut mich an und rollt mit den Augen.

21

Ich war also wieder zu Hause. Frau Cielo hatte recht. Ich fühlte mich besser.

Meinen Selbstmordversuch hatte ich erst einmal hinter mir gelassen. Bisher hatte mich niemand explizit nach einem Grund gefragt. Ich hätte ihn auch nicht genau benennen können. Da ist diese dunkle Wolke, da war das Gefühl der Hilflosigkeit, da waren Fragen und Fragen und Fragen ohne echte Antworten und Perspektiven. Ich hätte vieles aufzählen können, was ich nicht wollte, aber wenig, wonach ich strebte. Und wenig ist total übertrieben. Eigentlich nichts. Und da war von jeher dieses Gefühl in mir, mich Sachen stellen zu müssen, die ich nicht einmal klar definieren konnte, und Entscheidungen über Dinge treffen zu müssen, ohne zu wissen, wohin mich das führen würde.

Ich sitze auf meinem Bett und berühre meinen Arm. Er ist warm. Ich kann ihn bewegen. Blut fließt durch meine Adern. Ich lebe. Alleine das Gefühl, am Leben zu sein, ist eine so unglaubliche Angelegenheit, dass man sie kaum fassen kann. Hatte ich es deswegen getan? Um zu wissen, wie es ist, wenn es aufhört?

Genau in diesem Moment verspüre ich etwas, das ich vorher nicht kannte. Neugier! Wie wird morgen wohl sein? Die Frage kannte ich. Die hatte ich mir auch früher schon gestellt. Mein bisheriges Vorgehen allerdings war, mit Angst darauf zu reagieren. Diese Angst war im Krankenhaus geblieben.

Dafür hatte ich etwas anderes Beunruhigendes mitgebracht. Ich hatte jetzt einen Begleiter. Aber einen Begleiter, den außer mir offenbar niemand wahrnahm. Und der, wenn man ehrlich ist, auch irgendwie nicht ganz dicht war. Ich war mir selbst zutiefst unsicher, was mit mir los war. Aber selbst, wenn ich tatsächlich irre geworden war, wenn ich jetzt Menschen sah, die kein anderer sehen konnte – was hatte ich zu verlieren? Ich war vorher für die anderen ein Idiot gewesen und ich war immer noch ein Idiot. Nur war ich jetzt ein Idiot mit Visionen.

Was wären meine Optionen?

Zu sagen: So, das ist Joe. Ihr wolltet doch immer schon, dass ich einen Freund habe. Jetzt habe ich einen. Aber ihr könnt ihn nicht sehen.

Ergebnis: Ab in die Klinik.

Oder: Wäre es für euch okay, wenn ein unsichtbarer Junge hier einzieht?

Ergebnis: Ab in die Klinik!

Zumal noch hinzukommt, dass ich selber ja nicht einmal weiß, was die Sache mit Joe bedeutet und ob ich nicht vielleicht tatsächlich durch den Selbstmordversuch Matsche im Schädel bin. Auch in diesem Fall wäre das Ergebnis: Ab in die Klinik.

Aber solange Joe bei mir ist, bleibe ich gerne ein Idiot.

Ein Idiot mit dissoziativen Störungen.

Das hatte ich gegoogelt. Man kann so etwas bekommen, wenn man traumatische Erlebnisse verarbeitet. Und ein Suizidversuch geht durchaus als traumatische Angelegenheit durch.

Ich kam mit Frau Cielo klar, aber ich würde mich ihr nie ganz anvertrauen. Dr. Trappe erst recht nicht und meiner

Familie noch weniger. Was konnte Joe also anrichten? Und so beschloss ich, ihn einfach zu verschweigen.

»Ich werde dich noch ein wenig behalten«, sage ich zu Joe.

Er lacht wiehernd wie ein Pferd.

»Das ist gut«, lacht er.

Ich muss grinsen.

»Freust du dich, noch ein bisschen bei mir zu bleiben?«

Er prustet noch einmal los.

»Ja.«

Dann ist es ja für alle gut. Joe haut mir auf den Arm.

»Aber ich muss viel mehr darüber lachen, dass du denkst, dass es deine Entscheidung wäre, ob ich bleibe oder nicht.«

Was?

22

Mein Opa ist schon im Bett. Schnell ziehe ich meine Sachen aus und krieche auf meine Seite des alten Ehebetts meiner Eltern, das jetzt unser gemeinsames Bett ist. Wenn ich mich richtig erinnere, liege ich auf der Seite meines Vaters.

»Kann ich noch etwas lesen?«, frage ich meinen Opa, bekomme aber keine Antwort.

Eigentlich will ich gar nichts lesen. Eigentlich will ich nur wissen, ob er schläft.

Ich schließe die Augen und denke an Frau Cielo. Wie sie vor mir sitzt, wie sie riecht, wie sie sich wohl anfühlt ...

»Kannst du das vielleicht lassen?«, fragt sie mit der Stimme meines Opas.

Ich erschrecke und schäme mich zu Tode.

Scheiße, wie unangenehm.

»Wo er recht hat, hat er recht«, sagt Joe.

Was? Der auch noch!? Wo kommt der denn her? Bislang habe ich meine Nächte alleine verbringen dürfen. Aus den Augenwinkeln schaue ich auf die andere Seite. Joe liegt mit verschränkten Armen in der Mitte des Bettes.

Mein Opa schaut mich an.

»Du bist doch noch jung. Du kannst doch rausgehen«, sagt Opa.

»Ja«, grinst Joe mich blöde an, »geh doch bitte raus und nagel Frau Cielo auf dem Klo.«

Ich habe nur eine Chance. Ich muss so tun, als hätte ich geschlafen und wäre gerade aufgewacht. Als hätte ich einen schlimmen Traum gehabt. Ich atme schwer und schüttele mich. Ich tue so, als hätte ich Angst.

»Ich glaube, ich habe was ganz Schlimmes geträumt«, sage ich zu Opa.

Opa sagt nichts. Ich glaube, es ist ihm zu dumm.

»Oscarreif«, sagt Joe. »Absolut emotional und total überzeugend!«

23

Bereits am nächsten Tag kommt es zu einem weiteren Zwischenfall.

Und genau genommen bin ich unschuldig im Sinne der unausgesprochenen Anklage.

Ich wollte wirklich nur duschen.

Das Badezimmer liegt neben Rikes Zimmer. Der Schlüssel klemmt, man kann nicht abschließen. Es ist ein schmaler Raum, das Klo ist ganz am Ende. Auf der einen Seite ist eine Badewanne. Sie nimmt die Hälfte des Raumes ein und ist orange. An der gegenüberliegenden Wand hängt ein genauso überdimensional großes orangefarbenes Waschbecken. Die Kacheln sind dunkelblau, die Fliesen cremefarben. Man hat das Gefühl, als wäre man in eine Retro-Kaffeekanne von Melitta gefallen und würde darin ersaufen. Wenn man auf dem Klo sitzt, muss man aufpassen, dass man sich nicht den Kopf am Waschbecken stößt. Steht man beim Duschen in der Wanne, muss man wiederum darauf achten, dass man nicht mit dem Kopf an die Gastherme kommt. Gefahren überall.

Ich mag die Badewanne nicht, weil ich mir IMMER den Kopf stoße. Ich drehe das Wasser auf.

Rike hat Besuch. Sara ist da. Sie ist die hübscheste von Rikes Freundinnen. In einem sind sie aber alle gleich. Obwohl die meisten jünger sind als ich, sind sie für mich unerreichbar. Sara ist allerdings so alt wie ich, sie war mal in meiner Klasse und ist dann sitzengeblieben. Sie wohnt auch in der Siedlung. Ein paar Häuser weiter, mit ihrer Mutter. Ihr Vater ist einer von denen, die – wie Joe es nennt – zum Ficken nach Thailand fahren, und wohnt jetzt nicht mehr da. Ich habe nicht verstanden, warum er das gemacht hat. Seine Frau sieht unglaublich gut aus. Auch Sara ist richtig hübsch.

Und ich weiß, dass sie mich eher widerlich findet.

Ich war mal in Sara verliebt.

Da war sie noch in meiner Klasse und auch noch nicht so hübsch. Sie saß ganz hinten links an einem Einzeltisch und sprach so gut wie nie.

Meine Gefühle für Sara verwirrten mich zutiefst. Ich konnte sie nicht einordnen. Ging sie an mir vorbei, blieb mir die Luft weg und ich konnte nicht mehr sprechen. In meinem Bauch flatterten fröhliche Schmetterlinge gegen bleischwere Betonklötze. Grönemeyers Flugzeuge im Bauch waren nichts dagegen. Ich war so gut wie lahmgelegt.

Ich konnte Sara nicht anschauen. Und wenn ich es tat, konnte ich dem Unterricht nicht mehr folgen. Mein Mathelehrer warf mit einem Schwamm nach mir und traf mich mitten im Gesicht. Und es war mir egal. Hauptsache war, dass niemand meiner Mitschüler bemerkte, was mit mir los war. Doch Sara konnte ich nichts vormachen. Auf dem Schulhof sprach sie mich an. »Was glotzt du denn immer so?«, fragte sie.

Ihre Stimme war wunderschön.

Sie verlor einen Radiergummi aus ihrem Mäppchen. Ich hob ihn auf und wartete auf den Moment, ihr den Gummi wiederzugeben. Ich wartete Tage, Wochen, Monate. Ich schlief mit ihrem Radiergummi unter dem Kopfkissen. Manchmal gab ich dem Radiergummi einen Gute-Nacht-Kuss.

Ich wollte ihn ihr zurückgeben, aber immer wenn ich dachte, ich hätte genug Mut gesammelt, um zu ihr zu gehen, erwiesen sich meine Knie als miese Feiglinge. Sie wurden weich und zitterten.

Ich war eifersüchtig. Wie verrückt. Wahnsinnig vor Eifersucht. Ich war zehn Jahre alt und hatte keine Ahnung, was zwischen Männern und Frauen wirklich passiert, meine Eifersucht war nicht sexueller Natur. Sie war schlicht und einfach besitzergreifend. Niemand außer mir sollte Sara ansehen, geschweige denn mit ihr reden.

Auch in den Pausen auf dem Schulhof achtete ich darauf, in ihrer Nähe zu stehen. Sie duftete herrlich.

In einer Nacht träumte ich, dass ein anderer Junge, Sara und ich Schlitten fahren waren. Mein Schlitten war der schnellste und ich war der beste Fahrer. Aber Sara setzte sich zu dem anderen. Ich fuhr den beiden hinterher, konnte sie aber nicht einholen. Es ging durch Haarnadelkurven und dichten, verschneiten Wald. Es roch nach Harz und Erde. Dann fuhr ich gegen einen Baum und schmeckte Blut.

In Wahrheit hatte ich mir im Schlaf auf die Zunge gebissen.

Am nächsten Morgen konnte ich weder sprechen noch essen. Ich verweigerte das Frühstück und sah so elend aus, dass meine Mutter mich nicht in die Schule lassen wollte. Aber ich setzte mich durch. Sobald ich das Klassenzimmer betreten hatte, schaute ich mich um, ob Sara da war.

War sie nicht.

Wo war sie? Bei dem anderen?

Und dann kam der schlimme Tag. Ein anderes Mädchen musste irgendwie rausgefunden haben, was mit mir los war. Sie stellte Sara zur Rede. »Ich glaube, der Red ist in dich!«

Sara hustete in die Klasse.

»Der da vorne?«

»Ja. Der mit dem grünen Nicki.«

Sie überlegte ein wenig und sagte dann laut und für alle hörbar: »Der hat so ‘n Fischgesicht!«

Alle lachten.

Ich auch.

Dann blieb sie sitzen und kam in Rikes Klasse.

An Sara zu denken, erregt mich noch immer.

Während ich mir die Haare wasche, habe ich das Wasser abgedreht und höre Rike und Sara.

»Ich würde nie mit dem pennen. Höchstens ... du weißt schon ...«

Kichern.

Ich weiß es nicht, aber ich ahne es.

»Wenn überhaupt«, sagt Sara.

Dann Rike.

»Ich finde den süß.«

»Der hat voll Muskeln.«

»Voll nicht.«

Reden sie über mich?

»Nicht so wie dein Bruder.«

Also nicht. Schade. Das ist allerdings gerade nicht mein Hauptproblem. Ich bekomme Seife in die Augen und muss mein Gesicht abwaschen. Meine Hände suchen den Wasserhahn.

Kichern.

»Mein Bruder ist seit gestern wieder da.«

»Ach?«

»Die Alten haben Opa bei ihm einquartiert.«

»Das ist doch praktisch.«

»Warum?«

»Na, vielleicht sterben sie zur gleichen Zeit. Dann müssen deine Eltern nur einen Leichenwagen rufen.«

Kichern.

»Das ist nicht witzig«, sagt meine Schwester glucksend.

»Ach komm«, sagt Sara, »der hat doch nie vorgehabt, sich umzubringen. Das weißt du doch genauso gut wie ich. Das hast du selbst gesagt.«

»Ja.«

Kichern.

»Hör auf.«

»Du bist voll hübsch, wenn du lachst.«

Kichern.

Meine Hand tastet nach dem Wasserhahn. Die Wanne ist glatt.

Ich verliere das Gleichgewicht. Ich rutsche aus. Scheiße. Ich bin viel zu laut.

Ich höre Sara flüstern.

»Ist da jemand? Ich dachte, deine Eltern sind weg?«

»Ich habe niemanden reinkommen gehört. Komm, wir gucken mal.«

Dann geht die Tür zum Bad auf, während ich – ohne dass das Wasser läuft und mit noch sichtbaren Gedanken an Sara – nackt in der Dusche mit den Armen rudere und umkippe.

Das Letzte, was ich höre, ist das Scheppern meines Schädels gegen die Therme.

Das Erste, was ich sehe, als ein paar Sekunden später der Schmerz so weit nachlässt, dass ich wieder etwas merke, sind Rike und Sara, die in der Badezimmertür stehen und auf Rikes in der Wanne liegenden Bruder gucken.

Mich.

Sara fängt an zu weinen.

Rike guckt, als hätte sie zwei Dutzend Ohrfeigen bekommen.

Ich freue mich schon auf die nächste Befindlichkeitsrunde in der Gruppe.

»Und? Red? Wie geht es dir?«

»Gut!«

24

Die anderen sind im Wohnzimmer. Joe und ich sitzen auf den Kopfkissen in meinem Zimmer.

»Beim Duschen mit 'ner Halblatte umzukippen ist auf der Uncoolheitsskala schon 'ne Zehn«, sagt Joe, während er mit einem Kuschelkissen spielt, »aber sich dabei den Kopf aufzuschlagen und von den beiden Beautyqueens gefunden zu werden ... alle Achtung! Das ist 'ne Doppelzehn!«

Als ob ich mich nicht schon genug schämen würde. Ich berühre sanft meine Beule am Kopf.

»Wir müssen dringend an dir arbeiten«, findet Joe.

»Wieso das denn?«

»Na, merkst du das nicht selbst? Du bist so ziemlich der uncoolste Typ, den ich jemals getroffen habe. Und das will was heißen.«

Dazu fällt mir erst mal nichts ein.

»Warum?«

»Du liest alte Stephen-King-Romane und blätterst dich durch Bio- und Philosophiebücher!«

»Ja, und?«

»Alleine, dass du jetzt nachfragst, gibt mir recht.«

Ja? Soll ich mich verändern? Will ich das wirklich? Sich verändern würde bedeuten: Mehr auffallen. Mehr Angriffsfläche. Und wenn ich mir Joe so ansehe: Auf der Coolheitsskala von 1 – 10 ist er auch höchstens Mittelfeld. Für was sollte ich mich entscheiden?

Ich antwortete zögernd.

»Meinst du echt?«

»Mann, Alter, das ist auch so was. Nimm es doch einfach mal an und die Dinge in die Hand. Du brauchst echt mehr Biss. Selbstbewusstsein. Wenn ich du wäre, wäre ich lieber ich.«

Und genau da bin ich mir eben nicht ganz sicher.

»Was ist denn das Schlimmste?«, frage ich.

Joes Blick gleitet an mir auf und ab.

»Mal abgesehen davon, dass du keine Freunde, keine Freundin, eine nervige Schwester und spießige Eltern hast?«

Ich nicke zögernd.

»Deine Klamotten gehen gar nicht. Und die Frisur. Und überhaupt fehlt dir das gewisse Etwas.«

»Und womit fangen wir an?«, frage ich.

»Lass uns mal einen Blick in deinen Kleiderschrank werfen.«

Bevor ich den Schrank als Kleiderschrank bekommen habe, war er die Speisekammer meiner Großeltern. Der Geruch nach Zwiebeln, der Jahrzehnte lang Zeit hatte sich festzusetzen, wabert trotz Duftkugeln immer noch sofort durch die Luft, sobald man eine Tür öffnet.

»Bah«, sagt Joe, »das stinkt.«

Er beginnt in meinen Sachen zu wühlen. Ich habe nicht viel Kleidung. Jeans, Chinos, Hemden, ein paar Pullover, Unterhemden, Unterhosen und Socken. Meine Lederschuhe, die ich zur Konfirmation angehabt habe, ein Paar Turnschuhe, ein Paar Sandalen, ein Paar Docksteps.

Alles Klamotten, um nicht weiter aufzufallen.

Angewidert greift Joe nach den Sandalen.

»Was ist das?«

»Sandalen!«

»Ja, das sehe ich. Aber warum bewahrt man sie in deinem Schrank auf?«

»Es sind meine.«

»Du trägst Sandalen? Mit deinen Füßen?«

Ich hatte die Sandalen schon länger nicht mehr angehabt, sie aber auch nicht weggeworfen. Als Joe das mit den Füßen sagt, fällt mir auf, dass ich in den letzten Wochen nicht ein einziges Mal darüber nachgedacht habe, mir in die Füße zu stechen.

Joe hält die Sandalen hoch.

»Du weißt, was Sandalen bedeuten, oder?«

»Luft an die Füße?«, antworte ich.

»Luft im Kopf«, sagt Joe. »Es ist gleichzeitig eine Aussage und eine Aufforderung. Es bedeutet: Ich bin ein Idiot. Ich bin ein Loser. Bitte, bitte, haut mir sofort eine rein.« Er atmet schwer. »Luft an die Füße ... Vollidiot.«

Er piekt mir auf die Brust.

»Kannst du dir«, er überlegt kurz, »kannst du dir Bruce Willis in Sandalen vorstellen?«

Joe fährt sich durch die Haare und imitiert Bruce Willis als Frank Moses in R.E.D.

»Hol uns 'nen Wagen und versuch, dabei keinen umzubringen!«

Bruce Willis trägt definitiv keine Sandalen.

Joe schaut verzweifelt in meinen Schrank.

»Das ist alles ganz, ganz schlimm.«

Er zeigt auf mich.

»Du kannst nicht jeden Tag das gleiche T-Shirt tragen!«

Er greift nach den fein säuberlich auf Bügeln hängenden Hemden und schmeißt sie aufs Bett.

»Hast du nur Hemden? Hast du keine T-Shirts?«

»Ich habe Unterhemden.«

»Unterhemden«, Joe schnauft, »Unterhemden trägt man bis zehn und dann wieder ab siebzig. T-Shirts?«

»Habe ich nicht.«

Joe packt sich meine Hosen und wirft sie ebenfalls aufs Bett.

»Das sind tolle Hosen«, sagt er.

Immerhin, denke ich.

»Tolle Hosen, wenn du auf ein Klassenfest der vierten Klasse gehen möchtest!«

Danach sind meine restlichen Schuhe dran. Joe zieht sie einzeln hervor, betrachtet sie angewidert und schmeißt sie danach wieder zurück in den Schrank. Die Turnschuhe behält er.

»Der Vorteil an diesen Turnschuhen ist, dass sie dir niemand abziehen wird. Der Nachteil ist aber, dass sie einfach scheiße aussehen. Aber im Gegensatz zu den anderen Schuhen muss man sich nur halb totschämen, wenn man mit dir rausgeht.«

Rausgehen? Wollen wir raus? Will ich raus? Ich darf nicht raus.

»Was ist mit deinen Schuhen?«, frage ich.

»Genau das!«, sagt Joe.

»Was?«

»Es sind meine!«

Joe wühlt sich durch die Hemden und hält ein weißes in die Luft.

»Schere!«, fordert er.

»Im Schreibtisch. In der Schublade«, sage ich.

Joe öffnet die Schublade.

»Da ist keine Schere.«

»Doch.«

»Nein!«

»Doch!«

»Schau selber.«

Ich schaue selber und da ist keine Schere, obwohl sie seit Jahren immer am gleichen Platz liegt. Sie müssen sie mir weggenommen haben.

»Dann muss es eben so gehen«, sagt Joe und reißt einen Ärmel meines besten weißen Hemdes ab. »Und so«, sagt er, während er den zweiten abreißt. »Zieh das an«, sagt er und hält mir das zerrissene Hemd hin. Dann sucht er die ausgewaschenste meiner Jeans aus und zerrt so lange an ihr herum, bis in einem Bein ein Loch ist. »Hier, und die dazu.«

Ich werfe einen Blick auf die Unordnung, auf die abgerissenen Hemdsärmel und meine neue Jeans mit Loch. Meine Mutter wird ausrasten. Aber ich tue, was Joe gesagt hat. Ich ziehe mich um.

Joe greift derweil nach einer Sporttasche und beginnt meine anderen Klamotten hineinzustopfen.

»Was machst du?«, frage ich.

»Das kommt weg. Das schmeißen wir in den Altkleidercontainer.«

»Und was soll ich morgen anziehen?«

»Da machen wir was total Verrücktes!«

»Was?«

»Da kümmern wir uns einfach morgen drum.«

Verrückt.

Der Schrank ist nicht einmal halb leer und die kleine Sporttasche schon fast voll. Joe geht zur anderen Seite des Schranks.

»Das ist Opas Seite«, sage ich.

Joe tut, als hätte er nichts gehört, und öffnet die Tür. Mein Opa hat nicht viele Klamotten. Eher weniger als ich. Weil er sich weigert, Windeln zu tragen, aber seit den Schlaganfällen manchmal nicht rechtzeitig zur Toilette kommt, zieht meine Mutter ihm Pyjamas oder Trainingsanzüge an, die man leicht waschen kann. Darüber trägt er lange Strickjacken.

Joe greift nach einem Bügel, auf dem eine Jacke hängt. Opas alte Arbeitsjacke. Sie ist aus dickem, blauem Cordstoff, hat einen Kragen aus Leder und keinen Reißverschluss, sondern Knöpfe.

»Das ist das beste Kleidungsstück in diesem ganzen nach Zwiebeln stinkenden Schrank«, sagt Joe und hält mir Opas Jacke hin. Er betrachtet meine Arme, während ich mein modifiziertes Hemd und die gelöcherte Jeans anziehe. Er greift mir an den Oberarm.

»Ist das traurig«, sagt er und guckt mir weiterhin missmutig beim Anziehen zu.

»Wo ist dein Handy?«, will er auf einmal wissen.

»Das haben meine Eltern. Das bekomme ich nur, wenn ich aus dem Haus gehe.«

»Computer?«

»Habe ich nicht.«

»Du hast keinen Computer?«

»Ich habe Mamas altes Notebook.«

»Ist doch das Gleiche. Wo ist das?«

»In der Schublade, in der die Schere nicht mehr ist.«

Joe öffnet die Schublade und zieht ein altes MacBook Pro heraus.

»Warum nehmen sie dir das Handy weg, lassen dir aber das Laptop?«

»Damit ich nicht telefonieren kann?«, frage ich mich halb selbst. Eigentlich gibt es keinen guten Grund.

»Du kannst doch auch mit dem Laptop telefonieren?«, sagt Joe.

»Ja, aber es sind Eltern. Die wissen so etwas nicht. Kein Hörer, kein Telefon. So einfach ist das.«

»Passwort?«

Das ist mir jetzt tatsächlich ein bisschen unangenehm.

»Los. Passwort«, wiederholt Joe.

»Monstertitte«, murmele ich leise.

Joe grinst, während er das Passwort eingibt. Das Notebook fährt hoch.

»Jetzt gehen wir shoppen«, sagt Joe.

Und das tun wir. Gefühlt shoppen wir Urban Outfitters halb leer. Der virtuelle Warenkorb ist kurz vorm Platzen. Er ist gefüllt mit zwei neuen Jeans, diversen Shirts und Hoodies, zwei Paar Sneakers, Socken, Shorts und einer Lederjacke.

Der Rechnungsbetrag steht bei 1.100 Euro.

»Kreditkarte?«, fragt Joe.

Als ob ich eine Kreditkarte hätte.

»Habe ich nicht.«

»Habe ich mir gedacht. Aber deine Eltern?«

»Ja. Aber die darf ich nicht benutzen.«

Joe lächelt.

»Ich habe das mit denen geklärt. Die freuen sich für dich, wenn du dir mal was gönnst.«

Ich kann mir ganz gut vorstellen, was sie mir gönnen würden, wenn ich für über 1.000 Euro mit ihrer Kreditkarte einkaufe.

»Am Arsch freuen die sich.«

Meine Eltern haben eine gemeinsame Kreditkarte. Sie heißt »Firmenkreditkarte«. Meine Mutter erledigt Bürokram und Schreibarbeiten von zu Hause. Das ist ihr Job. Sie ist gelernte Bürokauffrau. Wenn sie Rechnungen über ihre Dienstleistung schreibt, dann sagt sie: Die Firma stellt eine Rechnung. Die Firma ist sie. Und eine Kreditkarte braucht sie eigentlich gar nicht. Damit bezahlen meine Eltern, wenn sie einmal die Woche auf »Firmenkosten« essen gehen, und reichen die Abrechnung beim Finanzamt ein. Auch die Rechnung für den Bürobedarf, den meine Mutter einmal im Jahr bestellt, zahlt sie mit der Karte und schickt die Belege ebenfalls an das Finanzamt. Zu dem Bürobedarf gehört beispielsweise auch alles, was meine Schwester und ich für die Schule brauchen. Ich weiß, wo die Karte liegt, aber ich darf sie natürlich nicht nehmen.

»Doch, doch«, sagt Joe. »Du sollst es gut haben, sagen sie.« Er grinst wieder. »Du sollst es mal besser haben als sie. Wo ist die Karte?«

Im Büroschrank, hinten in der Küche.

»Na, dann komm«, sagt Joe.

25

Wir machen kein Licht. Wir schleichen über den dunklen Flur wie Halbblinde auf der Suche nach ihrer Brille. Wir versuchen so leise wie möglich zu sein. Die Telefonstation ist leer. Wir hören Rike in ihrem Zimmer telefonieren.

»Und dann lag er da und das war soooo schlimm. Das ist soooo krank. Der hat sich in der Dusche einen runtergeholt und ist dabei umgefallen und Sara war da und hat alles gesehen, wie er da lag. Das war soooo peinlich ...«

Ich überlege kurz, ob ich zu ihr gehen soll und Rike sagen, dass es nicht so war, wie sie es erzählt. Dabei denke ich darüber nach, wie es wirklich war und dass das kein bisschen besser ist, und lasse es.

Aus dem Wohnzimmer hören wir den Fernseher. Wir gelangen in die Küche. In einer Ecke des Küchenschrankes befindet sich die Schnapsflaschensammlung meiner Eltern. Flaschen, die niemals angerührt werden, außer wenn Besuch Schnaps trinken möchte. Was so gut wie nie passiert. Die Flaschen sind fast alle ganz voll, teilweise ungeöffnet. Joe hält eine Flasche Calvados hoch.

»Komm, wir nehmen ein Schlückchen«, schlägt er vor.

Ich habe noch nie Schnaps getrunken. Ich habe keine Ahnung, wie das wirkt, kann es mir aber gut vorstellen. Allein weil es verboten ist, muss es gut sein.

»Das dürfen wir nicht!«, sage ich.

»Und natürlich machst du immer nur, was du darfst«, lacht Joe mich aus.

Im Prinzip ja, aber ich war mir sicher, dass Tabletten klauen und sich umbringen eigentlich auch zu den Dingen gehörte, die man eher nicht machen durfte.

»Nimm mit«, höre ich mich sagen.

Joe grinst.

Er klemmt sich die Flasche unter den Arm, wir holen die Kreditkarte aus der Schublade und gehen zurück in mein Zimmer.

Joe gibt mir die Flasche.

»Mach auf!«

»Warum ich?«

»Warum nicht?«

»Es war deine Idee!«

»Es ist dein Schnaps.«

»Es ist der Schnaps meiner Eltern.«

»Also deiner. Wenn sie tot wären, würdest du ihn erben.«

Was ein Scheiß. Aber das Argument überzeugt mich. Ich muss lachen. Ich öffne die Flasche und rieche daran. Der Geruch ist scharf, aber nicht unangenehm.

»Prost«, sagt Joe, als ich die Flasche ansetze und einen Schluck nehme.

Es brennt in meiner Kehle, als hätte ich eine heiße Rasierklinge geschluckt. Ich hatte mit einer Reaktion gerechnet, aber nicht mit einer derart heftigen. Ich kämpfe und kämpfe und schlucke. Erst brennt mein Hals, dann mein Magen. Er dreht sich um. Mir wird schlecht. Ich halte die Luft an. Ich presse die angehaltene Luft nach unten, um den Schnaps im Magen zu behalten. Tränen steigen mir in die Augen. Langsam steigt der Calvados wie eine Ameisenautobahn meine Speiseröhre hoch. Ich glaube, ich werde ohnmächtig. Joe schlägt mir auf den Rücken. Langsam hört das Gefühl auf.

Eine Art leichte Betäubung legt sich über den oberen Teil meines Verdauungstraktes. Nicht übel.

»Gib her«, sagt Joe und nimmt ebenfalls einen Schluck.

Ich entreiße ihm die Flasche und lege nach.

»Nicht so schnell«, sagt er.

Wir setzen uns aufs Bett. Joe gibt Kartennummer, Verfallsdatum und Code ein. Man hat die Möglichkeit, sich eine Rechnung mit einem Betreff, der auch auf der Abbuchung stehen wird, schicken zu lassen. Joe gibt »Bürobedarf« ein. Dann drückt er zweimal auf Bestätigung. Nichts geht mehr. Ich habe gerade dafür gesorgt, dass ich enterbt werde. Auch in meiner Situation wird es dafür mehr Ärger geben, als es jemals für etwas anderes gegeben hat.

»Das war's«, sagt Joe. Und nimmt einen Schluck Calvados. »Auf Urban Outfitters!«

Ich trinke ebenfalls. Wie ein Mann.

»Prost!«

Joe steckt die Flasche ein.

»Lass uns mal ein bisschen rausgehen.«

»Ich darf nicht. Ich muss drinnen bleiben, außer ...«

Ich wollte sagen, außer es geht jemand mit. Ich erspare uns das.

Im Wohnzimmer läuft immer noch die Glotze. Eine Vorabendshow auf RTL. Die Tür ist einen kleinen Spalt geöffnet. Mama sitzt auf einer Couch unter einer Decke. Mein Opa schaut auf die Glotze. Mein Vater kauert gekrümmt auf einem Sessel und schneidet sich die Fußnägel. Ein Nagel fliegt auf den Tisch.

»Schalt mal um«, sagt meine Mutter.

»Die Füße hast du von ihm«, flüstert Joe.

»Sei leise«, flüstere ich zurück, »sonst hören sie uns noch.«

Wobei ich nicht weiß, ob es nicht besser wäre, wenn sie uns hören und stoppen würden. Den verschwundenen Schnaps werden sie vielleicht nie entdecken, aber das Chaos in meinem Zimmer würden sie bemerken, weil Opa nach der *Tagesschau* ins Bett geht. Ich sage aber nichts, wir stehlen uns aus dem Haus, und ich bin mir nicht sicher, ob ich das Richtige tue.

Gar nicht sicher.

So richtig gar nicht sicher.

»Komm, nimm noch einen«, sagt Joe und reicht mir den Calvados.

Ich nehme noch einen.

Das hilft.

Wir gehen.

26

»Sonst kommst du zu Körper-Klaus«, sagen Eltern in unserer Stadt zu Kindern, wenn sie nicht hören wollen. Und ich schwöre, es hilft. Nach dieser Drohung machen die Kinder, was ihnen gesagt wird.

Körper-Klaus ist zwischen vierzig und sechzig, trägt einen Vollbart, hat eine unter das Auge tätowierte Träne, ein Piercing in der Augenbraue, war im Knast, hat sich auf offener Straße duelliert, mehrere Menschen getötet, Frauen vergewaltigt, ist der Chef der Chef aller Motorradgangs in Deutschland, die Mafia hat ihm die Zunge herausgeschnitten und er ist Besitzer des einziges Tattoostudios in unserer Stadt.

Joes Meinung ist, dass ich dringend auch ein Tattoo brauche.

»Warum?«

»Darum!«

»So wie deine?«, frage ich.

»Ja«, antwortet er.

»Kann ich mal sehen?«

Joe zeigt mir bereitwillig seine Arme. Seine Tattoos sind kunstvoll gemalte Drachen und Ungeheuer, die eine Art Höhle bewachen.

»Was bedeutet das?«, frage ich.

Er zeigt auf einen Drachen.

»Das bedeutet: Extrem cool!«

Ich muss lächeln.

»Und das hier?«

Ich berühre mit meinem Zeigefinger ein Ungeheuer mit roten Augen und schwarzen Hörnern.

»Das bedeutet: Extremst cool!«

Ich überlege.

»Das geht aber nie wieder weg.«

»Das soll es auch nicht!«

»Das tut weh.«

»Das soll es auch!«

»Aber ...«, setze ich gerade an, als Joe mich am Arm zieht.

»Hör mal«, sagt er. »Gehörst du zu den coolen Leuten?«

Ich schüttele den Kopf. Er nickt.

»Hast du ein Tattoo?«

Ich schüttele den Kopf.

Joe grinst.

»Dann könnten wir da doch jetzt Kausalzusammenhänge durch Verifikation oder Falsifikation der These überprüfen?«

»Was ...?« Ich schaue ihn an, dann verstehe ich. »Du hast in meinem Philosophiebuch gelesen?«

Er lacht.

»Ja. Und weißt du, warum?«

»Warum?«

»Weil das manchmal viel aufregender ist als du!«

Ich schweige. Er knufft mich.

»Machen wir jetzt ein Tattoo oder willst du dir noch ein paar Meinungen einholen?«

Ich kann mir die Meinung meiner Eltern dazu vorstellen:

»Das machst du auf keinen Fall!!! Sonst ...«

Sonst was? Was sollen sie machen? Zu Körper-Klaus bringen geht ja nicht mehr.

Wir sind mit dem Bus in die Stadt gefahren und Joe hat mir aus einem Katalog eine Tätowierung ausgesucht. Es wird ein Totenkopf werden. Nun sitze ich – wie beim Friseur – in einer Sitzecke und blättere durch Zeitschriften des Lesezirkels. Da liegt auch ein *Playboy*, aber ich habe mich nicht getraut, ihn zu nehmen. Ich möchte nicht im Studio von Körper-Klaus eine Erektion bekommen. Es reicht für diese Woche an Peinlichkeiten.

Momentan lese ich in der *Gala* etwas über Florian Silbereisen. Nach der vierten Ladung Calvados verschwimmen die Buchstaben ein wenig. Mehr gibt es sowieso nicht. Joe hat die Flasche an sich genommen.

Ich schaue mich verstohlen um.

Das Studio von Körper-Klaus ist ein trauriger Verkaufsraum im Souterrain eines Hauses in einem Wohnblock, der einmal eine Einkaufspassage beherbergen sollte. Bis auf einen Drogeriemarkt und den Laden von Körper-Klaus stehen aber alle Ladenlokale leer. In dem Drogeriemarkt hängt ein vergilbtes Schild im Schaufenster:

»Aushilfe gesucht«

Das Schild befindet sich dort, seit ich den Laden kenne, es hängt schräg, als wäre es zu einem schnell vollstreckten Tode durch den Strick verurteilt worden. Die ganze Straße ist so trostlos, dass nicht einmal Obdachlose die leerstehenden Gebäude nutzen.

Das Studio sieht von innen aus wie eine verwahrloste Sozialbauwohnung aus einem *Tatort*. Es würde mich nicht wundern, hätte hier eben noch eine Gruppe Häftlinge gehockt und sich Heroin gespritzt.

Aus einer riesigen, schwarzen Box dröhnt Musik. Eine ranzige Reibeisenstimme droht zu Gitarrenstakkato jemandem homosexuellen Geschlechtsverkehr mittels Gewalt an. »I wanna punch and fuck you in the ass!«

Die Regale sind staubig. In ihnen befinden sich Skulpturen und Büsten, die Hälfte davon Totenköpfe. In einer Vitrine aus Glas stehen Kaffeebecher und schwarze T-Shirts mit Aufdruck zum Verkauf. An der Wand hängt eine Kutte der Hells Angels. Von der Decke baumelt eine einzige, nackte Glühbirne. Es wimmelt von vollgewachsten Kerzenleuchtern und Kerzen in vollgewachsten Wein- und Schnapsflaschen. Es gibt einen Wasserspender aus Plastik, oben auf dem Wasser schwimmen Kippen. Auch die großzügig verteilten Pappteller und Bierdosen quellen von Kippen über. Es riecht hier, als wären wir in einem Aschenbecher ohne Ausweg. Im Teppich hausen sicherlich Millionen von Wanzen in gesichertem Modus.

Und überall hängen Poster von Tätowierungen und Urkunden.

Der richtige Name von Körper-Klaus ist laut einer der Urkunden Klaus Hagemann. Er hat 1981 in Herne einen Preis für irgendeinen Totenkopf mit Rose gewonnen. Die Prüfungskommission gratuliert ihm.

Während ich blättere, arbeitet Körper-Klaus. Er sitzt auf einem Stuhl vor einer Liege. Er trägt eine dicke Brille und hat sich ein Halstuch vor den Mund gebunden, als würde er gleich in einem Western eine Bank überfallen wollen. Neben ihm stehen eine elektrische Tätowiermaschine, die sich anhört wie unser Rasenmäher, und eine helle Lampe. Die Lampe beleuchtet seine Hände, in seinen Händen befindet sich die Tätowiernadel und die Nadel geht immer auf und ab. Er tätowiert die Hüfte einer wasserstoffblonden Frau. Ihr Hintern ist eher flach, keine Frau-Cielo-Qualitäten. Sie liegt auf dem Bauch, während Klaus ihr eine Art Lorbeerkranz mit Teufelshörnern zwischen Hintern und Hüfte malt.

»Guck mal«, sagt Joe, »die hat unten rum nix an.«

Als ob ich das nicht schon lange gesehen hätte. Man kann aber nichts Genaues erkennen.

»Und? Was gefunden?«, ruft Klaus zu uns rüber.

»Ja«, sage ich.

»Und?«

Während ich nachdenke, dreht sich die Blondine um und spricht in breitem Hamburgerisch.

»Spricht er Suaheli, Alder? Was nehmt ihr, hadder gefraacht!«

Oh Gott. Die Blondine ist keine Blondine. Sie hat einen Schnurrbart. Sie ist ein Mann. Und er ist hässlich. Er sieht aus wie eine Ratte mit Schnurri. Und er starrt mich an. Nein, er starrt mich und Joe an.

»Und wir halten mal die Schnauze und zappeln hier nicht rum«, sagt Körper-Klaus zu der ehemaligen Blondine.

»Alder, nich in dem Tohn mit mir!«

Was starrt er so? Warum hat er »Was nehmt *ihr*?« gesagt. Warum sagt er *ihr*? Kann er Joe sehen? Ich versuche so normal wie möglich zu reagieren. Also, zumindest was man so normal nennen kann, wenn man mitten in der Nacht bei Körper-Klaus sitzt und sich auf den Ratschlag eines eingebildeten Freundes hin eine Tätowierung machen lassen möchte, nachdem man die Kreditkarte der Eltern überzogen hat.

Joe lässt sich nicht wirklich aus der Ruhe bringen. Er betrachtet die Blondine und lässt mich antworten.

»Ich würde den Totenkopf nehmen. Den mit der Rose.«

»Das is 'ne gude Wahl«, sagt die Blondine. »Was anderes kann der Arsch nämmich auch gah nich richdich!«

»Halt still«, sagt Körper-Klaus, »sonst rutscht mir die Hand aus.«

»Was kiekste mich so blöde an, Jungchen?«, fragt die Blondine mich. »Meinst du, ich hab nich alle Matrosen an Deck, oder was?«

Ja. Meine ich. Sage ich aber nicht.

»Nur so«, sage ich.

»Du meinst, weil ich mir als Kerl 'n Arschgeweih stechen lass?«

Ja.

»Oder meinst du, weil ich seh, wenn einer 'nen Affen auf der Schulter trägt, oder was?«

Was meint er?

»Das ist Inge«, sagt Klaus.

»Ich bin Ingar«, sagt Inge.

»Ja, aber da, wo er herkommt, peilt das keiner. Die denken alle, der heißt Inge.«

Klaus nickt sich selbst zustimmend zu.

»Deswegen ist das Inge«, sagt Klaus. »Inge hat auch einen Kampfnamen: Inge die Klinge!«

Inge die Klinge lächelt. Er lächelt fies, denn er hat eine Lücke zwischen seinen beiden oberen Schneidezähnen.

»Weißt du, wie man das nennt?«, will er wissen.

Eine große Lücke zwischen nicht so gut gepflegten Zähnen?

»Keine Ahnung.«

»Das nennt man pangeanische Klingenzähne, das hatten die Menschen früher. Weißt du, wo die Menschen früher lebten?«

»Auf Bäumen?«, rate ich.

Klaus lacht gehässig.

»Nee«, sagt Inge, »in Pangäa. Das ist so was wie Afrika. Nur in früher, Alder!«

Inge grinst mich an und steckt seine Zungenspitze durch die Zahnlücke.

»Geil, ne?«

Igitt. Inge macht mir Angst. Noch mehr, als er auf Joe zeigt.

»Und wer is dein Freund?«

Ich weiß nicht, was ich sagen soll. Warum kann er Joe sehen? Oder ist er einfach nur derartig durchgeknallt, dass er überall etwas sieht, was nicht da ist?

»Wen meinen Sie damit?«, frage ich, da fällt Joe mir ins Wort.

»Ich bin Joe«, sagt Joe.

»Joe«, sagt Inge, »alles klar! Guter, ehrlicher Name.«

Was geht hier ab? Wieso hat Inge Joe gehört?

»Joe, Alder«, sagt Inge, »eine Frage: Bist du wegen mir hier oder wegen dem da?«

Mit *dem da* meint er mich.

»Wegen dem da«, sagt Joe.

»Also bin ich safe, Alder?«

»Ja«, antwortet Joe.

»Wir ham also Frieden, Joe?«

»Richtig«, sagt Joe.

»Das is guuut«, sagt Inge, »das is richdich guuut!«

»Mach dir keine Sorgen«, sagt Körper-Klaus, »der tickt zwar nicht mehr ganz richtig, labert andauernd mit sich selbst, aber eigentlich ist er inzwischen harmlos.«

Inge gackert.

Ich will gerade fragen, was *inzwischen* bedeutet, da erklärt Klaus es schon.

»Inge ist Lebenslanger, aber nach fünfzehn Jahren begnadigt worden.«

Inge grinst und schiebt wieder seine Zunge zwischen den Zähnen durch.

Ich würde gerne wissen, warum Inge im Knast war, und er scheint meine Gedanken lesen zu können.

»Hab einem die Kehle durchgebissen«, sagt Inge. »Aber ich hab nich angefangen, das sach ich gleich!«

Körper-Klaus lacht wieder.

»Am Arsch hat der einem die Kehle durchgebissen.«

Ich beschließe, trotzdem in absehbarer Zeit zur Sicherheit nichts zu tun, was Inge provozieren könnte.

»Wieso kann der dich sehen?«, frage ich Joe leise.

»Das is 'ne Arschnummer, Alder«, sagt Inge, »einfach über andere zu reden, wenn die dabei sind.«

Klaus, der denkt, ich würde Inge verarschen, schaut mich an.

»Mach das lieber nicht.«

Joe zuckt die Achseln.

»Bist du Gümmi?«, fragt Klaus.

»Was?«

»Das heißt immer noch: Wie bidde«, mischt sich Inge ein.

»Wie bitte?«

»Na, ob du auf dem Gümmi bist?«, fragt Klaus.

Gymnasium. Er meint Gymnasium.

»Ja«, antworte ich.

»Is scheiße, ne?«, sagt Klaus.

»Ja«, sage ich.

Klaus lacht. »Ich war auch mal auffem Gümmi. Bin aber ab. Auf See. Hab da Stechen gelernt. Seitdem: Stecher!«

»Beim blinden Zidderaal hat der gelernt«, sagt Inge. Er versucht sich auf seinen Hintern zu gucken, kann aber seinen Kopf nicht so weit drehen.

»Ich hab kein' Bock mehr«, sagt Inge.

»Inge lebt nicht mehr lange«, sagt Klaus.

»Mein ich nich«, sagt Inge, »ich hab kein Bock mehr, dass du mir am Arsch rumfummelst. Lass ma den da ran.«

Er zeigt auf mich.

»Inge hat Krebs«, sagt Klaus.

»Überall«, sagt Inge. »Überall hab ich Krebs.«

Inge schaut Joe an.

»Deswegen hab ich ja auch gedacht, der is für mich da.«

Joe schüttelt den Kopf.

»Hab mir auch schon ma die Santa-Fu-Krawatte gebunden ...«, sagt Inge.

Klaus übersetzt. Seine Hände formen in Zeichensprache *eine Schlinge knüpfen und sich aufhängen.*

»War aber nichts«, sagt Inge und schaut Joe an. »Der Alte wollte mich wohl noch nicht haben?«

Er steht auf und greift nach seinen Hosen.

»Im Sack hab ich auch Krebs«, sagt Inge.

Eigentlich würde ich jetzt sehr gerne einen Schluck Calvados nehmen. Aber Joe hat die Flasche. Oder einfach nach Hause gehen. Ich traue mich aber nicht, das offen auszusprechen.

»Ich glaube, ich habe gar kein Geld dabei«, sage ich zu Klaus.

»Is egal«, antwortet Klaus, »du hast Kredit.«

»Was kostet denn eigentlich der Totenkopf?«, frage ich.

»In Farbe?«, fragt Klaus.

»Ja«, antworte ich.

»780«, sagt Klaus.

Ich bin erleichtert. Jetzt kann ich sagen, dass das zu teuer ist.

»Die Hälfte geht auf mich«, grätscht Inge dazwischen. Er fummelt zwei Fünfhunderteuroscheine aus seiner Hosentasche.

»Fünfhunnert für mich, fünfhunnert für Gümmi!«

»Dann komm«, sagt Klaus zu mir. »In drei Stunden sind wir mit den Schattierungen durch. Farben und den Rest machen wir die Tage. Wenn du mir die restliche Kohle ranbringst.«

Ich setze mich auf die Pritsche, die noch warm von Inge ist. Inge hat inzwischen seine Hosen an.

»Ich würd ma ein verlöten gehen«, sagt er, »solang ich das noch kann, Alder.«

»'türlich, Digger«, antwortet Klaus, »steck'n Gruß mit rein.«

»Is gut«, sagt Inge. »Tschüss!«

Dann wendet Klaus sich zu mir.

»Welcher Arm?«

Ich überlege. Ich entscheide mich für den rechten.

»Dreh dich um und leg dich hin. Für mich ist heute auch schon sechste Stunde.«

Ich lege mich hin.

»T-Shirt aus!«, befiehlt Klaus.

Ich folge. Er mustert meinen Oberkörper.

»Wir haben hier nebenan so einen Hantelraum. Wär vielleicht mal was für dich?«

Joe lacht. Ich antworte nicht. Ich würde Joe gerne fragen, warum Inge die Klinge ihn sehen konnte. Ich dachte bislang, er würde nur mir gehören. Ich würde auch von Klaus gerne etwas wissen. Ob das alles wahr ist, was man über ihn sagt. Und ich würde gerne sagen, dass mir jeder Einstich mit der Nadel wehtut, als hätte er sie in Gift getaucht.

Dank des Calvados nehme ich die Stiche allerdings eher passiv wahr, als würde ich den Schmerz eines anderen fühlen.

»Tut mir leid wegen Inge«, sagt Klaus, »das mit dem Krebs nimmt den echt mit. Uns alle irgendwie. Aber seit der versucht hat sich auszuknipsen, da ist er echt anstrengend.«

»Das kenne ich irgendwoher«, grinst Joe mich an.

Das Rattern der Maschine, der Calvados und der Geruch hier unten schließen mir die Augen. Joes Grinsen ist das Letzte, was ich sehe, bevor ich wegdämmere.

27

Als wir das Tattoostudio verlassen, treffen sich Sonne und Mond am Himmel auf einen letzten gemeinsamen Drink. Oder einen Frühschoppen. Je nachdem. Ich stehe bei Klaus mit 280 Euro in der Kreide und verspreche, sie in den nächsten Tagen vorbeizubringen.

Außerdem fühlt sich mein Arm an, als hätte ich ihn mir geritzt und danach mit Spiritus eingerieben und angezündet. Schlimmer als Calvados im Hals.

»Komm, halt den an«, sagt Joe, als ein Taxi vorbeifährt. Ich winke müde und der Wagen hält. Der Fahrer sieht aus, als käme er gerade aus einer Kneipe.

»Wohin?«, fragt er mich, während er sich an seinem Lenkrad festhält.

»Siedlung«, sage ich.

»Hinten rein«, sagt er.

Wir klettern auf den Rücksitz und der Fahrer beäugt uns durch den Rückspiegel.

»Darf ich dich etwas fragen?«, frage ich Joe.

»Ich weiß, was du mich fragen willst«, sagt er.

»Und?«

»Eigentlich weißt du es!«

»Nein, weiß ich nicht.«

Schweigend sitzen wir nebeneinander, ein Auto kommt uns entgegen, die Scheinwerfer blenden unseren Fahrer. Er kneift die Augen zusammen, und eigentlich haben wir Glück, dass es keinen Zusammenstoß gibt.

»Ich schenke dir eine Frage«, sagt Joe.

»Eine?«, frage ich.

»Drei machen alle«, sagt Joe. »Überlege dir gut, was du wissen willst.«

Ich will zum Beispiel wissen, warum Inge ihn auch sehen kann.

Früher haben mein Vater, Mama, Rike und ich auf Autofahrten manchmal das Spiel »Wer bin ich?« gespielt. Jeder war irgendjemand und musste durch Fragen herausbekommen, wer er war. Bedingung war, dass man die Fragen nur mit Ja oder Nein beantworten durfte, und bei einem Nein war Schluss und der Nächste an der Reihe. Mein Vater suchte sich für uns gerne Sportler aus, meine Mutter nahm Schauspieler und bei Rike war man zu der Zeit immer irgendjemand aus *Bibi und Tina*. Ich hatte eine Vorliebe für die *Avengers*, die Helden aus den Marvel Comics. Eine gute Frage für jemanden, der von mir einen Charakter zugeordnet bekommen hatte, war: Bin ich eine real existente Person? Diese Frage will ich Joe stellen. Aber die Angst vor der Antwort drückt die Frage in meiner Kehle nach unten, so wie Bauernhände Essen in den Hals von Mastgänsen pressen.

»Siedlung«, sagt unser Fahrer. »Welche Straße?«

»Sag ihm, er soll hier anhalten. Dann zähle ich bis drei und wir springen raus und laufen«, sagt Joe.

»Warum?«

»Hast du Geld?«

»Nee.«

»Ich auch nicht.«

Ich schaue den Fahrer via Rückspiegel an.

»Hier ist gut. Hier können Sie uns rauslassen.«

Der Fahrer ist kein schöner Mann, aber sein dümmlicher Blick macht ihn noch weniger hübsch.

»Mit wem redest du da eigentlich die ganze Zeit, Junge? Stimmt mit dir was nicht?«

»Eins …«, zählt Joe und ich reiße die Tür auf und lasse mich bei circa Tempo 30 aus dem Auto fallen und beginne zu laufen.

»Drei hatte ich gesagt«, ruft Joe, der neben mir rennt.

Ich drehe mich um. Der Fahrer schüttelt nur den Kopf und macht überhaupt keine Anstalten, uns zu folgen.

»Meinst du, der ruft die Bullen?«, frage ich Joe.

»Niemals. Der ist doch mindestens angetrunken.«

Wahrscheinlich hat er recht.

»Meinst du, meine Eltern haben die Bullen gerufen?«, frage ich.

Joe schüttelt den Kopf. »Und wenn schon.«

Die Straße ist dunkel und ruhig. Ein paar Vögel zwitschern, wir erschrecken eine Katze, sie faucht und scheucht die Vögel auf. Unser Haus ist unbeleuchtet. Wir schleichen uns durch den Garten. Vorsichtig schließe ich die Tür auf und horche. Nichts. Auf Zehenspitzen gehen wir in mein Zimmer. Leise schließe ich die Tür. Meine Augen gewöhnen sich an die Dunkelheit. Alles ist ordentlich. Hier liegen keine Klamotten herum. Wie kommt das?

Ich erschrecke zu Tode, als ich ein Räuspern höre.

»Na, auch wieder da?«, fragt mein Opa.

Ich sage nichts.

»Dafür habe ich einen gut«, stellt mein Opa fest. »Das nächste Mal räumst du selbst auf!«

Mir fällt ein Stein vom Herzen.

»Danke, Opa!«

»Krrrt«, macht mein Opa. »Vielleicht darf ich dafür den Rest der Nacht in Ruhe schlafen?«

Ich würde ihm gerne einen Kuss auf die Stirn geben, bedanke mich aber nur ein zweites Mal und lege mich mit schmerzendem Arm ins Bett.

Joe kriecht neben mich.

»Gute Nacht«, sage ich.

Joe stupst mich an.

»Noch einen kleinen Calvados?«

»Leck mich«, murmele ich.

»Nö. Das ist eklig«, antwortet Joe.

Ich schließe die Augen, dann öffne ich sie noch einmal kurz und sehe ihn an.

»Danke.«

28

Joe und ich stehen in unserem Flur wie Japaner in einem Museum und betrachten Fotos. Sowohl in unserem Flur als auch in der Küche hängen überall Fotos. Gerahmte Fotos. Rike und ich als Babys, bei unseren Einschulungen, bei meiner Konfirmation. Urlaubsbilder, Bilder von Feiern, bunte Fotografien von uns, von meinen Eltern in weniger Bunt und von meinen Großeltern in Schwarzweiß. In meiner Vorstellung sind Farben in die Welt gekommen, als meine Eltern so alt waren wie ich jetzt. Ihre Kindheit war schwarz und weiß mit grauen Schattierungen.

Außer den Fotos gibt es auch Gemälde. Keine großen, meine Mutter steht eher so auf Postkartengröße. Alle Bilder stecken in identischen Rahmen. Die Rahmen allerdings sind ungeordnet, kreuz und quer angebracht worden.

»Das macht mich wahnsinnig«, ist die Meinung meines Vaters dazu. »Wozu hat der Mensch rechte Winkel erschaffen, wenn sie deren Existenz zwanghaft negiert?«

»Der Mensch hat auch Beton erschaffen und es gibt trotzdem noch Wälder«, sagt meine Mutter dazu.

»Ja, warum eigentlich?«

Mein Vater hasst Wälder. Er mag keine dreckigen Schuhe und hat Angst vor Insekten. Ein Jugendfreund von ihm hat nach einem Zeckenbiss eine Borreliose bekommen und ist seitdem »Matsche im Kopf«.

»Obwohl man damals noch gar nicht wusste, dass man von Zeckenbissen Borreliose bekommen kann«, sagt mein

Vater. »Das ist wie mit Adduktorenzerrungen. Da wusste man vor Lothar Matthäus auch nicht, dass Fußballspieler so etwas bekommen können.«

Ich fand das interessant. Nicht die Borreliose, sondern dass Lothar Matthäus mal Fußballspieler war. Ich hatte gedacht, er wäre dadurch bekannt geworden, dass er Freundinnen hat, die halb so alt sind wie er.

Ich betrachte ein Foto von mir, auf dem ich ungefähr ein Jahr alt bin. Ich sitze auf einem Kissen und halte den Hörer eines Telefons in der Hand. Ich lache. Was ist seitdem mit mir passiert? Was wird noch passieren? Was habe ich damals wohl gedacht?

»Gar nichts hast du gedacht«, sagt Joe. »Weil du nämlich noch gar nicht denken konntest. Du warst ein triebgesteuertes, seinen Instinkten folgendes kleines Raubtier.«

Ich sehe mir in meine Babyaugen. Ich soll ein Raubtier gewesen sein?

»Aber der noch viel interessantere Gedanke ist«, sagt Joe: »War dir damals schon klar, dass du heute hier stehen würdest und dich ansehen würdest?«

»Wie meinst du das? Ob ich das damals schon gewusst habe? Eben hast du gesagt, ich konnte noch nicht denken.«

»Ich meine, ob feststand, dass du genau heute genau hier stehst und dich anschaust. Schau mal genau hin. Wenn ich mir das Foto ansehe, dann sieht es aus, als ob das Du von damals dich im Jetzt ansieht.«

Ja? Ich erinnere mich an die Klinik und einen ganz ähnlichen Gedanken vor dem Spiegel im Bad.

»Als ob du dich anrufen würdest.«

Joe zeigt auf eine Stelle über meinem Babykopf.

»Und weißt du, was ich hier nicht sehe?«

»Was?«

»Eine dunkle Wolke über deinem Kopf.«

Ich sehe sie auch nicht.

Joe reicht mir einen schwarzen, wasserfesten Stift.

»Komm, wir malen deiner Schwester ein Hitlerbärtchen.«

Was für ein dämlicher Vorschlag.

Aber auch irgendwie lustig.

Trotzdem sträube ich mich.

»Der Scheiß geht doch nie wieder ab. Da sitze ich dann stundenlang dran, um das abzuwaschen, wenn meine Eltern das gesehen haben.«

»Das ist der Trick«, sagt Joe, »sie sehen es nicht.«

Ah, ich verstehe. Ein Spaß zwischen uns beiden, den nur wir sehen.

Das ist gut.

Ich nehme mir ein Foto von Rike vom letzten Jahr, auf dem sie in ihrem Badeanzug am Meer steht, und male ihr ein Bärtchen, auf das der Führer neidisch gewesen wäre.

Der von Körper-Klaus tätowierte Arm tut inzwischen noch mehr weh. Es fällt mir schwer, ihn zu bewegen.

Joe lacht.

Auf einmal steht mein Vater hinter mir.

»Was soll denn der Mist?«

Ich tue unschuldig.

»Was meinst du?«

Er schaut mich mit einem »Oh-Red-du-Trottel«-Blick an.

»Warum verunstaltest du deine Schwester?«

»Wieso siehst du das?«, frage ich.

Sein Blick wechselt vom »Oh-Red-du-Trottel«-Blick zum »Oh-Red-du-Volltrottel«-Blick.

Er zeigt mit dem Zeigefinger auf den Bart.

»Wie sollte ich das nicht sehen?«

Jetzt zeigt sein Zeigefinger auf mich.

»Mach das weg, bevor deine Mutter und deine Schwester es sehen.«

Dann geht er zum Tisch im Küchenwohnzimmer, an dem er immer sitzt, wenn wir nicht essen.

Ich blinzele Joe wütend an.

»Ich dachte, das würde keiner außer uns sehen?«

»Habe ich das gesagt?«, fragt er rotzfrech.

»Ja!«, entgegne ich entrüstet.

»Habe ich auch gesagt, dass ich manchmal nicht ganz die Wahrheit sage?«

Nee, hat er nicht. Aber eigentlich hätte ich von selbst drauf kommen können.

»Mach das weg«, ruft mein Vater vom Tisch aus.

29

»Meinst du, du schaffst es, zur Witwe Breuer rüber zu gehen und mir einen Karton Eier zu holen? Ohne Scheiß zu machen?«, ruft meine Mutter fragend aus dem Keller.

Die Witwe Breuer heißt nur Witwe, denn ihr Mann lebt. Sie ist die Mutter von Sara, der Freundin von Rike, die bei uns war, als ich in der Dusche umgekippt bin.

»Nein«, rufe ich.

»Warum nicht?«, ruft meine Mutter zurück.

Weil ich bei Frau Breuer nie weiß, wo ich hinschauen soll? Sie ist eine sehr attraktive Frau. Alleine diese Tatsache macht mir Angst. Und auch, dass sie die Mutter von Sara ist. Weil ich nicht die geringste Lust habe, Sara über den Weg zu laufen.

»Gehst du jetzt Eier holen?«, schreit meine Mutter von unten aus dem Keller.

»Nein!«, brülle ich vom Flur aus.

»Warum?«, schallt es aus dem Keller.

»Weil, ich kann nicht!«

»*Weil, ich kann nicht* ist kein Satz«, ruft mein Vater aus der Küche.

»Warum geht Papa nicht?«

»Ich habe hier zu tun!«, ruft mein Vater.

Wir wissen alle, was er tut. Er legt Patiencen.

»Kannst du das bitte machen?«, schallt es wieder aus dem Keller.

»Ja, macht er!«, ruft mein Vater für mich.

Dann höre ich Schritte und die Toilettentür. Mein Vater hat sich lieber erst einmal verzogen.

»Ist gut«, rufe ich.

»Dann nimm dir bitte Geld aus meinem Portemonnaie und hol die weißen Eier.«

Als ob die braunen anders schmecken würden. Oder besser zu kochen wären ...

»Ich weiß nicht, wo dein Portemonnaie liegt«, lüge ich.

In absehbarer Zeit werden sie die Geschichte mit der Kreditkarte entdecken, da gilt es, sich unverdächtig zu machen.

»Da, wo es immer liegt«, antwortet meine Mutter, die genau weiß, dass *ich* genau weiß, wo ihr Portemonnaie liegt.

Ich gehe in die Küche und hole das Portemonnaie meiner Mutter aus einem Wandkörbchen, öffne es und erschrecke. Es quillt über vor Scheinen. Zehner, Zwanziger und Fünfziger, und davon richtig viele. Ich überlege, welchen Schein ich nehmen soll, und habe mich gerade für einen Zehner entschieden, als Joe mich von der Seite anschaut und den Kopf schüttelt.

»Was ist?«, frage ich.

»Nimm 'nen Fuffi«, zischt Joe.

»Warum?«, frage ich.

»Weiß man nie«, sagt Joe. »Zähl mal nach.«

Ich lasse die Scheine durch meine Hand gleiten und blättere sie durch. Es sind bestimmt fünfhundert Euro.

»Los, komm«, sagt Joe.

»Das merkt sie«, sage ich.

»Nie im Leben«, drängt Joe. »Die ganzen Scheine sind doch überhaupt nicht geordnet.«

In dem Moment höre ich schon meine Mutter aus dem Keller brüllen.

»Und pass auf, dass nichts rausfällt. Ich habe die gesamte Kegelkasse im Portemonnaie. Das muss ich nachher noch zählen, das Geld.«

Meine Eltern gehen alle vierzehn Tage kegeln. Offenbar kegeln sie um Geld und meine Mutter verwaltet die Kasse?

Ich greife nach einem Fuffi, aber Joe sieht immer noch unzufrieden aus. Sein Gesicht verzieht sich erst zu einem Grinsen, als ich einen zweiten Fuffi einstecke.

»Ich nenne so etwas Schicksal«, lächelt er.

Schicksal? Ich nenne es eigentlich eher Diebstahl. Auf der einen Seite ist es gut zu wissen, wo Geld im Haus ist. Schließlich schulde ich Körper-Klaus noch 280 Euro.

Und meinen Eltern über 1.000 Euro für bestellte Klamotten ...

Beim Rausgehen stoße ich mit meinem Arm an die Türkante und muss einen Schrei unterdrücken. Mein Tattoo tut schweineweh.

»Ich bin dann los«, brülle ich in Richtung meiner Mutter in den Keller.

»Ist gut«, ruft sie zurück.

»Ich komm dann mal mit«, sagt Joe zu mir.

Vor der Haustür bleibe ich stehen.

»Warte kurz«, sage ich zu Joe. Dann laufe ich in die Küche zurück und stecke einen der zwei Scheine wieder ins Portemonnaie. Erleichtert kehre ich zu Joe zurück.

»Scheißentscheidung«, sagt er.

Ich nicke. Ja, vielleicht. Doch sie beruhigt mich.

»Aber es ist DEINE. Also ist es okay«, sagt Joe gönnerhaft. »Du machst dich!«

30

Breuers sind fast direkte Nachbarn. Frau Breuer hat zwei unterschiedlich farbige Augen und dadurch diesen leichten Silberblick, sodass man nie weiß, ob sie einen anschaut. Nicht dass sie dadurch irre wirkt oder so – man ist nur auf der einen Seite irritiert und fühlt sich auf der anderen irgendwie durchschaut. Mein Vater sagt nicht Silberblick, er nennt es Schlafzimmerblick. Aber auch erst seit meine Mutter ihm klargemacht hat, dass sie ihm, falls er noch einmal »Fickmich«-Blick sagen würde, sein Kartenspiel verstecken würde. Der Blick hat bei Herrn Breuer auf jeden Fall nicht mehr gewirkt. Als Frau Breuer herausgefunden hat, dass ihr Mann in Asien sexuell sehr aktiv gewesen ist, hat sie gesagt, dass er für sie für immer gestorben wäre.

Herr Breuer hat irgendwas mit Aktien gemacht. Genau weiß man es nicht. Und da er sein Geld in seinem Aktiendepot wohl ebenso breitflächig angelegt hat wie seine Paarungsbereitschaft, besitzen die Breuers das mit Abstand größte Haus auf dem schönsten Grundstück in der Siedlung. Sie haben die zwei neben ihrem Grundstück liegenden Parzellen dazugekauft, die ursprünglichen Gebäude abreißen und eine Art Villa errichten lassen, so wie man sie Ende des zwanzigsten Jahrhunderts gebaut hat. Nur in neu.

»Neureich«, sagte mein Vater, »ekelhaft.«

Wäre es sein Haus, hätte er das sicher nicht gesagt.

Vor der Scheidung hatte Frau Breuer in der ganzen Nachbarschaft angekündigt, dass sie »das Arschloch« bis auf die

Knochen ausziehen und bluten lassen würde. Was genau abgelaufen ist, wissen wir natürlich nicht. Fakt ist aber wohl, dass Frau Breuer seit der Scheidung die Villa gehört und dass sie – wie meine Mutter sagt – ihr Lebtag keinen Handschlag mehr machen muss.

Trotz der schönen Villa ist Sara viel öfter bei Rike als andersrum.

Unser Ort ist nicht groß, aber die Stadt ist nicht weit. Man nennt uns den Speckgürtel. Reiche, welche die Stadt satthaben, ziehen aufs Land. Und so kommt es, dass wir trotz unserer geringen Einwohnerzahl zwei Tennisclubs, einen Golfverein, eine Rudervereinigung und den Lions Club haben.

Vor der Scheidung war Herr Breuer der Chairman des Lions Clubs und die Witwe Breuer wurde von meinen Eltern und den anderen Nachbarn die »Charity Queen« genannt. Sie organisierte Feiern, auf denen Geld für Bedürftige gesammelt wurde. Flüchtlinge, Waisenhäuser in der dritten Welt, für Kinder mit Behinderungen und für die Kinder von Strafgefangenen und so weiter. Ihre Veranstaltungen waren sehr elegant. Wenn sie das Haus verließ und in ihren Mercedes oder ein Taxi stieg, sah sie immer sehr gut aus. So wie die Frauen in der *Bunten* und der *Gala*. Im Sommer fanden ihre Partys auch auf dem Grundstück statt. Dann hingen Lampions in den Bäumen, es standen kleine Zelte herum, oft gab es eine Band, das Essen wurde aus einem Sterne-Restaurant geliefert, und überall liefen Kellner und Kellnerinnen herum und bedienten die Gäste, die ebenfalls sehr schick aussahen.

»Was für eine Verschwendung«, sagte mein Vater. »Wenn sie das Geld direkt spenden würde, liefe es auf das Gleiche hinaus und ich müsste die ganzen Arschgeigen nicht sehen.«

Wenn er sich nicht ans Fenster gestellt hätte, dann hätte

er auch niemanden sehen müssen. Doch die Partys, Events hießen sie in der Sprache der Breuers, zogen ihn magisch an.

»Gut, dass ich da nicht hingehen muss. Von mir würden die keinen Pfennig bekommen.«

»Cent«, sagte meine Mutter, »seit 2002 haben wir den Euro.«

Mein Vater beobachtete die ankommenden SUVs.

»Wenn der auf meinem Grundstück parkt, schlitz ich dem die Reifen auf.«

»Ja, ja.«

31

Nach der Scheidung im vorletzten Jahr hatte Frau Breuer mit Partys und Charity aufgehört und stattdessen begonnen, Gemüse zu züchten, und sich Hühner angeschafft. In ihrem Garten wohnt eine ganze Schar. Der Hahn steht immer etwas abseits, ist ständig auf der Lauer und kampfbereit. Er beobachtet seine Hennen, so wie die Serben in der Stadt ihren jüngeren Geschwistern beim Dealen zusehen und im Notfall eingreifen.

Die Eier ihrer Hühner verkauft Frau Breuer an die Nachbarn.

»Ökologisch einwandfrei, allerdings ohne das EU-Biozertifikat«, sagt meine Mutter. »Und sie nimmt nur die Hälfte von dem, was ich im Supermarkt zahlen müsste.«

Das ist der Satz, der auch meinem Vater Bioeier und Biogemüse schmackhaft macht.

Ihre schicken Kleider hat Frau Breuer gegen Jeans und Sweatshirts getauscht, die ihr im Sommer zugeknotet über die Hüfte baumeln. Im Winter trägt sie einen alten Daunenmantel. Ihre früher wöchentlich aufgefrischte Frisur ist einem praktischen Pferdeschwanz und einer Schiebermütze gewichen.

»Alles in allem steht ihr die Scheidung«, sagt meine Mutter.

Vor der Scheidung sahen Sara und ihre Mutter aus wie Mutter und Tochter, heute eher wie Schwestern. Sara hat die Augen ihrer Mutter geerbt, schielt aber nicht.

Der Vorgarten der Breuers hat genau das, was unserer nicht hat. Stil. Er sieht aus wie ein kleiner Park. Anstatt der üblichen kleinen Apfelbäume gibt es dort große. Und einen Pflaumenbaum, Kirschen und Kastanien. Ich werde immer besser mit Bäumen.

Die Hühnerschar grast ganz weit hinten am Horizont, der Hahn steht lauernd auf dem Dach des Hühnerhauses und schaut Joe und mich feindselig an.

»Kschscht«, macht Joe und der Hahn flattert auf.

Wir gehen über den Weg zur Tür. An der Tür hängt ein Zettel. »Bitte hinten klopfen«.

Wir umrunden das Haus.

Die Hintertür befindet sich auf einer Art Veranda. Durch ein Fenster kann man auf den Flur sehen. Die Tür ist geschlossen und ich sehe keine Klingel. Durch ein offen stehendes Fenster höre ich Wasser laufen. Frau Breuer ist also da.

Ich klopfe.

Nichts.

Ich klopfe lauter.

Das Wasserrauschen bricht ab. Ich höre Frau Breuer.

»Halloo?«

»Halloo!«, antworte ich.

»Oohhh«, ruft sie, »so früh?«

So früh? Hat sie mich erwartet? Hat meine Mutter vor lauter Angst, ich könnte mir wieder etwas antun, angerufen? Ist das eine abgekartete Nummer, um mich auf die Probe zu stellen?

»Sara?«, schreit Frau Breuer.

Nichts.

Gott sei Dank.

»Saraaaaa?«

Wieder nichts. Ich merke, wie sich Angstschweiß unter meinen Achseln sammelt.

»Verdammt«, höre ich Frau Breuer.

Joe grinst mich an und klopft Sturm.

»Saraaaaaa, verdammter Mist. Mach mal die Tür auf!«

Nichts.

Joe hämmert noch einmal.

»Ich komme«, ruft Frau Breuer resigniert.

Ich höre Geklapper, dann Schritte auf der Treppe.

»Bin gleich da«, ruft sie.

Ein Poltern, ein kurzes Lachen.

»Bin sofort da«, ruft sie.

Ich gehe schnell ein paar Schritte zur Seite.

Da öffnet sich auch schon die Tür. Frau Breuer schließt gerade den obersten Knopf ihres Daunenmantels. Sie trägt ein Handtuch um den Kopf, und ich bin mir nicht sicher, ob sie mich oder Joe anschaut oder vielleicht auch den Hahn fixiert.

»Red?«, fragt sie erstaunt. »Du bist das? Ich hatte mit der Frau von der Gärtnerei gerechnet. Was möchtest du denn?«

»Eier«, sage ich.

Sie überlegt kurz und lächelt dann.

»Hör mal, ich stehe eigentlich gerade unter der Dusche. Kannst du später kommen?«

»Ja, klar«, sage ich und will mich schon umdrehen, als ihr noch etwas einfällt.

»Sag mal«, sagt sie zögernd, »geht es dir wieder gut?«

Sie weiß also, was passiert ist. War ja auch irgendwie klar. Ich nicke.

»Gehst du schon wieder zur Schule?«

Ich schüttele den Kopf.
»Ich muss noch nicht.«
Sie nickt.
»Ist vielleicht ja auch gut. Ich dachte nur ...«
Ich schaue sie an. Sie schaut sich um.
»... wegen Sara ...«
Ich schaue sie weiterhin an, ihr scheint es unangenehm zu sein. Sie redet jetzt leiser. Sie beugt sich sogar ein bisschen vor. Ihr Mantel geht nur bis zu den Waden. Sie hat nackte Füße. Ihre Nägel sind rot lackiert.
»Weißt du, Sara ist so anders. Weißt du, ob sie ... ob sie was hat?«
Ich schüttele den Kopf.
»Da müssen Sie vielleicht eher Rike fragen. Sara und ich haben kaum Kontakt.«
Außer sie findet mich bewusstlos im Bad ...
»Ach. Ich dachte immer, ihr beiden ...«
Sie vollendet den Satz nicht. Wir beiden: Was? Ich schaue sie erwartungsvoll an.
»Ich dachte immer, ihr beiden ... ihr wäret ... ach, da habe ich mich wohl ...«
Sie lacht jetzt.
»Sara ist so verschlossen. Die sagt mir nichts. Ich mache mir manchmal Sorgen und da dachte ich ...«
Sie winkt ab.
»Komm einfach nachher wieder. Am besten so gegen vier? Dann bin ich mit der Gärtnerin durch.«
Hinter ihr auf der Treppe taucht Sara auf. Sie schaut mich gleichzeitig verachtend, aber auch hasserfüllt an.
»Mache ich«, stammele ich.
Sara zeigt mir den Mittelfinger ihrer rechten Hand. Mit

links macht sie die internationale Handbewegung für »sich einen runterholen«.

Ich sehe schnell weg.

Frau Breuer schaut mich an.

»Ist alles gut mit dir? Ist dir schwindelig? Du siehst ganz elend aus.«

»Nee, geht schon«, sage ich.

Sara verschwindet wieder.

»Brauchst du einen Schluck Wasser?«, fragt Frau Breuer besorgt.

»Nein, nein, ich muss dann auch mal rüber. Meine Mutter braucht ...«, ich überlege, »... Hilfe. Meine Mutter braucht Hilfe!«

»Ist gut«, sagt Frau Breuer. »Bis später dann.«

»Ja«, sage ich.

Aber ich glaube nicht, dass wir uns heute noch einmal wiedersehen. Vielleicht nie wieder, solange Sara bei ihr wohnt.

Als Joe und ich zurückgehen, klopft er mir auf die Schulter.

»Also, dieser Silberblick ...«, sagt er.

»Man weiß nie genau, wo sie hinschaut.«

»Das meine ich nicht. Der macht mich schon irgendwie scharf. Dich nicht?«

»Hör mal. Frau Breuer ist so alt wie meine Mutter. Ich habe nie darüber nachgedacht, ob sie mich scharf macht.«

»Du lügst. Und das weißt du«, stellt Joe fest.

»Sie ist so alt wie Mama!«

»Hör doch auf. Bei Frau Cielo stört dich das auch nicht.«

»Aber Frau Breuer ... sie ist ... sie hat ...«

»Ja, ja«, murmelt Joe.

32

Mein neues Outfit ist angekommen. Joe und ich machen eine Anprobe. Wie Mädchen. Er sitzt auf meinem Bett, surft nebenbei im Netz und schaut mir zu. Ich ziehe Hosen, Shirts, Sneakers an und aus und kombiniere und fühle mich toll. Besonders die schwarze Lederjacke gefällt mir richtig gut. Das Leder riecht neu, aber es ist ganz weich.

»So weiches Leder bekommt man nur, wenn man den Schweinen die Haut bei lebendigem Leib abzieht«, sagt Joe.

Entsetzt sehe ich ihn an.

»Kein Problem. Sie betäuben die mit Elektroschocks und ziehen nur die halbe Haut ab. Der Rest wächst nach.«

Gerade als ich die Jacke ausziehen und nie wieder anziehen will, sehe ich, wie er grinst.

»War nur Spaß.«

Ich bin beruhigt.

»Die werden natürlich richtig totgehauen.«

Ich sehe ihn an.

»Warum sagst du so was?«

»'ne Jacke aus so einem Schwein willst du nicht anziehen, aber zum Fressen ist es okay, oder was?«, fragt Joe.

»Wie kommst du darauf?«

Joe deutet auf den Laptop.

»YouTube«, sagt er, »da gibt es ganz schöne Filme darüber.«

Er schiebt den Laptop aufs Bett und betrachtet mich.

»Zieh mal die Nikes dazu an.«

Er hat mir die gleichen Schuhe ausgesucht, die er selbst trägt.

Ich tue, was er sagt, und finde mich perfekt. Mein Outfit fühlt sich gut an. Ich fühle mich sicher. Es fühlt sich an wie eine Rüstung, in der ich der Welt geschützt gegenübertreten kann.

Kaum habe ich das gedacht, betritt die Welt in Form meiner Schwester mein Zimmer.

»Hast du neue Sachen bekommen?«

»Nein!«, sage ich.

»Und was ist das auf deinem Bett?«

»Halbes, gequältes Schwein!«

»Arschgesicht!«

»Arschkuh!«

Rike dreht sich auf dem Absatz um und streckt ihren Kopf durch die Tür. Sie schreit Richtung Küche.

»Mama, wieso bekommt der Blödmann neue Klamotten und ich nicht?«

Meine Mutter brüllt von irgendwo zurück.

»Hier hat keiner neue Klamotten bekommen!«

»Siehst du, da hörst du es«, sage ich.

»Gruppe!«, sagt Joe und steht auf.

»Ja, Mama«, antworte ich.

33

Manchmal verwandeln sich alte Frauen in Werwölfe, manchmal Raupen in Schmetterlinge und in ungeklärten Fällen wohl auch mal Wasser in Wein. Eine der unglaublichsten Metamorphosen findet heute allerdings in unserer Gruppe statt.

Die Befindlichkeitsrunde ist wie immer.

»Bekim, wie geht es dir?«

»Gut«, sagt Gorleben, der nicht gemerkt hat, dass er noch gar nicht dran ist.

»Geile Schuhe«, sagt Bekim zu mir.

Er zeigt mit links drauf, seine rechte Hand steckt in seiner Hose.

»Air Force 1, die Besten«, sagt Bekim anerkennend.

Joe lächelt.

»Danke, Daniel«, nickt Frau Cielo Gorleben zu.

Gorleben bekommt das schon nicht mehr mit. Er zählt wieder Kippen.

»Haste Sale gemacht?«, stellt Bekim fest. »Gönn dir?«

Ich nicke.

Jens guckt nur und lässt einen Oschi von einer Spuckeblase zerplatzen.

Bekim schaut mich bewundernd an.

»Oder haste abgezogen?«

»Damian, wie geht es dir?«, fragt Frau Cielo.

Damian knetet in jeder Hand einen Tennisball. Seine Muskeln spannen sich dabei und sehen selbst aus wie Tennisbälle. Er nickt nur.

»Ich glaube, die Jacke ist auch neu«, sagt Gina.

Sie beugt sich zu mir und flüstert mir ins Ohr.

»Steht dir gut. Ich finde dich damit richtig heiß.«

Ich werde rot und tue so, als hätte sie das nicht gesagt. Der Einzige, der es außer mir gehört hat, ist Joe, der jetzt eine obszöne Geste mit seiner Zunge in meine Richtung macht.

Es klopft.

»Herein«, sagt Frau Cielo.

Die Tür geht auf, ein Mädchen erscheint. Sie bleibt im Türrahmen stehen und schaut in den Raum. Es war vorher nicht laut, aber jetzt ist es mucksmäuschenstill. Das Mädchen mustert uns, dann betritt es das Gruppenzimmer und geht langsam, sich auf einen Spazierstock stützend und dabei umschauend, auf die Sitzgruppe zu. Sie sieht gut aus. Frisch. Ganz anders als der Rest unserer müden Truppe. Sie trägt ein kariertes Flanellhemd über einem Jeansoverall, hat lange, braune Locken und die gleichen weißen Schuhe wie ich. Ich mustere sie. Irgendwoher kenne ich sie. Sie quetscht sich zwischen Jens und Damian, beide machen bereitwillig so wenig Platz wie möglich. Woher kenne ich sie bloß?

»Hallo, Hanna«, sagt Frau Cielo.

Das Mädchen guckt auf und nickt Frau Cielo zu. Richtig. Es ist Hanna. Unglaublich, was mit ihr passiert ist. Wo sind ihre Schlabberklamotten? Wo ist die Sonnenbrille? Die Kappe? Die Teddysocken? Und vor allem: Wo ist der Rollstuhl?

Die anderen sind genauso erstaunt wie ich. Sie mustern Hanna von oben bis unten. Sie hat, nachdem sie Frau Cielo zugenickt hat, ihren Blick auf den Boden gerichtet. Plötzlich hebt sie ihn, zeigt auf meine Schuhe, lächelt kurz und hebt den Daumen.

»Schön, dass du da bist, Hanna«, sagt Frau Cielo.

Joe zieht seine Augenbrauen hoch und mustert Hanna ungeniert. Damian knetet seine Tennisbälle jetzt intensiver. Seine Muskeln bewegen sich wie Hühnereier, die in einem Rohr runterrollen. Jens fährt sich durch die verkleisterten Haare und Bekim nimmt die Hand von seinen Eiern, als wären sie ein heißes Stück Eisen. Er weiß aber anscheinend nicht wohin damit, und schiebt sie dann wieder in die Hose. Gina fummelt ein Snickers aus ihrer Tasche und beißt hinein. Einzig Gorleben zeigt keinerlei Reaktion.

»Wir sind gerade bei der Runde«, sagt Frau Cielo. »Du kannst eigentlich direkt mit einsteigen.«

»Gut«, sagt Hanna. Und sagt nichts.

Ruhe.

Stille.

Gina schmatzt.

»Wie geht es dir denn?«, fragt Frau Cielo.

»Ja, sag mal. Wie geht's denn so?«, mischt sich Bekim ein, als ob es hier um Smalltalk auf einer Party gehen würde.

Wir alle schauen jetzt Bekim an. Er wird rot.

»Ich meine«, stammelt er, »wo ist denn dein Dings hier, dein Rollator?«

»Rollstuhl«, sagt Damian. »Idiot!«

»Wir sagen nicht Idiot zueinander«, sagt Frau Cielo.

»Vollidiot?«, schlägt Damian vor.

Frau Cielo schüttelt nur ihre Locken.

»Wo ist der?«, fragt Bekim.

»Lass sie doch«, mischt Gina sich ein, »sie will es uns vielleicht nicht sagen.«

Jens mustert Gina.

»Dazu sind wir doch hier, dass wir den anderen alles sagen.«

Als ob Spuckeblasen-Jens hier schon mal etwas Brauchbares gesagt hätte. Als ob hier überhaupt jemand schon mal etwas Brauchbares gesagt hätte.

Wieder Stille.

Gina isst den letzten Happen ihres Snickers.

»Gut, dass du kein Neger bist«, sagt Bekim, urplötzlich das Thema wechselnd, zu Gina.

»Wir sagen dieses Wort hier nicht«, sagt Frau Cielo.

»Was sagen wir?«, will Bekim wissen.

»Wir können Menschen mit dunkler Hautfarbe sagen.«

Bekim nickt.

»Gut, dass die nicht so einer ist.«

Wir alle warten auf seine Erklärung.

»Weil sonst wäre Snickers für die voll gefährlich.«

Ruhe.

Wir warten jetzt auf die Erklärung zu der Erklärung.

»Weil man sich beim Snickersessen dann ganz leicht in die Finger beißt.«

Bekim wartet auf einen Lacher, er bleibt aus.

Frau Cielo schaut Bekim intensiv an.

»Das merkst du selbst, dass das daneben war, Bekim?«

Bekim schaut auf den Boden. Dann steckt er seine zweite Hand ebenfalls durch den Hosenbund.

»Das ist doch nur, weil die Dicke andauernd Snickers frisst«, sagt Bekim trotzig.

Gina zuckt zusammen, sagt aber nichts. Ich habe das Gefühl, sie weint gleich.

»Hey, Bekim«, entfährt es Frau Cielo, »so gehen wir hier nicht miteinander um.«

Hanna räuspert sich.

»Ich brauche den Rollstuhl nicht mehr.«

Sie hat unsere vollständige Aufmerksamkeit. Auch Bekim schaut langsam auf.

»Warum?«, will er wissen.

»Ich bin hier so über den Gang gerollt, da habe ich Jesus getroffen. Er hatte beide Hände in der Hose. Dann hat er eine Hand herausgezogen, sie auf meine Beine gelegt und gesagt: Geheilt! Seitdem kann ich wieder laufen.«

Gina grinst.

Damian und Jens werfen sich einen vielsagenden Blick zu.

Bekim zieht die Hände aus der Hose.

Hanna knöpft ihr Flanellhemd zu.

Gorleben zählt Kippen.

Frau Cielo mustert jeden von uns. Sie leckt sich dabei sehr appetitlich über ihre vollen Lippen. Aber im Endeffekt ist es so: Die Königin hat eine Prinzessin bekommen, die mindestens genauso attraktiv ist.

Joe grinst mich an.

»Gut, dass du zwei Hände hast, was?«

Ich werde rot.

»Warum?«

»Na«, sagt Joe, »ich schätze mal, du wirst kaum zu ihr gehen und ihr sagen, dass du sie toll findest, oder?«

Ich mache auf dumm.

»Zu wem?«

Joe winkt ab.

»Okay«, seufzt er, »ich glaube, da muss noch 'ne Lektion her.«

Was hat er denn jetzt wieder vor?

Wenn ich sagen würde, dass mir seine Worte kein mulmiges Gefühl verschaffen würden, wäre ich ein Lügner.

34

Ich sitze in meinem Zimmer an meinem Schreibtisch, lese mir durch, was ich gerade in der Schule verpasse, und fühle mich gut dabei. Ich werfe einen Blick auf Opa. Der liegt auf dem Bett und schnarcht.

»Red! Kommst du mal bitte!«

Mein Vater. Aus der Küche. Er klingt ungehalten. Ich tue, als hätte ich nichts gehört.

»Red!!! Hast du mich gehört?«

Dumme Frage. Wenn nicht, wie sollte ich antworten?

»Red!!!!!!!!«

Es geht nicht anders.

»Jaaa ... Papa? Hast du was gesagt?«

»Komm mal her!!!«

Ich stehe auf und gehe in Richtung Küche.

Ich schätze, ich bin fällig. Er hat die Kreditkartenabrechnung bekommen.

Die Küche riecht nach Essig und Putzmittel.

Mein Vater sitzt am Esstisch und kontrolliert Rechnungen. Der ganze Tisch ist voller Zettel. Mein Vater schaut nicht einmal zu mir auf. Er muss sehr wütend sein.

Auf einmal spüre ich eine Hand auf meiner Schulter. Joe.

»Wir spielen ›ferngesteuert‹!«, sagt er.

»Was?«, frage ich erneut.

»Das heißt: Wie bitte?«, sagt mein Vater, weiterhin ohne seinen Blick zu erheben.

»Ich sage dir, was du sagst«, sagt Joe, »und du sagst es zu deinem Vater.«

Mit Dr. Trappe hat das funktioniert. Bei meinem Vater bin ich mir nicht sicher, ob es hilft. Da ich aber keinen besseren Plan habe, nicke ich Joe zustimmend zu.

»Gut«, sagt Joe. »Du gehst jetzt um den Tisch herum und stellst dich hinter ihn. So, dass er dich in seinem Rücken hat.«

Ich tue, was Joe sagt. Ich stelle mich hinter meinen Vater, der Rechnung für Rechnung auf Stapel legt.

»Musst du unbedingt hinter mir stehen?«

Joe nickt.

Ich nicke auch.

»Was ist?«, fragt mein Vater. »Musst du unbedingt hinter mir stehen?«

Ach ja, er kann mich ja nicht sehen.

»Ja«, sage ich.

»Kannst du mir mal bitte sagen, wo die Schere ist?«, fragt er mich.

»Nein«, sagt Joe.

»Nein«, sage ich.

»Du hast sie nicht?«, fragt mein Vater nach.

»Nein!«

»Scheiße!«

Pause.

»Gut«, sagt mein Vater.

»Gut«, sagt Joe.

»Gut«, sage ich.

Mir wird klar, dass mein Vater mich nicht wirklich wegen der Rechnung gerufen hat. Ich will gehen, aber Joe gibt mir ein Zeichen, zu bleiben.

Warum?

Er sieht aus, als ob er einen Plan verfolgt.

Etwas verändert sich, mein Vater wird unruhiger.

»Und?«, fragt er.

»Und?«, sagt Joe.

»Und?«, wiederhole ich.

Mein Vater macht weiter. Ich atme in seinen Rücken. Er tackert zwei Zettel zusammen. Alles, was er bislang getackert hat, liegt rechtwinklig geordnet vor ihm. Die beiden letzten sind schief.

»Siehst du die Abrechnung da vorne, hinter dem Locher und vor dem Tacker?«, fragt Joe.

Ich sehe sie.

Es steht Mastercard obendrauf.

»Ja.«

»Was, ja?«, fragt mein Vater.

»Nimm sie«, sagt Joe.

Ich schaue ihn unsicher an. Ehrlich? Was ist das für ein dämlicher Plan? Wenn ich sie verschwinden lassen soll – warum denn, während mein Vater dabeisitzt?

»Mach schon«, sagt Joe.

Ich greife nach der Rechnung.

»Was machst du?«, will mein Vater wissen. Und ich würde das auch gerne wissen.

»Sag: Siehst du die hier?«, sagt Joe.

Ich zögere.

»Sag: Siehst du die hier?«, drängt Joe.

»Sag, siehst du die hier?«, frage ich meinen Vater und halte ihm die Rechnung so vor die Augen, dass er nichts anderes mehr sehen kann. Er greift danach, nimmt sie mir aus der Hand, mustert sie, greift nach seiner Brille, setzt sie auf, blinzelt, setzt sie wieder ab, schaut noch einmal auf die Rechnung, schaut mich an, sagt aber nichts. Ich schaue Joe an.

»Es ist so …«, sagt Joe.

»Es ist so …«, sage ich.

Mein Vater schaut mich erwartungsvoll an.

Ich schaue Joe erwartungsvoll an.

»Besser: Es war so …«, sagt Joe.

»Besser: Es war so …«, sage ich.

»Ohne: Besser!«, sagt Joe.

»Ohne Besser!«, sage ich.

»Was?«, fragt mein Vater.

»Das heißt: Wie bitte«, sagt Joe.

»Das heißt: Wie bitte«, wiederhole ich.

»Wie bitte?«, fragt mein Vater perplex.

Ich werfe Joe einen wütenden Blick zu. Will er, dass sie mich für irre halten und wieder in die Klinik bringen?

»Also, es ist so …«, sagt Joe.

»Also, es ist so …«, sage ich.

»… ich möchte in Zukunft meine Klamotten selbst bezahlen«, sagt Joe.

»… ich möchte in Zukunft meine Klamotten selbst bezahlen«, sage ich.

»Ich möchte sie aber auch selber aussuchen, verstehst du?«

Ich wiederhole Joes Satz und fühle, was mein Vater fühlt. Wir verstehen beide noch nicht, worum es genau geht. Aber ich mache tapfer weiter. Ich erkläre meinem Vater in Joes Worten, dass ich nun alt genug wäre, meine Kleidung selbst auszusuchen und auch zu bezahlen. Und dass ich damit schon begonnen hätte. Ich zeige auf den Rechnungsbetrag.

»1.100 Euro«, sagt Joe.

»1.100 Euro«, sage ich.

»1.100 Euro«, schluckt mein Vater.

»Das war für das Notwendigste«, sage ich. Joe schaut mich stolz an. Und mir fällt auf, dass er mir diesen Satz nicht vorgesagt hat. Er kam von alleine.

»Schau«, sage ich und zeige an mir herunter, »das ist alles neu. Schuhe, Hose, Hemd. Ich habe auch eine neue Jacke. Das Alte war einfach …«

Ich überlege.

»… das war einfach alt. Das passte nicht mehr. Das passte nicht mehr zu mir.«

Mein Vater sieht mich an. Diese Situation kennen wir nicht. Normalerweise redet er und ich höre zu. Dass es andersrum ist, daran müssen wir uns beide gerade gewöhnen.

Ich stocke.

»Ich möchte …«, fordert Joe.

»Ich möchte«, falle ich ihm ins Wort, »dass du eine Rechnung für mich machst, die ich bei euch abbezahle. Und diese 1.100 Euro sind der Anfang. Okay?«

»Okay«, sagt mein Vater erstaunt.

»Gut«, sage ich.

»Und diese fünfzig Euro sind die erste Rate«, sagt Joe.

Welche fünfzig Euro? Was?

»Diese fünfzig Euro, die ich Mama vorgestern aus dem Portemonnaie gestohlen habe und die ich jetzt auf den Tisch legen werde«, sagt Joe.

Ich schlucke. Mein Gott. Was Joe für ein durchtriebenes Schwein ist …

Er lächelt mich an, als könnte er kein Wässerchen trüben.

»Und diese fünfzig Euro sind die erste Rate«, sage ich.

Und ziehe einen Fünfziger aus der Tasche und lege ihn vor meinen Vater auf den Tisch.

»Alles klar?«, frage ich meinen Vater.

Der betrachtet den Schein. Wäre der eine Münze, würde er wahrscheinlich reinbeißen, um sie auf Echtheit zu überprüfen.

Er nickt.

»Gut, dann gehe ich mal wieder an den Schreibtisch«, sage ich.

»Und pass auf, dass du nicht alles schief tackerst«, sagt Joe.

Ich schaue meinen Vater noch einmal an.

»Und ...«, setze ich an, beende den Satz aber anders.

»... danke.«

Er nickt noch einmal.

Dann nimmt er die Kreditkartenabrechnung und schreibt: *Stand März, 1.080 Euro* darauf.

»Warum 1.080?«, frage ich. »Ich habe dir doch gerade fünfzig gegeben?«

»Dreißig sind für den Calvados«, sagt mein Vater, ohne eine Miene zu verziehen. »Oder hast du die Flasche nur zum Putzen mitgenommen?«

Ich warte auf das Donnerwetter, aber es kommt nichts weiter.

Auf dem Flur sagt Joe: »Na, das ist doch gut gelaufen. Wir sind ein prima Team.«

Das sind wir nicht.

Auf jeden Fall nicht immer.

Aber dieses Mal schon.

35

Joe sitzt in meine Bettdecke eingewickelt auf meinem Schreibtischstuhl und beugt sich über den Laptop auf meinem Schreibtisch. Zusammengekrümmt, wie er dort hockt, sieht er aus wie ein behinderter Inka, den man im Rollstuhl in die Sonne geschoben und dann vergessen hat.

»Hör mal, warum hörst du nur so altes Zeug? Die das singen, sind doch alle schon tot.«

Was macht er da?

»Kein Wunder, dass du dir die Lampen ausknipsen wolltest, wenn du nur totes Zeug hörst.«

Was geht ihn das an? Wer hat ihm erlaubt, in meinem Laptop rumzukramen? Auf der anderen Seite – er kennt mich und mein Leben ja anscheinend eh besser als ich. Warum nicht also auch in meinem digitalen Leben schnüffeln. Ein Leben, das es eigentlich gar nicht gibt.

»Elvis Presley, Alter. *The girl of my best friend.* Das ist doch uralt. Als das neu war, war ich so alt wie du!«

Wieso war Joe Anfang der 60er Jahre so alt wie ich? Das verstehe ich nicht. Außerdem: Hat er in der Klinik nicht genau solche Musik dabeigehabt?

Ich schaue ihn fragend an, aber er guckt weg.

Ich werfe einen Blick über seine Schulter.

Er klickt in meinem iTunes herum.

»Cliff Richard, Holly, Johnny Cash ... Junge, Junge. Wobei, Cash geht ja grade noch. Aber hörst du denn überhaupt nix Aktuelles?«

»Nee. Das ist alles scheiße!«

»Was ist denn genau scheiße?«

»Alles!«

»Gib mal ein Beispiel?«

»Hier das eine Lied mit den ... Millionen ... einer von vielen Millionen ...«

Joe sucht kurz und findet das Lied. Max Giesinger. *Einer von 80 Millionen.*

Joe nickt mit seinem Kopf im Takt.

»Da gibt es aber Schlimmeres«, findet er.

»Und die hier – die Alte ist doch rattenscharf.«

Er hat ein Bild von Rihanna angeklickt.

»Ja, aber ich mag ihre Musik nicht.«

»Ja, aber ich mag ihre Musik nicht«, äfft Joe mich nach. »Stell sie dir nackt vor, dann ist das mit dem Singen auch okay.«

»Warum sollte ich das machen?«

»Das machen alle!«

»Wer?«

»Alle!«

Er diskutiert wie meine Eltern.

»Wieso finde ich deinen Facebookaccount eigentlich nicht?«

»Weil ich keinen habe!«

Er schaut mich ungläubig an.

»Ich dachte, das hätten heute alle?«

Heute? Alle? Was ist mit ihm los?

»Ich halt nicht!«

»Warum?«

»Ist langweilig.«

»Warum?«

»Warum? Weil alle nur Bilder von sich selbst posten. Früher haben sie mal in Bushaltestellen gekrickelt, heute machen sie Selfies.«

Joe schaut mich an, als hätte ich gerade einem Baby in den Hals gebissen.

»Und das mit den Bushaltestellen war besser?«

»Ja«, sage ich trotzig. Obwohl ich es nicht weiß.

»Wenn du das sagst«, grinst er spöttisch. »Gib mal dein Handy!«

Meine Eltern hatten mir mein Handy »auf Probe« erlaubt.

»Es heißt: Gib mir mal dein Handy«, sage ich.

Oh Gott. Ich klinge wie mein Vater. Schnell greife ich in die Tasche und gebe ihm mein Handy.

»Onkel Joe macht dir mal 'ne anständige Playlist.«

Er schaut mich an.

»Hast du noch einen zweiten Kopfhörer und einen mp3-Player?«

»In der Schublade.«

Joe sucht Musik zusammen. Ganz unterschiedliche Sachen. The XX, Die Fantastischen Vier, Graham Coxon, AnnenMayKantereit und ein Schweizer Sänger namens Faber.

Er bezahlt mit Kreditkarte.

»Wieso hast du eine Kreditkarte?«

»Habe ich gar nicht!«

»Und woher ...« Mir kommt ein Verdacht. »Ist das die Nummer von ... ?«

»Yep«, er tippt sich an den Kopf, »habe ich mir gemerkt.«

Er lächelt mich beschwichtigend an.

»Nicht absichtlich. Ich habe einfach ein gutes Zahlengedächtnis.«

Er schließt den Kauf ab und legt eine Playlist an, die er

»Red's new music« nennt, dann zieht er sie auf mein Handy, gibt es mir und greift selbst nach dem alten mp3-Player und den Kopfhörern.

»Komm«, sagt er, »wir ziehen Sportsachen an und hören Musik!«

»Warum müssen wir zum Musikhören Sportsachen anziehen?«

»Weil wir dabei laufen gehen!«

»Ja?«

»Ja!«

Meinetwegen. Ich habe zwar überhaupt keine Lust, aber Hauptsache, er kommt endlich von meinem Schreibtisch weg.

Und unter der dämlichen Decke raus.

36

Joe sagt, er muss mich für das Leben trainieren. Wir laufen jetzt fast jeden Tag, erst über Feldwege, dann durch das kleine Wäldchen hinter der Siedlung. Wir nehmen nie die gleiche Strecke, Joe variiert sie jedes Mal. So wäre es authentischer. Eben noch dachte ich, wir wären gleich fertig. Und dann ...

Die Bäume wirken von hier aus wie eine schwer bewaffnete Legion Römer, die auf uns wartet, um uns zu töten.

Ich keuche und ächze, während Joe neben mir wie ein Fohlen im Frühling trabt, das gerade seine Mutter entdeckt hat. Schweiß rinnt mein Bein hinab, ein kleines Tier, ein Insekt, hat sich auf meine Wade gesetzt. Ich will nicht wissen, was es für eins ist. Es soll wegfliegen, aber es bleibt. Ich stampfe beim Laufen auf, aber das stört das Vieh nicht. Ich lasse es auch lieber wieder bleiben. An die gleichmäßige Erschütterung durch das Laufen hat sich mein Arm gewöhnt. Aber wenn ich fester auftrete, zieht ein viel stärkerer Schmerz von der Schulter aus gleichzeitig in die Hand und in den Rücken. Mein Tattoo ist bislang ungefähr so cool wie eine Bremsspur in der Unterhose. Ich habe mir aus einer Mullkompresse einen notdürftigen Verband gemacht, den ich seit einer Woche nicht mehr abgemacht habe. Manche Sachen will man einfach nicht sehen.

Allerdings kann man es inzwischen riechen.

Ich schließe zu Joe auf und reiße ihm den Kopfhörer runter.

»Kannst du mir verraten, warum wir nicht rechts abbiegen?«, keuche ich ihn an.

»So funktioniert es eben«, grinst er.

»Was war an der anderen Strecke schlecht?«

»Nichts.«

»Warum laufen wir sie dann nicht?«

»Darum«, sagt er und legt einen Schritt zu. »Komm!«

»Scheiße«, jaule ich, »ich kann nicht mehr.«

»Wer jammern kann, kann auch laufen.«

Ich könnte einfach stehen bleiben. Aber ich mache es nicht.

»Ich hasse laufen«, sage ich.

»Ja«, antwortet Joe, »wenn es darum gehen würde, was du so alles hasst, dann wären wir jetzt gar nicht hier.«

Womit er mal wieder recht hat.

»Manchmal muss man Dinge machen, die man nicht tun will, um zu merken, dass sie gut sind.«

Ich denke darüber nach.

Während ich denke, vergesse ich kurz, dass ich keine Lust habe, zu laufen.

»Ist 'ne Kopfsache«, ist Joes Meinung.

»Wie, 'ne Kopfsache? Mir tun die Scheißbeine weh!«

»Ja, aber vom Kopf her.«

Klar. Bei mir fangen die Beine direkt unter dem Kopf an. Da, wo andere einen Hals haben. Ich muss an Kinderzeichnungen denken, während Joe weiterdoziert.

»Du denkst die ganze Zeit darüber nach, was noch vor dir liegt.«

Beim Laufen schon.

Joe erwartet gar keine Antwort.

»Und dabei übersiehst du, wie gut das hier gerade ist.«

Hier ist aber nichts gut.

»Schalt den Kopf aus. Lauf. Atme. Sieh. Spüre!«

»Und wie schaltet man den Kopf aus?«, frage ich.

Joe grinst.

»Stell dir eine Frau ohne BH vor, die läuft. Rechtes Bein vor, linke Brust wackelt. Linkes Bein vor, rechte Brust wackelt.«

Ich stelle mir Frau Cielo beim Laufen vor. Ihre Brüste schwingen sanft und wogend vor ihr her, während sie ein Bein vor das andere setzt.

Gar nicht so übel.

Ich werde direkt etwas schneller.

»Geht doch«, grinst Joe.

Joe hat mich nie wirklich gefragt, ob ich Lust hätte, mit ihm laufen zu gehen. Er hat es einfach bestimmt.

Wir rennen weiter und langsam versinke ich in meine Gedanken.

Was mir in der Klinik nicht gefallen hat, war das ewig Gleiche. Alles war so berechenbar. Ich wusste zu jeder Minute, sagen wir Viertelstunde, was als Nächstes passieren würde. Aber war es nicht das genaue Gegenteil gewesen, das mich überhaupt in die Klinik gebracht hatte? Die Angst vor allem, das nicht einfach auszurechnen war? Nicht zu wissen, was kommt, wie ich damit umgehen soll, und die Angst, wenn ich schon mal etwas mache, das Falsche zu tun? War das nicht so eine Art Warten auf jemanden, der mit einer Gebrauchsanleitung für das Leben kommt, um ihn dann anklopfend vor der Tür stehen zu lassen? Schon merkwürdig.

Wenn ich jetzt motze, dann tue ich es hauptsächlich, weil es anstrengend ist. Ich fühle aber, dass das stumpfe Einen-

Fuß-vor-den-anderen-Setzen gar nicht so schlecht ist. Man verfällt in einen Trott, der alles gleichschaltet. So als ob man Körper und Gehirn wie in der Mathematik beim Bruchrechnen auf einen gemeinsamen Nenner bringt.

Man kann regelrecht ins Philosophieren geraten. Ein Lauf ist wie ein Leben. Man fängt einfach an und hat keinen Plan, wie es werden wird. Man muss sein Tempo finden. Das eigene. Nicht das eines anderen. Und an Kreuzungen muss man sich entscheiden, welche Abzweigung man nimmt. Wenn man merkt, dass man sich falsch entschieden hat, kann man immer noch umkehren. Oder einen anderen Weg einschlagen. Beim Laufen kehrt man allerdings meistens dahin zurück, wo man angefangen hat. Wo fängt das eigene Leben denn an? Bei der Geburt? Bei der Zeugung? Sobald man etwas einordnen kann, was man fühlt? Wenn man denken kann? Bei Gott?

Ich werde noch einen Tick schneller und hole Joe ein.

»Wenn wir davon ausgehen, dass es Gott gibt …«, setze ich an.

Joe sagt nichts.

»Warum hält er Menschen, die er erschaffen hat, nicht davon ab, Selbstmord zu begehen?«

»Gegenfrage: Warum gibt er ihnen die Möglichkeit, es zu tun, und warum gibt er ihnen die Möglichkeit, auf die Idee zu kommen?«

»Gibt es Gott?«, frage ich Joe.

»Keine Ahnung!«, ist seine Antwort.

Nicht mehr und nicht weniger.

Wir rennen.

Am Wegrand tauchen vereinzelt Maulwurfshügel auf. Je schneller wir laufen, desto mehr sehen sie aus wie ein flacher

Verteidigungswall einer ganzen Maulwurfsarmee. Vielleicht wollen die gleich gegen die Römer am Waldrand kämpfen?

Ich muss lachen.

Wir geben Gas.

Wenn nur der Arm nicht so wehtun würde …

37

Eine halbe Stunde später stehen wir wie zurückgekehrte Astronauten vor ihrer Kapsel auf der Straße in unserer Siedlung. Es ist warm. Die Märzsonne gibt alles, als möchte sie uns sagen: »Alter, pass mal auf, was ich schon auf der Kiste habe.« Ich bin völlig durchgeschwitzt. Ich fühle jeden Herzschlag – und es sind viele – schmerzhaft durch meinen Arm pochen. Ich kann meine Hand kaum bewegen, der Arm fühlt sich an, als hätte man ihn mit Kleister beschmiert und zur Vorsicht danach noch eingegipst. Ich habe das Gefühl, er hängt wie ein Stück in Fetzen geschlagene Ritterrüstung an mir und schränkt meine Bewegungsfreiheit ein. Mir ist schwindelig.

Ich könnte ohne Probleme auf die Straße kotzen.

Trotzdem geht es mir dabei irgendwie gut. Ich stehe hier und atme ein und aus. Ein und aus. Neben mir krächzt es.

Breuers Hahn hat den Garten verlassen, hockt auf einem Torpfeiler und schaut Joe und mich an wie ein Türsteher eines beschissenen Clubs, in den sowieso keiner gehen will. Eine arme Wurst, die es sich nicht verkneifen kann, trotzdem noch zu sagen: »Ihr kommt hier nicht rein!« Ich schaue ihn mir genauer an. Er hat nur ein Auge.

»Eins hat er verloren«, sagt Frau Breuer.

Ich erschrecke. Ich habe sie nicht gesehen. Sie hockt hinter dem Zaun, hat eine kleine Schaufel in der Hand und gräbt irgendwas ein. Sie sieht lustig aus. Total schmutzig. Wie ein Kind, das im Matsch gespielt hat. Sie muss versucht haben, eine Haarsträhne zurückzuschieben, und hat sich dabei Dreck ins Gesicht gerieben.

»Muss mit irgendwas gekämpft haben«, sagt sie und zeigt auf den Hahn.

Sie steht auf und streckt sich. Auch ihr T-Shirt ist voller Erde. Ihre Jacke hat sie sich um die Hüften gebunden. Sie mustert mich.

»Was ist denn mit dir?«

Ich habe meine Atmung wieder so weit im Griff, dass ich antworten kann.

»Wir waren laufen.«

»Wir?«

Ach so, ja ...

»Mein innerer Schweinehund und ich ...«, sage ich schlagfertig. Joe schaut mich bewundernd an und zeigt mir einen gestreckten Daumen. Frau Breuer lächelt.

»Was ist mit deinem Arm?«, fragt sie.

»Nichts.«

»Nichts? Der hängt da, als würde er gar nicht zu dir gehören.«

»Ach so. Der tut ein bisschen weh.«

»Bist du hingefallen?«

»Nein.«

Was soll ich ihr sagen? Ich habe da eine sehr männliche Totenkopftätowierung mit einer Rose, zu der mich mein unsichtbarer Freund getrieben hat. Sie ist die einzige Tätowierung, die Körper-Klaus kann, aber sie hat sich leider anscheinend entzündet?

»Du siehst aus, als ob du Schmerzen hast?«, hakt Frau Breuer besorgt nach.

Joe tippt mich an.

»Weißt du, ich glaube, das hier ist eine von den Kreuzungen, über die du eben nachgedacht hast.«

Ich verstehe zwei Sachen nicht. Warum weiß er, worüber ich gerade nachgedacht habe? Allerdings wundert mich das nach den letzten Wochen viel weniger, als dass ich nicht verstehe, was er mit Kreuzung meint.

Frau Breuer schaut irritiert in Joes Richtung. Natürlich versteht sie nicht, warum ich nicht sie anschaue, sondern irgendwas neben mir. Aber auch das ist nicht so schlimm, denn es halten mich ja sowieso alle für verhaltensgestört. Trotzdem richte ich meinen Blick lieber wieder auf sie.

Joe tippt mir erneut gegen den Arm.

»Jetzt muss man sich entscheiden, welchen Weg man geht«, sagt er.

Was will er von mir?

»Kann ich irgendwas für dich tun, Red?«, fragt Frau Breuer.

»Und ich glaube«, Joe redet jetzt wie ein Pfarrer, »dass es an dieser wichtigen Kreuzung in deinem Leben der Hilfe eines liebevollen und erfahrenen Schäfers bedarf, der das Lämmchen auf den rechten Weg zu führen weiß.«

»Red?«, fragt Frau Breuer erneut.

»Ja?«

»Ist wirklich alles in Ordnung?«

»Und so sei es denn, dass an dieser Stelle das Schicksal eines minimalen Korrekturschlages bedarf«, deklamiert Joe.

Er schaut mich an, dann holt er aus und haut mir auf das Tattoo.

Der Schmerz raubt mir den gerade wiedergekehrten Atem. Er zieht vom Arm durch das Gehirn in den ganzen Körper. Ich taumele.

»Red?«, fragt Frau Breuer alarmiert.

Ich kann nicht antworten.

»Red?«, fragt Frau Breuer noch einmal. »Brauchst du was zu trinken? Ist alles okay?«

Ja, will ich sagen. Kann aber nicht. Ich mache stattdessen so ein Geräusch wie mein Opa.

»Krrrrt!«

Dann wird mir wirklich flau und meine Knie geben nach. Ich muss mich an Breuers Zaun festhalten. Warum hat Joe das gemacht? Warum hat er mich geschlagen? Ich kann nicht mehr ganz klar denken, alles verschwimmt. Ich merke, wie Frau Breuer nach mir greift und mich stützt. Sie schiebt mich in Richtung ihres Hauses. Ich gehe irgendwie mit. Der Weg fühlt sich unter meinen Füßen an wie der matschige Fußballplatz aus meinem Alptraum, kurz bevor ich den Elfmeter verschießen werde.

Ich möchte nicht in das Haus.

Ich möchte nicht Sara begegnen.

Ich möchte nicht schmerzverzerrt und schweißtriefend von ihr begutachtet werden.

Ich möchte keine Bemerkung dazu von ihr hören.

Aber Frau Breuer dirigiert mich sanft weiter. Wir gehen durch die Tür und über den Flur. Wir bleiben kurz stehen.

»Nee, nicht hier ...«, murmelt Frau Breuer.

Ich werfe einen Blick in ihr Wohnzimmer. In dem Raum sieht alles aus wie in einem Museum. Möbel, die vom Designer direkt einem Innenarchitekten übergeben wurden und für immer positioniert worden sind. Oder von einem Feng-Shui-Meister. Als wäre noch niemals Dreck hineingekommen, als hätte man selbst herumfliegenden Staubkörnchen verboten, durch die Tür zu flattern.

Frau Breuer schiebt mich vorsichtig weiter. Wir gehen eine halbe Treppe hoch, sie öffnet eine Tür und führt mich zu einer Art Sofa ohne Rückenlehne.

»Setz dich mal hin.«

»Lass mich mal schauen«, sagt sie und zieht den Ärmel meines Shirts hoch. Darunter trage ich meinen selbst angelegten Verband. Er ist schmutzig und durchnässt. Ein totenkopfgroßer, gelb-roter Fleck zeichnet sich nach außen hin ab.

»Ich bin gleich wieder da.«

Sie verlässt den Raum, kommt aber sofort mit einem Karton wieder.

»Komm, wir machen das mal vorsichtig ab«, sagt sie und zeigt auf den Verband.

Der Raum sieht aus wie ein Schlafzimmer. Ein Gästezimmer? Er ist geräumig und hat drei Türen. Zum Flur, in das Zimmer, in das Frau Breuer gerade gegangen ist, und noch eine.

Sie setzt sich neben mich und zupft vorsichtig am Ärmel meines Shirts, um an den Verband zu kommen.

»Kannst du das hochziehen? Wir müssen den Verband abmachen.«

Ich fummele ein bisschen daran herum. Er verrutscht. Es tut weh, aber lange nicht so wie eben, als Joe draufgeschlagen hat. Joe. Der sitzt neben mir und guckt unschuldig.

Ich werfe einen Blick auf das, was eigentlich ein cooles Tattoo sein sollte. Es ist gelb und rot und sieht aus wie eine Pizza Margherita. Es riecht auch wie eine Pizza. Allerdings wie eine, die vor zwei Tagen in den Müll gewandert ist.

»Oh, oh«, sagt Frau Breuer. »Das sieht nicht gut aus. Scheint so, als hättest du eine entzündete Wunde. Wir müssen die sauber machen, wir müssen das desinfizieren.«

Dabei bemerkt sie ihre mit Erde verschmierten Hände, ihre schmutzigen Gartenklamotten und die Dreckspuren auf dem Boden.

»Geht es einigermaßen?«, fragt sie mich.

Ich nicke.

»Gib mir zwei Minuten.«

Frau Breuer schaut sich kurz um, geht zu einem Schrank, holt etwas raus, das ich nicht sehe, und verschwindet damit dann hinter der dritten Tür. Im Türrahmen dreht sie sich um.

»Ich muss mich schnell waschen. Sonst mache ich es nur noch schlimmer, wenn Dreck in deine Wunde kommt«, sagt sie.

Sie schließt die Tür hinter sich.

Ich werfe einen Blick in den Karton. Tabletten und Salben, Verbandszeug und Wunddesinfektion und so weiter. Auch ein ramponiertes, altes Fieberthermometer. Ich frage mich, ob Sara das früher in den Po bekommen hat?

Hinter der Tür höre ich Schritte, dann wird ein Wasserhahn aufgedreht und Wasser prasselt auf den Boden.

»Sie duscht«, sagt Joe.

»Du Blödmann«, sage ich zu ihm, »warum hast du das gemacht?«

»Der Blödmann bist du selber«, entgegnet Joe.

»Warum? Habe ich dich geschlagen?«

»Weil du – wie immer – nichts verstehst.«

»Was soll ich verstehen? Du hast mir auf den Arm gehauen, ich wäre vor Schmerz fast ohnmächtig geworden, und jetzt sitze ich bei Frau Breuer und warte darauf, dass sie meine Wunde reinigt. Was gibt es daran nicht zu verstehen?«

»Na«, grinst Joe, »was reinigt sie denn jetzt gerade?«

Ich schaue zur Badezimmertür, höre das Rauschen des Wassers.

»Was denn?«

»Was reinigt sie denn in diesem Moment?«, fragt Joe.

Was soll der Scheiß?

»Sich!«, sagt Joe. »Sich selbst.«

Ja. Und?

»So dämlich kannst auch nur du sein«, seufzt Joe kopfschüttelnd.

Ich verstehe nicht, warum genau ich jetzt dämlich sein soll. Ich beschließe, Joe zu ignorieren, und schaue mich im Zimmer um, um mich von dem Schmerz im Arm abzulenken. Das klappt nur mäßig, weil das Zimmer sehr karg eingerichtet ist. Ein großes Bett, ein Schrank, eine Kommode und nur an einer Wand hängt ein einziges Bild. Es sieht aus wie die in unserem Gruppenraum.

»Na los«, sagt Joe, »zieh dich aus, du Idiot!«

Der Verband ist schon ab. Warum soll ich mich ausziehen?

»Jetzt mach schon«, drängelt Joe, »sonst ist sie fertig.«

Ja. Geht es nicht darum, dass sie fertig wird und wiederkommt?

Joe packt den Bund meiner Jogginghose und zieht daran.

»Was soll das?«, fahre ich ihn an.

»Willst du etwa mit Hose unter die Dusche?«

»Ich will gar nicht unter die Dusche. Zumindest jetzt nicht.«

»Hör mal, Schwachkopf«, sagt Joe, »da drüben, drei Meter von dir entfernt, steht eine nackte Frau und wartet darauf, dass du zu ihr unter die Dusche springst, und du jammerst hier rum.«

Ich schaue ihn entgeistert an.

»Guck nicht so blöde«, sagt Joe. »Zieh dich aus und lauf unter die Dusche und mach das Ding klar.«

»Ich soll mich ausziehen und zu Frau Breuer unter die Dusche?«

»Genau«, sagt Joe, »das sage ich doch.«

»Aber ... um Himmels willen ... warum?«

»Bist du dumm?«, stellt Joe fest. »Da zitterst du dir fast jede Nacht einen ab, während du an deine Therapeutin denkst, und hier hast du eine einmalige Möglichkeit und sitzt da und jaulst: »Warum? Warum? Warum? Um Himmels willen ... warum?«

»Aber ich kann doch nicht einfach ...«, sage ich.

»Wer sagt das, dass du nicht kannst? Ist hier jemand? Steht das irgendwo? Ist das ein Gesetz? Man darf nicht zu nackten Frauen unter die Dusche steigen?«

»Sie ist unsere Nachbarin, sie ist die Mutter von Rikes Freundin, sie ist viel älter als ich ... das geht nicht.«

»Ja klar«, seufzt Joe. »Bei Frau Cielo hätte es dich auch nicht gestört.«

Ich will protestieren, aber Joe unterbricht mich.

»Und wenn du abends im Bett liegst, dann stellst du dir so was vor!«

Ja, aber das ist dann nicht echt.

»Und jetzt bist du zu feige, um da einfach reinzugehen?«

»Ich bin nicht zu feige. Das macht man einfach nicht.«

»Ach so.«

Joe starrt mich an.

»Sich in die Füße schneiden, um etwas zu fühlen – das macht man? Sich aus Feigheit Tabletten reinpfeifen, um den Löffel abzugeben? Das alles macht man aber?«

Nein, das macht man eigentlich auch nicht.

»Also«, sagt er wieder ruhiger, »warum gehst du da nicht rein?«

Ich zögere.

»Ich sage es dir«, sagt Joe, »weil du Angst hast. Weil du dir in die Hosen machst. Weil sie dich auslachen könnte. Weil sie dich wahrscheinlich rausschmeißen wird. Weil du Schiss hast, ihr nie wieder unter die Augen treten zu können. Richtig?«

Richtig.

»Auf der anderen Seite: Wenn deine Schnapsidee neulich geklappt hätte, dann wärst du nie an diesen Punkt gekommen. Du wärst nie hier, du hättest nie die Möglichkeit gehabt, da einfach reinzugehen und rauszufinden, was alles so passieren kann. Was hättest du also?«

Nichts.

»Nichts hättest du. So wie jetzt. Und wenn es nicht klappt, dann hättest du was?«

Genau: Auch nichts! Welches Nichts ist schlimmer?

Nichts ist nichts.

»Zwei Möglichkeiten«, sagt Joe. »Erstens: Bleib hier sitzen und lass dich verarzten wie ein Baby. Zweitens: Geh da rein und siege oder scheitere wie ein Mann.«

Er steht auf.

»Mir kann es ja eigentlich egal sein.«

Er knallt die Tür zu, als er das Zimmer verlässt.

Ich stehe da und höre drüben das Wassern plätschern.

Ich habe Angst. Ich zittere. Ich bin aber auch erregt. Ich mache einen Schritt nach vorne und zwei zurück. Ich weiß nicht, was ich tun soll. Ich schaue auf meinen Schritt. An meiner Erektion könnte man ein Handtuch zum Trocknen aufhängen.

Joe hat recht.

Man kann sich nicht kurzentschlossen vergiften, aber vor allem anderen kneifen.

Aber was wird passieren? Was wird sie sagen?

»Komm her, Red, und mach es mir?«

Wohl kaum. Es ist doch viel wahrscheinlicher, dass sie um Hilfe ruft und die Polizei holt. Und wie werden meine Eltern reagieren?

»Ja sicher, er ist ein Selbstmörder und ein Sittenstrolch – aber wir sind trotzdem sehr stolz auf ihn.«

Ich ziehe mein T-Shirt ganz aus. Es streift meine Wunde. Ich spüre den Schmerz nicht. Ich gehe zur Badezimmertür und öffne sie. Sie knarrt. Ich gehe ins Bad. Die Dusche ist groß und hat weder eine Kabine noch einen Vorhang. Sie sieht aus wie die in meinem Krankenhauszimmer, nur in elegant und teuer.

Ich sehe mein Bild im Spiegel. Bin ich das? Oder ist das ein anderes Ich?

Frau Breuer steht unter dem Wasserstrahl, Wasser fließt ihren Körper hinab. Sie hat ihre Augen geschlossen, nasse Haare und Schaum auf ihren Brüsten. Sie hat mich gehört. Sie öffnet die Augen. Sie reißt sie auf. Gleich wird sie schreien. Ich packe den Bund meiner Jogginghose und ziehe sie mitsamt meiner Shorts nach unten.

Frau Breuer starrt mich an.

»Red ... Red, was machst du?«

Ich hake meinen rechten Fuß in die fast auf dem Boden hängenden Hosen, kicke sie in eine Ecke und gehe auf die nackte Frau Breuer zu.

Sie schreit ... nicht.

Sie schaut mich sprachlos an.

Ich bin nackt.

Ich gehe die letzten drei Schritte auf sie zu und stelle mich zu ihr unter den Wasserstrahl.

»Red …«, sagt sie noch mal.

Und dann passiert es.

Der Hahn meiner Waffe ist gespannt, die Munition befindet sich bereits im Lauf und der Schuss löst sich. Die Ladung schießt aus mir heraus und trifft Frau Breuer.

Bauchschuss.

38

Wir haben miteinander geschlafen. Wir haben tatsächlich miteinander geschlafen.

Ich fühle mich wie ein als Adler geschlüpftes Küken, das endlos lange in seinem Ei gewartet hatte. Oder noch besser: Wie ein kleines Krokodil, das mit dem Eizahn die Hülle seiner Behausung zernagt und sich nach dem Schlüpfen direkt über eine fette Beute hergemacht hat. Eine Antilope oder so. Meine Antilope liegt auf dem Bauch. Ich sitze im Schneidersitz vor ihr. Ich betrachte ihren Rücken. Ihre Haut ist glatt, sie hat kleine weiße Stellen, die aussehen wie Mininarben. Und sie hat ein paar Muttermale. Eines davon erinnert mich an das Sternbild des kleinen Wagens. Vier Räder und eine Deichsel. Ihr Hintern hingegen sieht aus wie der Mond. Ein großer, leuchtender Vollmond. Ich sehe den Abdruck ihres Höschens. Die Haut darunter ist heller als der Rest. Ich möchte eine Hand darauflegen und drücken, aber ich bin mir unsicher, ob ich es machen soll. Ich lege sie vorsichtig auf ihre Haut. Ihr Hintern wackelt dabei.

Ihre Brüste waren viel schwerer, als ich gedacht hätte. Jetzt liegt sie auf ihnen und eine quillt an der Seite weich hervor. Ich lege eine Hand daran und pieke vorsichtig mit dem Finger rein.

Es fühlt sich gut an.

Schläft sie?

Ihr Körper sieht anders aus als der von den Mädchen, die ich mir gerne im Internet anschaue. Ehrlicher. Die Frauen auf meinen Seiten sind nie ganz nackt, die tragen immer irgendeine Glitzerwäsche.

Sie hat gar nichts an.

Sie hat schöne Beine. Ihre Oberschenkel sind weich und fleischig und ihre Waden stramm, die Haut eines Wiener Würstchens. Warum muss ich die ganze Zeit an Essen und an Fleisch denken? Wenn sie auf dem Rücken liegt, verteilen sich ihre Brüste auf den gesamten Oberkörper. Als wir aus der Dusche ins Schlafzimmer gegangen sind, hat sie sich zuerst auf den Rücken gelegt. Ich durfte sie anfassen und streicheln. Irgendwann hat sie nach meinem Ding gegriffen und es in sich reingesteckt. »Bevor es wieder zu spät ist«, hat sie gesagt. Und dabei gelächelt, sodass ich mich nicht unsicher gefühlt habe. Es war warm und schön. Und – was soll ich sagen – mit einer Frau zu schlafen ist wie schwimmen. Wenn einen jemand ins Wasser wirft, dann kann man es. Oder man ertrinkt.

Was in dem Moment eigentlich das Gleiche ist.

Sie ist bestimmt zehn Jahre älter als Frau Cielo. Sie sieht ganz anders aus. An ihrem Hals hat sie ein paar Falten. Und als sie sich umgedreht hat, konnte ich sehen, dass sie einen extrem trainierten Bauch hat. Es war ein unglaubliches Gefühl, dass ein anderer Mensch sich mir in seiner verletzlichen Nacktheit einfach so gezeigt hat. Es hat mir aber auch ein bisschen Angst gemacht.

Als wir in den Raum gegangen waren, um meine Wunde zu versorgen, war es ein gut gelüftetes Gästezimmer. Als wir auf dem Bett lagen, hatte sich alles verändert. Es roch anders. Es roch nach Duschgel, Mensch, ja, nach nacktem Mensch. Ich kann den Geruch nicht beschreiben. Süß, aber auch wild. Erde und Blumen. Am Hals roch sie nach einem

Parfum, das ich nicht mag. Rike benutzt das auch. Es riecht, als ob jemand etwas Gemeines über einen denkt, es aber nicht laut sagt. Es riecht verlogen.

Ich glaube, sie hat nicht mehr viel nachgedacht. Sie war erst sanft und wurde dann schnell fordernder und wilder. Sie hat mir klare Anweisungen gegeben, was ich zu tun hätte.

Als ich ihr in der Dusche an den Bauch geschossen habe, wäre ich gerne – wieder einmal – gestorben. Es war, als ob mit meiner Ladung alles, was ich jemals an Selbstsicherheit gehabt hätte, aus mir rausgeschossen wäre. Ich wollte mich auf den Boden werfen, mich unter die Fliesen graben und unsichtbar werden. Ich wollte nicht erleben, wie sie nach der Polizei schreit und ich an den Haaren aus dem Haus gezogen werde. Aber nichts davon war geschehen. Sie hat mich ziemlich ruhig angesehen. Erst in die Augen, dann hat sie einen Blick auf mein Tattoo geworfen.

»Schlimm?«, hat sie gefragt.

Ich habe genickt, dann habe ich den Kopf geschüttelt, dann habe ich wieder genickt. Ich habe mich umgesehen. Wo war Joe?

Sie hat mich nicht angeschrien. Sie ist nicht ausgerastet. Sie hat meine Hand genommen, sie auf ihre rechte Brust gelegt und einen kleinen Schritt auf mich zu gemacht. Dabei hat sie mich weiterhin fest im Blick gehabt. Ihre Augen haben meine Augen regelrecht getackert. Dann hat sie leise, aber bestimmt mit mir gesprochen.

»Ich habe keine Ahnung, wie das hier passiert ist. Aber seit das Arschloch weg ist, hat mich kein Mann mehr angefasst.«

Sie hat geseufzt.

»Und ich auch nicht …«

Dann hat sie mich, duschnass, wie sie war, ins andere Zimmer gezogen und wir haben uns aufs Bett gelegt und ich durfte mit ihr schlafen.

»Sei vorsichtig«, hat sie gesagt, sich aber nicht so benommen, als wäre das ernst gemeint. Zweimal lag sie auf dem Rücken, ihr Schamhaar war frisiert. Beim dritten Mal hat sie sich vor mich hingekniet, ihren Oberkörper auf das Bett gepresst, ihr Gesicht auf die Seite gelegt und mir ziemlich genau gezeigt, was ich tun soll, wenn sie diese Stellung einnimmt. Obwohl ich das schon mal gesehen hatte, hätte ich nicht gedacht, dass das wirklich geht. Aber es ging ganz einfach.

Geküsst haben wir uns nie.

Und jetzt sitze ich hier. Ich, der Nerd, der Weirdo, der Idiot, der Selbstmörder. Und betrachte eine nackte Frau, um die mich die meisten Jungs in meinem Alter beneiden würden.

Trotzdem liegt keine Vertrautheit in der Situation.

Ich fühle mich gut, aber auch unwohl. Ich möchte gerne weg. Ich möchte gerne nach Hause.

Aber ich kann doch nicht einfach so gehen?

Meine Finger bewegen sich über ihren Rücken.

»Frau Breuer?«, sage ich.

Sie hebt ihren Kopf und schaut mich ungläubig an.

»Du kannst doch jetzt nicht einfach Frau Breuer zu mir sagen!«

Ich komme mir auch dämlich vor.

»Silke!«, sagt sie.

»Red!«, sage ich und strecke meine Hand aus wie ein Vollidiot nach einer Zwangsjacke.

Trotzdem greift sie danach. Sie will etwas sagen, doch sie

bleibt still. Ihre Hände tasten nach der Bettdecke, sie finden sie, ziehen sie über ihren Körper.

Ich verlasse das Bett, gehe in das Badezimmer, hebe meine Unterwäsche auf, ziehe sie an, gehe wieder rüber und schwinge mich in mein dreckiges, nasses T-Shirt und meine verschwitzte Jogginghose.

Ich will Ciao sagen oder irgendwas, was man als Liebhaber so sagt.

Stattdessen lächele ich eine Art Politikerlächeln.

Sie lächelt zurück.

Leise stehe ich auf.

Und die Schmerzen in meinem Arm kehren langsam zurück.

39

Den Nachmittag über laufe ich herum wie ein geköpftes Huhn. Ich gehe zur Gruppe, ich gehe für meine Mutter einkaufen, ich esse Abendbrot. Ich würde gerne mit Joe reden, aber er ist nicht da.

Gegen Abend habe ich das Gefühl, klar zu werden.

Mir wird bewusst, was heute passiert ist.

Und mir wird klar, dass es mir gefallen hat.

Ich versuche, meine Erinnerung zu fixieren, so wie ein Maler Firniss über ein Bild verteilt, damit es nicht verwischt. Ich präge mir Frau Breuers – ich kann nichts dagegen machen, ich denke Frau Breuer, mein Hirn sträubt sich gegen Silke –, ich präge mir ihren Körper ein. Alle Stellen, alle Stellungen. Ein Text wie aus den *Gelben Seiten*. Rufen sie Red Nachtigall. Alle Stellen, alle Stellungen.

Joe ist weg, Opa ist im Wohnzimmer, ich schleiche mich in mein Zimmer und lege mich aufs Bett, um mir mein Erlebnis von heute Morgen noch einmal bildhafter vor Augen zu führen. Es klappt aber nicht.

Erstens, weil die Tätowierung verdammt wehtut, denn die zu verbinden, haben wir komplett vergessen.

Und zweitens verschwimmt Silkes Gesicht vor meinen Augen in ein anderes.

In Hannas.

40

Ich war jetzt keine Jungfrau mehr. Ich gehörte dazu. Eines meiner vielen Kainsmale hatte Silke Breuer mir genommen.

Ich würde, wenn ich wieder in die Schule müsste, anders auftreten können. Ich war jetzt kein kleines Außenseiterkind mehr, das jeder verarschen kann, wie er will.

Verstörend finde ich allerdings, dass ich, wenn ich an Silke denke, immer Hannas Gesicht vor Augen habe.

Ich weiß nicht genau, wie es mit Silke weitergehen soll. Was werde ich tun, wenn ich sie das nächste Mal sehe? »Hallo, Schatz. Läuft alles? Wollen wir zusammen zu Saras Elternabend gehen? Oder direkt wieder in die Kiste und rammeln wie die Karnickel?« Ich sitze auf der Toilette und verarzte meine nässende Wunde, als das Telefon klingelt.

Es tut so weh, dass selbst der leichte Druck des Mullverbandes schmerzt. Joes Schlag hat dem Heilungsprozess nicht gutgetan.

Das Telefon klingelt weiter.

Ist sie das?

Ruft sie hier an?

Mein Vater geht ran.

»Nachtigall!«

Pause.

»Ach, wissen Sie, wie oft ich den Spruch schon gehört habe? Wahrscheinlich jeder, der Nachtigall oder Lerche heißt.«

Pause.

»Wobei Sie sich gar nicht anhören, als ob Sie Shakespeare auch nur buchstabieren könnten«, sagt mein Vater.

Wenn ihm jemand dumm kommt, kann er manchmal schlagfertig sein. Und wenn er so mit jemandem redet, wird er – meinen Erfahrungswerten nach – gleich auflegen.

Ich bin beruhigt, es ist also nicht Frau Breuer.

Silke ...

»Klaus Wer?«, fragt mein Vater. »Körper-Klaus? Diese Tätowierspelunke im Ort?«

Wir sagen »Ort« zu dem kleinen Zentrum unseres Dorfes.

Mir läuft es eiskalt den Rücken runter.

»Und wissen Sie, wer hier ist?«, lacht mein Vater. »Sie sprechen gerade mit Adolf Hitler persönlich.«

Was? Was sagt er da? Will er uns alle umbringen?

»Ob hier ein Red Nachtigall wohnt? Warum wollen Sie das denn wissen?«

Pause.

»Und wenn ich es Ihnen nicht sage, kommen Sie dann und bringen uns alle um?«

Was macht er? Um Himmels willen.

»Ich persönlich würde gerne geteert, gefedert und danach gevierteilt werden. Würden Sie das für mich tun, Herr Körper-Klaus?«

Pause. Dann lacht mein Vater.

»Ich freue mich, Herr Klaus. Ich setze dann schon mal einen Kaffee auf. Trinken Sie mit Milch? Geschäumt?«

Totenstille.

»Es wird mir ein Fest. Ich mache direkt Platz auf der Flurkommode, damit Sie Ihren Totschläger darauf ablegen können, ohne dass er schmutzig wird.«

Mein Vater beendet das Gespräch. Ich gehe ins Wohnzimmer und tue so, als hätte ich es nicht belauscht.

»Wer war das?«, frage ich.

Mein Vater lacht.

»Irgendein Idiot, der behauptet, er wäre Körper-Klaus.«

Mein Vater haut sich auf die Schenkel.

»Und was hat er gesagt?«, frage ich.

»Er sucht dich. Du schuldest ihm 280 Euro für eine Totenkopftätowierung«, lacht mein Vater. Er kriegt sich kaum noch ein. »Mit einer Rose. Ein Totenkopf mit einer Rose. Wie lächerlich.«

Ich versuche ein Grinsen. Mein Vater platzt wieder raus.

»Sonst kommt er hierhin und bricht dir alle Knochen.«

Er prustet noch einmal.

»Wer denkt sich so einen Scheiß aus?«

Ich versuche mitzulachen. Es gelingt nur halb. Mein Vater zeigt in bester Laune auf das Fenster.

»Guck mal, die alte Breuer. Schau mal. Wie die geht. Die hoppelt wie ein Reh. Soll ich dir mal was sagen?«

»Was?«

»So wie die trippelt, wie die wackelt und lacht – die hat einen Neuen.«

Mein Vater piekt mir auf die Brust.

»Da – bin – ich – mir – si – cher.«

Was soll ich sagen?

Läuft ...

Wird Zeit, dass Joe sich blicken lässt. Ich hätte was zu bereden.

41

»Jens, wie geht es Ihnen?«, fragt Herr Groschinsky.

»Gut«, sage ich.

»Das freut mich zu hören. Also: Kein Rückfall in Sicht?«

»Nein«, antworte ich.

Herr Groschinsky ist über siebzig. Er ist die Vertretung für Frau Cielo. Wir wissen nicht, was sie hat und wo sie ist, und es sagt uns auch niemand.

Joe meint, das wäre ein gutes Zeichen.

»Wofür?«, habe ich gefragt.

»Für mich!«, hat er gesagt.

Ein gutes Zeichen für Joe? Verstanden habe ich das nicht.

Dr. Trappe hat uns Herrn Groschinsky vorgestellt. Er praktiziert schon länger nicht mehr und kommt aus der Suchttherapie. Er vergisst zwischendurch, dass wir die Suizidgruppe sind. Er vergisst auch generell, wer wir sind. Mal redet er mich mit meinem Namen an, ein anderes Mal nennt er mich Bekim oder Jens und das macht er bei allen Jungs. Nur Hanna und Gina kann er unterscheiden. Ich frage mich, ob das wirklich noch eine Therapie für uns ist oder für alternde Therapeuten, die nichts mit ihrer Zeit anzufangen wissen?

»Was ist mit Jens?«, fragt Herr Groschinsky und zeigt auf Gorleben.

»Überdosis?«, schlägt Damian vor.

»Das ist nicht lustig, Bekim«, findet Herr Groschinsky als Einziger.

Mit Herrn Groschinsky machen wir so Sachen, die er

Übungen nennt. Jetzt möchte er, dass sich jemand freiwillig meldet, ohne uns zu erklären, warum. Keiner meldet sich. Jens stößt Gorleben einen Ellenbogen in die Rippen, der zuckt zusammen, wacht auf und hebt dabei einen Arm.

»Red, schön, dass Sie sich freiwillig melden«, sagt Herr Groschinsky.

Gorleben nickt und will die Augen wieder schließen.

Jens steht auf.

»Das ist doch volle Hühnerpisse«, sagt er. Und geht.

»Sie können als Nächstes«, ruft Herr Groschinsky ihm nach, aber er knallt die Tür schon hinter sich zu.

Wir schauen Jens nach und sehen dann zu Herrn Groschinsky. Doch irgendwie neugierig, was für einen Schwachsinn er sich dieses Mal ausgedacht hat.

Außer dass mein Arm immer schlimmer wird, macht mir die Gruppe heute irgendwie Spaß.

»Ist Ihnen etwas aufgefallen?«, fragt Herr Groschinsky in die Runde.

Keiner sagt etwas. Was soll man auch sagen? Wir haben es ja alle gesehen und gehört. Jens hat Hühnerpisse gesagt und ist abgehauen.

»Ich ...«, beginnt Herr Groschinsky seinen Satz und wartet ab.

»Also ...«, macht er einen zweiten Anlauf.

Vergisst er jetzt schon, was er sagen will?

»Niemand von Ihnen wusste, worum es geht, als ich gefragt habe, wer freiwillig mitmacht. Trotzdem haben sich alle gemeldet. Was sagt uns das über die Gruppe?«

Wir schauen uns irritiert an. NIEMAND hatte sich gemeldet.

»Das ist ein ganz typisches Suchtverhalten«, sagt Herr

Groschinsky. »Sie wissen nicht, was passieren wird, sagen aber trotzdem – ungeachtet der möglichen Konsequenzen – Ja. So wie Sie am Anfang Ihrer Suchtkarriere auch auf Drogen zugegangen sind. Denken Sie da mal drüber nach.«

Er sieht sich um.

Wir alle tun so, als würden wir darüber nachdenken.

»Und um niemanden zu benachteiligen, suche ich jetzt blind jemanden aus. Ich zeige einfach auf ihn und er ist dran.«

Herr Groschinsky schließt die Augen und zeigt auf Damian. Will er uns verarschen? Er weiß doch, wo wir eben noch gesessen haben.

»Jens«, sagt er, »kommen Sie doch zu mir. Und Sie ...«, er zeigt auf uns, »... bilden bitte einen Kreis.«

Damian steht missmutig auf und geht zu ihm. Wir anderen bilden fast in Zeitlupe den dämlichen Kreis. Herr Groschinsky holt ein zerknittertes Taschentuch aus seiner Hosentasche. So ein Altmännertaschentuch mit aufgesticktem Monogramm.

»Ich werde Ihnen jetzt die Augen verbinden«, sagt er zu Damian.

»Warten Sie«, sagt Hanna. Sie drängelt sich an Bekim vorbei, der sich ihr absichtlich grinsend in den Weg stellt, geht zu ihrem Rucksack und holt einen Schal heraus.

»Nehmen Sie den, der ist länger und dicker.«

Während Herr Groschinsky uns das Spiel erklärt, bindet er Jens den Schal um den Kopf, sodass er nicht nur nicht mehr gucken kann, sondern sicherlich auch nicht mehr viel Luft bekommt.

»Ich stelle Sie jetzt gleich in die Mitte des Kreises. Und dann werde ich Sie drehen, sodass Sie nicht mehr wissen, wer vor Ihnen steht. Und dann lassen Sie sich einfach fallen. Vertrauen Sie der Gruppe. Wir werden Sie auffangen. Das ist eine ganz wichtige Übung.«

Damian lässt sich von Herrn Groschinsky in die Mitte führen und drehen. Dann steht er da und nichts passiert.

»Lassen Sie sich fallen, trauen Sie der Gruppe.«

Ich glaube, wir alle haben damit gerechnet, dass Damian sich vorsichtig nach hinten fallen lassen wird. Stattdessen kippt er auf einmal nach vorne. Genau auf mich zu. Ich reiße meine Arme hoch, um ihn zu halten. Bekim steht an meiner Seite und unterstützt mich. Aber Damian ist schwer und Bekim hat nur eine Hand zur Verfügung. Die andere steckt wie immer in seiner Hose. Damian knallt voll in mich rein. Voll auf meinen schlimmen Arm. Ein Schmerz, als würde mir ein Krokodil in den Oberarm beißen. Als würde es seine Zähne durch mein Fleisch treiben und daran ziehen. Ich muss mich setzen.

Alles in allem muss man sagen, dass mir meine Tätowierung bislang nichts als Ärger und Schmerzen eingebracht hat. So richtig viel cooler bin ich dadurch nicht geworden. Da lag Joe ausnahmsweise mal ziemlich daneben.

42

Eine halbe Stunde später sitze ich neben Hanna in der Notaufnahme der Klinik. Sie hat sich sofort bereiterklärt, mich zu begleiten.

In diesem Teil des Gebäudes war ich noch nie.

Außer uns befinden sich noch eine Mutter und ihr ungefähr zehnjähriger Sohn im Wartebereich. Der Junge hat sich den Arm gebrochen und wartet auf seinen Gips.

Wir warten darauf, dass jemand kommt. Hanna schaut auf meine Schulter.

»Sieht ein bisschen aus wie nicht verdaute Marmelade mit ein paar Klumpen Ei«, grinst sie.

Wenn ich meinen Kopf drehe, tut es weh. Also schiele ich sie an.

»Eigentlich soll es ein Totenkopf sein.«

»Cool«, sagt sie. Allerdings in einem Tonfall, der mich spüren lässt, dass sie es nicht sooo cool findet.

»Stehst du nicht auf Tattoos?«, frage ich.

»Weil nur echte Männer tätowiert sind?«, fragt sie schnippisch zurück.

Ich antworte nichts.

»Ich sehe da keinen Sinn drin«, sagt Hanna.

»Es ist so eine Art ...«

Sie unterbricht mich.

»Wenn du jetzt individueller Ausdruck von dir selbst sagst, haue ich da noch mal drauf.«

Ich wollte das tatsächlich sagen.

»Es ist so eine Art Kurzschlussentschluss gewesen«, sage ich stattdessen.

Was ja auch viel mehr stimmt.

»Warum soll man sich sinnlos Schmerzen zumuten?«, fragt Hanna. Sie fragt nicht wirklich mich. Sie stellt das eher fest.

»Warum soll ich meinem Körper mit etwas schaden? Der geht doch schon von alleine kaputt. Warum soll ich mir Farbe unter die Haut jagen lassen?«

Ich überlege.

»Weil es, weil ...«

»Weil was?«

Ich weiß jetzt auch nicht recht.

»Cool wäre eher, kein Tattoo zu haben, weil alle eines haben. Heute rennt doch jeder mit so was herum.«

Sie schaut mich an.

»Hörst du gerne Musik?«

Ich überlege. Wäre es gut, zu sagen, dass ich gerne Musik höre?

»Du sollst nicht Ja sagen, weil ich es gut finden würde«, raunzt Hanna mich an.

Ich bleibe bei der Wahrheit und sage: »Früher habe ich viel so 50er und 60er Musik gehört, heute höre ich auch gerne Aktuelles.«

Hanna grinst. »Früher und heute und Aktuelles? Wie redest du denn? Wie alt bist du eigentlich? Mitte 50? Was bedeutet denn aktuell?«

»So alles Mögliche«, antworte ich vage.

»Zum Beispiel?«

Shit, wie hießen die Bands noch mal, die Joe mir runtergeladen hat?

Hanna lacht einmal kurz auf.

»Boys Next Door?«, fragt sie.

Die kenne ich. Die laufen im Radio rauf und runter und überall hängen Plakate.

»Nee«, sage ich, »genau so was nicht.«

Hanna nickt.

»Der Sänger sieht aus wie ein tätowierter Affe und ist wahrscheinlich genauso clever!«

Jetzt muss ich lachen.

Aua. Der Arm.

»Ich höre gerne die eine Band, die mit dem Klavier. Kennst du das Lied, wo der Sänger immer barfuß am Klavier sitzt und seine Beziehung eigentlich schon kaputt ist, er aber trotzdem noch mit seiner Freundin schläft?«

Ich erschrecke. Habe ich das gesagt? Rede ich mit einem hübschen Mädchen über miteinander schlafen? Schnell rede ich weiter.

»Der Typ ist aber auch schon älter.«

Hanna sieht mich an.

»Ich weiß, was du meinst. Du meinst AnnenMayKantereit. *Barfuß am Klavier*. Das Lied ist toll.«

Sie lacht wieder.

»Der Sänger ist nicht viel älter als wir. Seine Stimme hört sich nur so alt an.«

Ich kann das kaum glauben, aber Hanna holt ihr Handy raus und googelt mir ein Bild. Sie hat recht.

Hanna schaut sich um, ganz plötzlich wird sie ernst.

»Kannst du dir vorstellen, wirklich tot zu sein?«

Eigentlich kann ich das nicht.

»Ist es nicht so«, seufzt Hanna, »dass sich die Erde um sich selbst dreht?«

Ich bin mir nicht ganz sicher, worauf sie hinauswill, nicke aber.

»Und die Achse, um die sie sich dreht, das bin ich«, sinniert sie. »Oder du!«, redet sie weiter. »Jeder von uns ist für sich der Mittelpunkt allen Geschehens. Da kann man doch nicht einfach tot sein. Dann dreht die Erde sich doch gar nicht mehr, oder?«

Ich kann dazu nichts sagen, außer dass das absolut einleuchtend klingt.

Hanna seufzt und schaut noch einmal auf meine Schulter.

»Ich verstehe dich sowieso nicht«, sagt sie.

»Warum?«

»Ich verstehe dein Problem nicht. Keine Ahnung. Nichts Greifbares. Und irgendwie habe ich immer das Gefühl, du bist nicht alleine. Da sitzt jemand neben dir, der dir Anweisungen gibt.«

Was?

»Ist nur so ein Gefühl«, sagt sie.

Eine Schwester in einem blauen Kittel betritt den Wartebereich, schaut sich um und nickt der Mutter zu.

»Ist gleich so weit.«

Dann sieht sie auf einen Zettel auf einem Klemmbrett.

»Nachtigall!?«, ruft sie.

Ihr Getue ist ziemlich unsinnig, denn außer Hanna und mir käme ja nur der Junge infrage, Nachtigall zu sein. Und der wird ja schon – wie sagt man hier – bedient?

»Der da«, ruft Hanna und zeigt auf mich, als stünde ich in einer Menschenmenge und wäre nur schwer zu erkennen. »Der mit dem coolen Tattoo.«

Während ich über den Flur gehe, blickt mich die Mutter an.

Die Schwester verzieht keine Miene.

»Ihre Freundin darf …«

»Mit reinkommen? Das ist lieb. Danke«, sagt Hanna und steht auf.

Trotz des Schmerzes fühle ich mich schlagartig besser. Man traut mir zu, dass jemand wie Hanna meine Freundin wäre. Und – noch besser – Hanna stellt das nicht richtig.

43

»Das ist ungefähr fünf Sekunden vor einer Sepsis«, murmelt der Arzt, während sein Blick nicht meine Wunde, sondern Hannas Oberkörper scannt.

»Das hat sich alles entzündet.«

Dabei desinfiziert er meinen Arm, ohne hinzusehen, und säubert die Wunde mit einem Skalpell. Es tut höllisch weh.

»Wer hat das gestochen? Ein sadistischer Metzger?«

Er zwinkert Hanna zu.

»Körper-Klaus«, murmele ich.

»Körper-Klaus«, lacht der Arzt, »na dann: Viel Spaß beim Verklagen.«

Er macht weiter, mit diesem dümmlichen Lächeln im Gesicht.

»Ich weiß nicht, wie das aussehen wird, wenn alles verheilt«, sagt er, »aber ich glaube nicht, dass es auch nur im Entferntesten noch aussehen wird wie ein Totenkopf. Ich weiß nicht, ob das Ihrer Freundin gefallen wird?«

Wieder versucht er Hannas Blick zu treffen.

»Oh, ich liebe Tätowierungen«, sagt Hanna, »das macht einen Mann erst richtig zum Mann.«

Warum sagt sie das? Eben war sie noch völlig anderer Meinung. Ich begreife sie nicht.

Der Arzt ist nicht alt. Bestimmt unter dreißig. Er hat kurze Haare, einen Undercut und trägt ein weißes Lacoste-Shirt. Seine Brille ist von Ray Ban. Seine Hose eine weiße Levi's. Er fährt bestimmt einen weißen Porsche.

Er zwinkert Hanna zu und sagt zu mir:

»Ich werde Sie jetzt noch gegen Tetanus impfen und dann bleibt nur zu hoffen, dass es von selbst heilt. Sollte die Wunde ziehen, ist das okay, sollte es pochen, dann kommen Sie wieder.«

Kommen Sie wieder, sagt er zwar zu mir, meint aber offensichtlich Hanna.

Als er seinen Kittel hochschiebt, um die Spritze aufzuziehen, sehe ich seine Tätowierung. Eine dicke, bunte Schlange, die sich um seinen Unterarm windet.

Hanna wirft ihm einen verführerischen Blick zu. Er erwidert ihn.

»Sie haben eine tolle Tätowierung«, sagt sie.

»Freut mich, dass sie Ihnen gefällt«, sagt er stolz.

»Ja«, lächelt Hanna, »wir Frauen mögen das. Es lässt Männer so ... anders wirken. Können Sie auch singen?«

»Nein«, lacht er, ihrem Zauber erlegen, »aber ich höre gerne Musik.«

»Was denn so?«, flirtet Hanna.

»Oh, ich mag gerne Boys Next Door«, sagt er.

»Die sind toll«, sagt Hanna und kneift mir erst ins Bein und streichelt dann über die Stelle.

In diesem Moment verliebe ich mich endgültig in sie.

Sie gibt mir einen sachten Schubser.

»So, und du kommst mit. Du musst jetzt Mami erzählen, was du getan hast.«

Draußen überlege ich, wie ich sie am besten frage, ob wir vielleicht noch ein Eis essen gehen wollen.

Obwohl. Eis essen. Eigentlich sind wir aus dem Alter raus.

Was soll ich sagen?

Wie soll ich fragen?

Warum ist Joe jetzt nicht hier und macht was?

»So, ich muss jetzt nach Hause«, sagt Hanna grinsend. »Ich wäre ja noch gerne mit dir was trinken gegangen, aber du hast ja nicht mal ein richtiges Tattoo.«

Dann geht sie.

Ich schaue ihr nach.

Ohne sich umzudrehen, hebt sie die Hand, winkt und ruft mir etwas zu.

»Außerdem hast du nicht gefragt.«

Und weg ist sie.

Shit.

44

Der Himmel sieht aus, als würde am Horizont ein Streichholzkopf verglühen.

Joe und ich sitzen im Garten. Es riecht nach Erde und Moos und irgendwo verbrennt jemand Äste. Ich mag den Geruch. Es wird Frühling, es ist kalt, aber an manchen Stellen fühlt es sich an, als hätte die Sonne beim Untergehen ein paar Strahlen vergessen. Ich trage eine Jacke. Ich kann aber nur einen Arm reinstecken, um den anderen ist ein dicker Verband.

Joe hat sich in die Schaukel gequetscht und pendelt hin und her.

»Tja, vielleicht hättest du Hanna einfach küssen sollen. Du weißt ja jetzt, wie es geht!«

Weiß ich nicht, denn Silke habe ich nicht geküsst. Aber ich lasse das mal so stehen.

»Warum warst du nicht da?«, frage ich.

Er zuckt die Achseln.

Breuers Hahn sitzt auf dem Gartenzaun und glotzt uns an.

»Der weiß genau, was du mit seinem Frauchen gemacht hast«, grinst Joe und wechselt das Thema.

Mir ist nicht nach Grinsen.

»Mein Arm wird nie wieder wie vorher«, sage ich weinerlich zu Joe.

Ich zeige auf unser Haus.

»Wenn ich da gleich reingehe, bekomme ich von meinen Eltern richtig Ärger.«

»Und ich bin schuld«, entgegnet er, »weil ich dich ja zu Klaus geprügelt habe.«

»Ohne dich wäre ich da nie hingegangen.«

»Ohne mich wärst du auch immer noch Jungfrau.«

»Das ist genauso ein Ding«, sage ich, »du hast mir voll auf den Arm geboxt.«

»Das war notwendig, sonst wärst du nicht in ihr Haus gekommen.«

»Das weißt du gar nicht.«

Er lacht.

»Doch!«

Ja. Und ich weiß es auch.

»Trotzdem«, sage ich.

»Trotzdem«, äfft er mich nach. »Überleg mal, wer du vor drei Wochen warst, und überleg mal, wer du jetzt bist. Du lebst. Du stehst gerade, du gibst nicht immer sofort nach, du reagierst nicht nur, du bestimmst selbst, du redest über dich, du bist offen zu dir – das ändert nichts daran, dass du immer noch ein Volltrottel bist – aber wir machen Fortschritte.«

Ich kontere.

»Und Klaus ruft hier schon an, um seine Kohle einzutreiben, und ich habe keine Ahnung, was ich jetzt mit ... Frau Breuer machen soll. Du machst nur Scheiß. Du richtest nur Chaos an. Und wenn du mal wirklich nötig wärst, bist du nicht da.«

Joe sieht mich ernst an.

»Das ist deine Meinung?«

»Ja«, sage ich trotzig.

»Gut«, sagt Joe, »mach die Augen zu und ich bin weg.«

Ich schließe die Augen.

Aber will ich tatsächlich, dass Joe verschwindet? Ich habe

das alles gerade gesagt, aber meine ich es wirklich so? Ist Joe – egal wer oder was er ist – nicht einfach jemand, der es im Grunde gut mit mir meint und der mir mit seiner Art, so nervig sie auch ist, guttut?

Schnell öffne ich die Augen wieder.

Joe ist weg.

Nein, bitte nicht.

Es war ein Fehler.

Er soll nicht weg sein.

»Hier bin ich, Loser«, sagt Joe.

Er steht am Zaun. Der Hahn sitzt genau hinter ihm. In der Dämmerung sieht es aus, als ob er ihn als Hut tragen würde. Wie so ein Schamane.

»Du bist so anstrengend«, sagt er. »Genieß doch mal. Chill mal dein Leben, du Affe!«

Chill mal dein Leben, du Affe?

45

»Ich geh mit Sara was in die Stadt«, ruft meine Schwester.

»Rike ...«, höre ich meine Mutter, aber sie vollendet den Satz nicht. Und wir hören auch schon die Tür knallen.

»Man sagt nicht *was in die Stadt*«, murmelt mein Vater.

Es gab gar keinen richtigen Ärger. Meine Mutter tut seit gestern Abend so, als würde sie mich ignorieren. Aus Kummer über mein Verhalten. Ihr fällt es aber schwerer als mir, das zu ertragen. Interessant. Das war nicht immer so.

Mein Vater sitzt am Esstisch und legt eine Patience.

Joe steht hinter ihm und klaut ihm grinsend einen Herz-Buben.

»Vielleicht musst du mal wieder in die Schule«, sagt mein Vater, während er Karten ablegt.

Ich stehe in der Küche am Fenster und schaue auf die Straße. Meine Schwester geht arschwackelnd zu Breuers rüber.

Muss ich mal wieder in die Schule? Vielleicht.

Meine Mutter hat gerade mit Trauerblick das Zimmer verlassen.

Sie steht im Flur und fummelt an den Jacken an der Garderobe herum und seufzt laut. Ich weiß, was sie will. Ich soll zu ihr gehen. Das werde ich aber nicht tun. Ich schaue weiter aus dem Fenster. In der Garderobe wird es ruhiger. Ich höre, wie sie erst eine Jacke, dann ihre Schuhe anzieht.

Sie schnäuzt sich.

Soll ich doch?

Nein!

Ich höre ein Trippeln. Schritte. Eine Schublade. Dann wieder ein Seufzen. Noch ein Schniefen. Dann ein Schnauben und endlich die Tür.

»Du musst auch mal überlegen, was du deiner Mutter antust«, sagt mein Vater und betrachtet dabei sein Spiel.

Joe steckt sich den Herz-Buben in den Mund und kaut darauf herum.

Ich sehe Sara und Rike bei Breuers rauskommen.

Beide arschwackelnd.

Ich bin mir nicht sicher, was ich meiner Mutter angetan habe. Und wenn ich wem was angetan habe, dann war es ja wohl eher ich, dem ich das getan habe.

Wie ein geprügelter Hund kommt jetzt meine Mutter den Weg entlang und bleibt an der Straße stehen. Sie guckt nach links, sie guckt nach rechts, sie guckt nach links. Dann geht sie vorsichtig auf die Straße, als ob sie barfuß auf heißen Teer treten würde. Es ist völlig unnötig, so genau zu gucken. Wenn ein Auto kommt, hört man es lange vorher. Es ist Show, was sie macht. Sie weiß, dass ich am Fenster stehe. Mitten auf der Straße macht sie kehrt und geht zurück. Sie wirkt entschlossener.

»Was tue ich denn meiner Mutter an?«, frage ich meinen Vater.

Mein Vater antwortet nicht. Er beugt sich auf seinem Stuhl erst vor und dann zur Seite. Er kippelt wie ein Erstklässler, er sucht den Boden ab.

Ich höre, wie draußen unser Wagen anspringt, und sehe ihn dann aus der Einfahrt rollen.

»Mir fehlt eine Karte«, sagt mein Vater.

Joe schluckt ein letztes Mal und verzieht sein Gesicht, als ob er sich gleich übergeben muss.

Unser Wagen biegt um die Ecke und verschwindet.
»Mir fehlt der Herz-Bube«, jammert mein Vater.
Das Telefon klingelt.
Mein Vater steht auf und nimmt ab.
»Nachtigall ... ah, Frau Breuer ... nein, die haben Sie ganz knapp verpasst ... die ist gerade los ... wenn Sie aus dem Fenster schauen, sehen Sie vielleicht noch den Wagen an Ihrem Haus vorbeifahren ... die Eier ... ich kann Red fragen, ob er sie eben abholt, der steht hier ...«
Mein Vater dreht sich zu mir, ich nicke.
»... ja, der kommt gleich!«
Ich fühle, wie eine Million Ameisen durch meinen Bauch die Leiste hinabkrabbeln und sich dort breitmachen. Meine Hände beginnen zu zittern.

46

Kein Staub auf dem Boden, keine Falte in den Gardinen. Aber die Decken auf dem Bett sind zerwühlt, die Kissen zerknautscht.

Und ich auch.

Wenn wir beim ersten Mal miteinander geschlafen haben, dann haben wir diesmal gefickt. Wir sind im gleichen Zimmer, im gleichen Bett wie beim letzten Mal.

Silke ...

Ich wollte sie küssen. Ich habe es zweimal versucht, aber sie wollte irgendwie nicht. Das verunsichert mich. Rieche ich aus dem Mund? Sie hat mich beobachtet, als ich gegen meine Hand geatmet habe. »Nein«, hat sie gesagt, »nicht deswegen.«

Es ist komisch, wenn man jemanden nicht küssen will, aber ansonsten alles andere an ihm in den Mund nimmt.

Sie sagt Sachen, die ich in meinen Fantasien immer Frau Cielo in den Mund gelegt habe. Ich wäre zufriedener, wenn sie das nicht machen würde. Es hat so etwas Schmutziges, von dem ich bis vor ein paar Tagen gedacht habe, es würde mir gefallen.

Während wir miteinander geschlafen haben, war es taghell im Raum. »Ich will dich dabei sehen«, hat sie gesagt. Mir war es zuerst peinlich, dann fand ich es gut. So konnte ich sie auch sehen. Ich mag sie gerne anschauen. Mich erregt ihre Nacktheit bis an die äußerste Grenze. Sie hat mir meine Angst vor dem weiblichen Körper genommen. Ich mag ihren Bauch. Ich mag ihren Po und vor allem die Leberflecken auf ihren Brüsten und an ihrem Rücken. Dass sie nicht perfekt ist, nimmt mir die Hemmungen, die ich Mädchen und Frauen gegenüber bislang gehabt habe.

»Nicht dort«, hat sie gemurmelt, als ich sie küssen wollte. Dann hat sie meinen Kopf sanft nach unten geschoben.

Auch gut.

»Ich habe gewartet, bis Sara weg war. Dann habe ich deine Mutter in eurem Wagen gesehen und wusste, dass ich jetzt anrufen kann.«

»Es hätte auch sein können, dass mein Vater gekommen wäre.«

Sie lacht.

»Nein. Und wenn – dann wäre er mit einem Karton Eier nach Hause gegangen.«

Sie nimmt meine Hand und legt sie auf ihre Hüfte.

Im Türrahmen steht Joe und schnalzt mit der Zunge.

»Komm Junge, einmal geht noch«, raunt er mir zu.

Ich gebe ihm ein Zeichen, abzuhauen, doch er grinst nur.

»Was machst du?«, fragt Silke.

»Nichts«, antworte ich.

»Dann guck mich an«, sagt sie.

Mache ich.

Gibt Schlimmeres.

Deutlich Schlimmeres.

47

»Na, das hat aber lange gedauert«, sagt mein Vater, als ich fast zwei Stunden später mit einem Karton Eier in die Küche komme.

Er sitzt immer noch am Tisch.

Er hat ein neues Spiel geöffnet und legt wieder Karten.

Er steht auf, nimmt mir den Karton ab und stellt ihn neben den randvollen Eierkorb.

»Eier haben wir jetzt bis Ostern genug«, sagt er.

»Krrrrt«, macht mein Opa aus dem Wohnzimmer.

Am Tisch steht Joe und steckt sich dieses Mal die Pik-Dame in den Mund.

»Eier«, sagt er, »wir brauchen Eier!«

48

Zeit vergeht. Tage patroullieren an mir vorbei wie eine Armee Lemminge in eine Riesenhöhle, aus der sie nicht mehr herauskommen.

Die Besuche bei Silke sind inzwischen Routine geworden, die Bäume bekommen Blätter, mit Rike herrscht eine Art Waffenstillstand, und mein Opa und ich sind Bettnachbarn, die sich gut organisiert haben. Meine Mutter beobachtet mich immer noch ziemlich genau, und mein Vater meint, ich soll nächste Woche mal wieder zur Schule gehen. Ich weiß aber, dass die Option auf dem Tisch liegt, dieses Schuljahr bis zum Ende zu pausieren, ohne dass ich sitzenbleiben würde. Man traut mir zu, von zu Hause so gut mitzuarbeiten, dass ich in die Oberstufe versetzt würde. Das würde mir gefallen. Einfach noch ein bisschen so weitermachen. Anhand solcher Gedanken merke ich, dass sich in den letzten Wochen doch sehr viel in mir verändert hat.

Zum Guten.

Ich mochte vorher fast nichts.

Wenn etwas gerade begonnen hatte, wartete ich bereits darauf, dass es endlich zu Ende war. Ich war nie da, wo ich gerade war.

Um meine Schulden bei Körper-Klaus und meinen Eltern zu bezahlen, aber auch um schriftstellerisch etwas zu tun, nahm ich ein Jobangebot an. Im Ort gibt es verschiedene Supermärkte. Alle großen Ketten haben sich bei uns niedergelassen. Und im Gewerbegebiet, das etwas außerhalb liegt, gibt es seit einem Jahr einen riesengroßen Famila-Markt. Aber wir haben auch noch einen Tante-Emma-Laden. Der Inhaber ist Herr Straller. Wir nennen ihn den alten Straller, obwohl es keinen jungen Straller gibt. Zwei Räume, eine kleine Frischetheke. Eigentlich gibt es dort alles, nur nicht in großer Auswahl. Ich mag den Geruch von Straller. Ich nenne ihn den »Gute-alte-Zeit-Geruch«, obwohl ich nicht weiß, wie es in der guten, alten Zeit wirklich roch. Wenn man es genau nimmt, weiß ich nicht einmal, wann die gute alte Zeit genau war.

Früher.

Früher war es der einzige Kaufmannsladen im Ort. Er ist seit 60 Jahren inhabergeführt, das steht zumindest auf dem Schaufenster.

Straller darf nicht sterben, sagen die Leute, wenn sie sich bei Famila treffen und dort günstiger einkaufen. Meistens ist bei Straller nicht viel los. Wenn Kleinigkeiten wie Mehl oder Milch oder Butter fehlen, hat meine Mutter mich immer zu Straller geschickt. Und so geht es vielen. Man kauft seine Reste dort.

Frau Straller geht es nicht gut. Sie hat Alzheimer und ist schon länger in einem Heim.

Im Ort erzählt man sich darüber Witze.

»Weißt du eigentlich, wo Frau Straller ist? Nein? Sie auch nicht!«

Natürlich nur hinter vorgehaltener Hand. So etwas macht man ja eigentlich nicht.

Und – ja. Ich habe auch schon welche weitererzählt.

Herr Straller trägt immer einen weißen Kittel und macht mittags zwischen zwölf und fünfzehn Uhr zu. Dann fährt er zu seiner Frau.

Ich gehe täglich um elf zu Straller und bearbeite eine Liste mit den neuen Angeboten. Ich soll sie in einer Art Flyer zusammenfassen. Dieser Flyer heißt in der Siedlung *Die SP*. Die *Straller Post.* Sie beinhaltet die Angebote der Woche, aber auch immer ein paar Zeilen zum Geschehen in der Siedlung.

In einer Ecke des Lagers, die Büro genannt wird, stehen ein Computer und ein Drucker, die beide älter sind als ich. Ich muss ein paar Grafiken anfertigen, das Ganze drucken, 220 Mal kopieren und im Laden auslegen. Weil das mit Stralllers Hardware Stunden dauert, bringe ich meinen Laptop und unseren Drucker mit zur Arbeit.

Bislang war Frau Straller die *Herausgeberin* der SP, aber sie kann es ja nun nicht mehr.

Sie hat zum Beispiel Glückwünsche an Menschen, die Geburtstag haben, geschrieben. So etwas wie:

»Hurra, hurra, der Willi wird heut fünfzig Jahr.«

Anstatt fünfzig geht auch vierzig, sechzig, siebzig und in letzter Zeit auch immer öfter achtzig und neunzig. Wichtig ist, dass es sich reimt. Ob das Versmaß stimmt, war Frau Straller relativ egal.

»Geboren wurde gestern Morgen unser kleiner Kalle, da freuen wir uns doch alle.«

Ich habe die *Straller Post* jetzt zu meinem Kind gemacht und habe da sogar Spaß dran. Manchmal kommt Joe dazu und reimt mit.

»Der Heinrich ist nun 80 Jahr, sein Schädel, der ward licht an Haar.«

Oder:

»Peter ist jetzt vierzig, er riecht dennoch ganz würzig.«

Wir lachen dann und drucken es nicht.

Aber auch ein paar Zeilen zu Hochzeitstagen oder wenn

der Fußballverein mal gewonnen hat, mögen die Leute aus der Siedlung gerne. Über meinen Berichten steht mein Name. Red Nachtigall.

»Das ist doch schon mal was«, sagt Joe. Und ich glaube, er meint es auch so.

Neulich habe ich einen kleinen Artikel geschrieben, in dem ich die Leute um ihre Hilfe bitte. Ein Jugendlicher hätte nachts einen Taxifahrer um sein Fahrgeld geprellt. Der Jugendliche ist groß, dick, hat sehr lange Haare und redet mit ausländischem Akzent.

»Du lernst dazu«, meinte Joe grinsend.

Ich schreibe auch darüber, wenn etwas beschädigt worden ist. Vorgestern hat jemand eine Laterne ausgetreten und gestern hat eine Kuh Zwillinge bekommen. All so etwas. Strallers Kunden nehmen fast immer ein Exemplar der *Straller Post* mit. Gut, das sind jetzt weder ein Roman noch tolle Gedichte – aber man muss ja irgendwo anfangen.

Nebenbei kontrolliere ich für Herrn Straller, ob alles geliefert wurde, und räume es dann ein, während ich gleichzeitig noch ein paar abgelaufene Sachen aussortiere. Produkte, die keiner gekauft hat. Käse, Milch, Wurst, alles, was kurze Haltbarkeitsspannen hat, muss eigentlich täglich kontrolliert werden. Das hat hier lange niemand getan.

Manchmal hat Herr Straller Produkte, bei denen man sich eigentlich sicher sein kann, dass sie niemand bei uns im Ort kaufen wird. Neulich hatte ich einen »Bananen-Feige- Trinkjoghurt meets Smoothie«, der im letzten August abgelaufen war. Wer trinkt so etwas? Neulich habe ich Hanna mit einem Smoothie gesehen. Sie scheint so etwas zu mögen.

Wo war ich eigentlich im letzten August?

Und was hat Hanna letzten August gemacht?

49

Es riecht nach Zucker und Waschmittel.

Ich stehe im Lager bei Straller und vergleiche die Liste mit den Waren. Gleich ist es zwölf und Herr Straller wird den Laden abschließen und mich allein lassen. Ich höre die Ladenglocke.

»Frau Nachtigall«, sagt Herr Straller.

»Herr Straller«, sagt meine Mutter.

»Er ist im Lager, wenn sie ihn suchen.«

Er hat keine Ahnung, warum man ihn suchen sollte.

»Nein, nein«, sagt meine Mutter. »Ich wollte nur eben gerade meine Sommerschuhe putzen und habe gemerkt, dass ich keine farblose Schuhcreme mehr habe.«

Ich höre Herrn Straller kramen. Etwas fällt herunter, wird aufgehoben.

»Hier haben wir sie doch«, sagt er. »Wie geht es Ihrem Mann?«

»Ach«, seufzt meine Mutter, »er leidet schon sehr unter der Situation.«

»Das verstehe ich gut«, sagt Herr Straller.

»Seine Firma hat ihm so viel bedeutet«, sagt meine Mutter, »aber so ist es wohl.«

»Ja«, sagt Herr Straller, »so ist es wohl.«

»Die Medikamente wirken auf jeden Fall«, sagt meine Mutter.

Pause.

»Aber dann die Geschichte mit dem Jungen ...«, seufzt

meine Mutter, »das hat ihn viel mehr mitgenommen, als er zugeben kann.«

»Der macht sich hier ganz gut«, sagt Herr Straller.

»Ich verstehe das alles nicht«, sagt meine Mutter, »wir hätten doch etwas merken müssen.«

Nein, hätte sie nicht. Ich habe es selber nicht wirklich gemerkt. Es war ein Kurzschluss und ich bereue es. Ich bin froh, dass ich noch lebe.

»Ich weiß oft gar nicht, wie ich mit ihm umgehen soll«, sagt meine Mutter. »Ich habe das Gefühl, er ist immer noch nicht ganz da. Als würde er mit sich selbst reden.«

Ich sehe meine Mutter vor mir. Sie steht an ihrem Schrank und holt ihre Sommerschuhe heraus. Sie macht sich Sorgen um meinen Vater. Sie macht sich Sorgen um mich. Sie kauft sich keine neuen Schuhe, sie putzt ihre alten wieder auf. Sie hat aber nicht einmal Schuhcreme. Und ich klaue ihr auch noch Geld. Ich gehe besoffen zum Tätowierer. Ich schlucke Tabletten und gehe fast drauf. Vielleicht kommt Körper-Klaus mit Inge die Klinge und sie bringen uns alle um?

Und sie hat nicht einmal neue Sommerschuhe.

Sie hat nicht einmal Schuhcreme für ihre alten Sommerschuhe.

Sie hat überhaupt nur ein Paar Sommerschuhe.

Sie benutzt das Wort Sommerschuhe.

Meine Oberlippe beginnt zu zittern. Meine Augen werden feucht. Ich schluchze. Es schüttelt mich. Ich möchte, dass es ihr gut geht. Ich möchte, dass sie sich keine Sorgen macht. Ich möchte, dass sie immer genügend Schuhcreme hat. Nein, ich möchte, dass sie sich neue Schuhe kauft. Ich weine jetzt richtig los. Scheiße. Ich will nicht, aber ich muss. Hoffentlich sieht mich keiner. Ich sehe so hässlich aus, wenn ich weine. Aber ich kann jetzt nicht aufhören.

Auf einmal ist Joe da und nimmt mich in den Arm.

»Es tut mir leid«, stammele ich.

»Was tut dir leid?«

»Ich will nicht weinen!«

»Weinen ist super«, sagt Joe.

»Was ist daran super?«

»Weinen ist wie duschen. Nur von innen. Der Dreck wird rausgespült!«

»Das ist gut?«, schluchze ich.

»Ja.«

»Wozu?«

»Na, man erstickt dann nicht dran«, sagt Joe, »und man bringt sich zum Beispiel auch nicht so oft um.«

Ich drücke ihn ganz fest.

Das hilft.

50

Die kaputte Kerze in meinem Kronleuchter scheint zumindest wieder zu flackern, denn ganz offiziell müsste ich nur noch einmal pro Woche in die Gruppe kommen.

Ich gehe aber trotzdem täglich hin. Wegen Hanna. Die kommt zwar auch nur einmal pro Woche, aber ich weiß nicht, an welchem Tag, weil sie da immer wieder wechselt. Deswegen gehe ich immer. Das ist wie so eine Art Russisches Roulette in der Selbstmördergruppe. Kommt sie nicht, hast du zwei Stunden tödliche Langeweile am Arsch.

Ich gehe auch nicht wirklich. Ich fahre mit dem Bus.

Ich habe nichts, was ich wirklich mit der Gruppe bereden möchte. Ich möchte ihnen nicht von Silke erzählen, ich habe momentan keine echten Probleme mit meinen Eltern, und alles, was mir ein Therapeut geben könnte – gute Gespräche –, bekomme ich von Joe.

Das Einzige, was mir noch Kummer macht, ist, dass ich einem gefährlichen Tätowierer noch 280 Euro schulde. Aber warum eigentlich? Er hat scheiße gearbeitet. Warum soll ich das bezahlen? Ich bin mir nur nicht sicher, ob ich ihm das irgendwie schonend beibringen kann.

Also komme ich wegen Hanna. Ich hätte sie gerne wieder so nah neben mir wie neulich im Krankenhaus. Ich würde gerne auch einmal mit ihr ganz alleine reden. Und wenn es nur um *tot sein* geht. Ich würde gerne wieder ihren Duft atmen.

Wenn sie nicht da ist, sitze ich bloß die Zeit ab.

Wir wissen immer noch nicht, was mit Frau Cielo passiert ist. Sie ist einfach weg.

Joe sagt, das wäre gut so. Sie wäre nichts als ein Kontrollfreak gewesen.

Eine komische Aussage.

Joe eben.

Gina ist auch schon länger nicht mehr aufgetaucht, Bekim hat immer noch ständig eine Hand in der Hose, Gorleben schläft, Herr Groschinsky bereitet wieder irgendeine Übung vor und Damian diskutiert mit Hanna.

»Nein«, sagt Hanna.

»Warum?«, fragt Damian.

»Darum!«, sagt Hanna.

»Das ist keine Antwort«, entgegnet Damian.

»Das ist doch Hühnerpisse«, schreit Jens wieder einmal und geht und knallt dabei die Tür. Er macht das jetzt ständig. Herr Groschinsky reagiert kaum noch darauf.

Er dreht sich kurz um.

»Ist Bekim wieder gegangen?«, fragt er rhetorisch.

Und sucht dann weiter in seinen Sachen herum.

Hanna funkelt Damian an. Das steht ihr. Sie ist irgendwie noch hübscher geworden. Mir ist sie zwar zu kratzbürstig, aber ich muss sagen, dass sie so ganz anders aussieht als vor ein paar Wochen am Tropf und im Rollstuhl mit Teddysocken.

Kratzbürstig. So ein typischer Joe-Ausdruck.

»Weil ich keinen Bock habe«, sagt Hanna zu Damian.

»Gilt nicht«, sagt Damian.

»Und weil ich keine Zeit habe«, sagt Hanna.

»Ach so«, entgegnet Damian höhnisch, »was machst du denn?«

Sie schaut sich um, sieht mich und dreht sich zu mir.

»Ich gehe mit Red ins Kino.«

Was macht sie? Sie geht mit mir ins Kino? Wann? Und – komme ich auch mit?

»Klar«, sagt Damian verächtlich, »du gehst mit *dem* ins Kino?«

»Ja«, sagt Hanna. Bockig.

»Stimmt doch«, sagt sie beiläufig in meine Richtung.

»Ja«, sage ich.

»Ach?«, fragt Damian misstrauisch. »Und in welches Kino?«

»Filmpalast«, sage ich.

»Lichtspiel«, sagt Hanna im gleichen Moment.

Damian schnauft.

»Filmpalast. Gibt es hier gar nicht.«

»Doch«, sagt Hanna, »in der Stadt.«

»Klar«, entgegnet Damian. »Ach, leckt mich doch.«

»Machen wir vielleicht danach«, sagt Hanna zu Damian, »aber erst gehen wir ins Kino.«

Herr Groschinsky dreht sich um.

»Fluchen ist auch klares Suchtverhalten, denkt da mal drüber nach.«

Es klopft an der Tür.

»Wir sprechen uns noch«, faucht Damian mich an.

»Ja, ja, kommen Sie rein, Daniel«, sagt Herr Groschinsky.

Die Tür wird geöffnet, wir rechnen alle mit Jens, der immer nach ein paar Minuten, wenn er eine geraucht hat, wiederkommt.

Es ist aber nicht Jens.

Durch die Tür tritt das Grauen in seiner reinsten Form.

Körper-Klaus und Inge.

Klaus sieht wütend und Inge sieht elend aus. Er hat Augenringe. Als hätte er sich unter den Augen mit Borussia-Dortmund-Farben angemalt. Klaus hat Bluthochdruck, sein Gesicht leuchtet wie das eines Weihnachtsengels nach zu viel Glühwein. Beide sind komplett in schwarzes Leder gekleidet.

Klaus blickt sich im Raum um und entdeckt mich.

»Na, da haben wir ihn ja«, sagt Klaus zufrieden.

»Da isser, Alder«, geifert Inge.

Ich schätze, jetzt werde ich verprügelt. Habe ich eine Chance? Es gibt nur eine Tür. Das Fenster? Zu hoch. Da kann ich mir auch von den beiden die Knochen brechen lassen.

Herr Groschinsky schaut auf eine Liste und schüttelt dann den Kopf.

»Helfen Sie mir«, sagt er zu Klaus und Inge, »aber wie kann ich Ihnen helfen?«

Er wird aber von den beiden genauso ignoriert wie meistens von uns.

»280 Euro«, sagt Körper-Klaus und geht mit ausgestreckter Hand auf mich zu.

»Wir warn heut nämmich auf deim Gümmi«, sagt Inge, »und rat ma, wen wir da getroffen ham?«

Klaus wartet meine Antwort nicht ab.

»Deine Schwester«, sagt er.

»Geh-nau«, sagt Inge, »deine saubere Schwester und ihre saubere Freundin!«

Sie müssen Rike und Sara meinen.

»Und weißt du, was die uns gesacht ham?«, fragt Inge. »Die ham gesacht: Der geht nicht in die Schule. Musser nich. Weil er 'n Abknipser is. Aber nachmittags, Alder, da geht er immer in die Kinderklapse, Alder!«

»Und hier sind wir nun!«, sagt Klaus.

Ich sehe Bekim mit seiner Hand nahezu in der Hose rotieren. Selbst Gorleben ist jetzt wach. Durch die offene Tür betritt ein erstaunter Jens den Raum. Klaus herrscht ihn direkt an.

»Setz dich ma hin, du Klappspaten!«

So schnell habe ich Jens sich noch niemals setzen sehen. Nichts von wegen Hühnerpisse schreien. Selbst Damian scheint höllischen Respekt vor Klaus zu haben.

Inge schnuppert an Jens.

»Warste eine knistern, wa?«

Jens nickt.

Inge streckt eine Hand aus.

»Komm, gib ma Kippe, Alder!«

Jens, der sonst mit Zigaretten eher geizig ist, holt seine Schachtel raus und hält sie Inge hin, während Körper-Klaus mich gerade am Kragen packen will.

»280 Euro, oder ich muss dir 'nen Klaps geben«, sagt er zu mir.

Ich kann mir vorstellen, was ein Klaps bedeutet ...

»Wir sind hier aber friedlich«, sagt Herr Groschinsky.

Inge nimmt sich eine Zigarette aus Jens' Schachtel und will sie anzünden.

»Hier wird aber nicht geraucht«, sagt Herr Groschinsky.

»Wer sacht das?«, will Inge wissen.

»Das ist der Herr Groschinsky«, sagt Joe.

Inge wird kreidebleich, ihm fällt sein Feuerzeug auf den Boden.

»Joe!«, entfährt es ihm.

»Inge!«, grinst Joe.

Inge führt sich auf einmal gar nicht mehr so sicher auf

wie noch vor ein paar Sekunden. Er tritt von einem mageren Beinchen auf das andere.

»Joe, Alder. Weißt du, wir kommen hier gerade mal so vorbei und dachten, wir sagen mal Hallo.«

»Hallo«, sagt Joe. »Sag deinem Freund doch mal, er soll meinen Freund loslassen!«

»Klaaaaauuuuus«, ruft Inge, »lass den Gümmi mal los! Pack den mal lieber nich an!«

Klaus tut, was Inge sagt, er packt mich nicht an. Man sieht aber ganz klar, dass er den Sinn darin nicht erkennen kann. Der große, kräftige, wütende Mann möchte offensichtlich seine 280 Euro aus mir herausschütteln.

»Warum?«

»Ja, genau, Alder, warum eigentlich?«, fragt Inge Joe.

»Das kann ich dir sagen«, sagt Joe, »weil ihr gar nichts bekommt.«

Inge nickt.

»Klaus, Joe sagt, wir bekommen gar nichts!«

»Wer ist Joe?«, fragt Klaus. Er zupft an den Ärmeln seiner Lederjacke. Ich glaube, er will sie hochkrempeln.

Und es ist nicht nur Klaus, der wissen möchte, wer Joe ist. Damian, Jens, Gorleben, Bekim, Hanna und auch Herr Groschinsky möchten das genauso gerne wissen. Für sie sieht es so aus, als wäre Inge völlig beknackt und würde mit dem Sofa reden. Da steht ein abgemagerter Rocker im Gruppentherapieraum der Kinder- und Jugendpsychiatrie und redet mit den hässlichen Polstermöbeln. Das schreit geradezu nach einer Erklärung.

»Joe, Alder. Der neulich auch schon mit Gümmi bei dir im Laden war«, erklärt Inge.

»Wieder einer, den nur du siehst?«, fragt Klaus.

»Nee«, sagt Inge, »der Gümmi sieht den auch!«

»Stimmt das?«, fragt Klaus mich.

Ich schaue zu Joe. Der nickt. Ich nicke auch. Klaus atmet tief durch.

»Und jetzt?«, will Klaus wissen.

»Und jetzt?«, gibt Inge die Frage an Joe weiter.

»Ihr seid quitt!«, sagt Joe.

»Ihr seid quitt!«, übersetzt Inge für Klaus. Und für den extrem angespannt glotzenden Rest der Gruppe. Jens hat seine Augen weit aufgerissen. Vor Aufregung vergisst er, Spuckeblasen zu machen. Ihm tropft Sabber aus dem Mund.

»Verstehe ich nicht«, sagt Klaus.

»Versteht er nicht!«, sagt Inge.

Klaus schaut sich um, als ob er irgendwo eine versteckte Kamera vermutet und gleich irgendjemand ins Zimmer springt und »Verarscht« ruft. Das passiert aber nicht. Sein Blick bleibt an Bekim hängen. Der Anblick scheint ihn schwer zu irritieren.

»Sach mal, kloppst du dir hier einen?«

Bekim hat seine Hände noch schneller aus der Hose als Lewis Hamilton sie am Steuer. Ein Wunder, dass er sie nicht hochstreckt, als würde er gerade festgenommen werden.

»Das hört auf!«, schnauzt Klaus Bekim an. Der nickt nur.

»Zeig ihm die Wunde«, sagt Joe zu mir.

Ich gehorche. Ich stehe auf.

»Was machst du?«, fragt Hanna leise zischend. »Bleib sitzen!«

Ich ziehe mein Hemd aus.

»Ist alles in Ordnung«, sage ich.

»Sich einfach auszuziehen, hemmungslos zu sein – das ist auch typisches Suchtverhalten«, sagt Herr Groschinsky.

»Halt die Klappe«, sagt Klaus.

Herr Groschinsky folgt dem, aber sichtlich ungerne.

Ich wickele den Verband ab. Die Gruppe starrt mich an, als hätte ich auf einer Beerdigung einen Pole Dance mit der Leiche als Stange begonnen.

Die Wunde liegt frei. Alle können sie begutachten.

»Is das eklich, Alder«, sagt Inge.

Klaus kommt näher und betrachtet sein Werk.

»Hat sich entzündet, was?«

»Ja«, sage ich nur.

»Ich habe immer gesacht, dass du deinen Scheiß mal des-fi...«

Inge überlegt kurz, setzt dann neu an.

»... des-fi-ziern musst, Alder!«

»Des-in-fi-zie-ren heißt es«, wirft Herr Groschinsky ein.

»Dass der das sauber machen muss, Alder«, kreischt Inge. »Seine Nadel. Das hab ich dem so oft gesagt. Bei mir ist das auch nicht gut geworden.«

Hätte man gedacht, dass die Situation nicht grotesker werden könnte, als sie es bislang war – dann hätte man sich geirrt. Mit zwei schnellen Griffen hat Inge seinen Gürtel geöffnet, zieht seine Hose runter und präsentiert uns sein Gemächt. Dann wird ihm klar, dass er sein Arschgeweih über dem Hintern trägt, und dreht sich um.

»Das is doch scheiße geworn«, sagt Inge. »Oder?«, wendet er sich an Hanna.

Ich weiß nicht, ob sie gleich weinen oder lachen wird.

»Absolut«, sagt sie.

»Ist das bei mir passiert?«, fragt Klaus jetzt wieder mich.

Ich nicke.

»Sicher?«

Ich nicke noch einmal.
»Is gut«, sagt Klaus.
»Is gut«, übersetzt Inge und zieht seine Hose wieder an.
»Ich würde sagen, ihr seid quitt«, sagt Joe.
»Joe sagt, ihr wärt quitt«, sagt Inge.
»Is gut«, sagt Klaus.
»Alles klar, Joe?«, fragt Inge Joe.
»Alles klar, Inge«, antwortet Joe.
»Dann is gut«, sagt Inge.
»Abmarsch«, sagt Klaus. Er zeigt noch einmal auf mich.
»Quitt!«
Ich nicke. »Quitt!«
Klaus geht. Inge dackelt hinterher. Dann dreht Klaus sich noch einmal um und schaut in die Gesichter der anderen.
»Und ihr lasst euch hier am besten nicht mehr blicken!«
»Das geht aber nicht«, sagt Herr Groschinsky, »das hier ist um diese Zeit der einzige freie Raum.«
Klaus und Inge verlassen das Zimmer. Noch lange nachdem die Tür hinter ihnen zugefallen ist, herrscht Totenstille.
Ich wickele meinen Verband wieder um die Wunde.
»Warte«, sagt Hanna, »ich helfe dir.«
Beim Wickeln flüstert sie in mein Ohr.
»Wenn das gerade wirklich stattgefunden hat, dann war das das Abgefahrenste, das ich je in meinem Leben gesehen habe.«
»Ich glaube, wir machen dann mal Schluss für heute«, sagt Herr Groschinsky. »Vergesst nicht, euer Konsumbuch zu führen, und wir sehen uns dann nächste Woche wieder.«
»Morgen«, sagt Jens.
»Oder morgen«, nickt Herr Groschinsky.

51

»Ich gehe übrigens nicht mit dir ins Kino«, hat Hanna gestern gesagt.

Ehrlich gesagt, hat es mich nicht sonderlich verwundert.

»Wir gehen auf ein Konzert!«

Das hat mich dann doch überrascht. Und unglaublich gefreut.

»Faber spielt im *Alten E-Werk.*«

Sie hat das gesagt, als wäre es selbstverständlich, dass jemand wie ich immer ins *Alte E-Werk* geht.

Ich trage meine Lederjacke, darunter das Motörhead-T-Shirt und die neuen Schuhe. Ich schaue mich um. Optisch hebe ich mich nicht mehr viel von den anderen ab.

Eigentlich müsste mir die Menschenansammlung Angst machen, aber ich fühle mich nicht unwohl. Aufgeregt bin ich. Aber ohne Angst. Ich schaue kurz nach oben. Es ist keine Wolke zu sehen. Weder am Himmel noch über meinem Kopf.

Ich habe noch nie so viele cool angezogene Menschen auf einem Haufen gesehen wie vor dem *Alten E-Werk.* Es liegt abseits der City in einem brachliegenden Industriegebiet in einer Seitenstraße. Direkt daneben ist das *Strom-Café.* Ich bin viel zu früh und setze mich auf einen freien Platz.

Wir haben am frühen Abend noch T-Shirt-Wetter. Kaum jemand ist drinnen. Fast alle haben vor dem Café Platz genommen. Der Kellner ist über dreißig und mit Abstand der Älteste hier. Er trägt einen ausgeleierten, schwarzen Anzug.

Das zerknitterte, aus der Hose hängende Hemd nimmt ihm den Rest jeder möglichen Eleganz. Im Mundwinkel balanciert er zwischen schmalen Lippen eine Zigarette. Er raucht, während er bedient, der Qualm zieht ihm in den Halbhipsterbart und hat dort schon eine gelbgraue Nikotinschneise verursacht. Er wirkt mürrisch. Ihm scheint es nicht zu passen, dass er draußen bedienen muss. Ich höre ihn zweimal sagen, dass er eigentlich nur für drinnen zuständig wäre, aber heute eine Ausnahme machen würde.

An meinem Tisch sitzt ein Pärchen, das sich einen Joint teilt, sie könnten gut Freunde von Körper-Klaus sein. Sie kichern und sehen unglaublich stoned aus.

»Heute spielen gar nicht Boys Next Door«, sagt sie.

»Komm, lass trotzdem gucken«, sagt er, » Faber. Bestimmt cool.«

»Krass«, sagt sie nur.

Er trägt eine Sonnenbrille und liest vor, was auf einem Plakat steht. Er liest wie ein Zweitklässler, fast jeden Buchstaben einzeln.

»Spannung, Blut, Freundschaft, Verrat ... soooo geil. Also ich bin voll für Faber.«

»Darüber singt der?«, fragt sie.

»Ja«, sagt er.

»Krass«, sagt sie wieder.

Hätte er die Sonnenbrille abgesetzt, hätte er gesehen, dass er das Plakat für einen Film vorgelesen hat, der nächste Woche laufen soll.

Ich war noch nie hier. Konzerte waren nie so meins. Und von den Künstlern, die ich gut finde, touren die meisten nur noch im Himmel. Außerdem hatte ich bis vor kurzem auch niemanden, mit dem ich auf ein Konzert gehen wollte.

Gut, eigentlich gab es auch niemanden, der mit mir gehen wollte.

Eigentlich dachte ich sowieso, dass Hanna nur gesagt hätte, mit mir ins Kino zu gehen, damit Damian sie in Ruhe lässt. Wenn Hanna jetzt aber offenbar nicht wegen Damian mit mir ausgeht, dann muss sie mich mögen. Also ist das hier ein Date.

Wenn ich überlege, was in den letzten Wochen passiert ist, dann erstaunt mich aber immer weniger. Ich merke, wie ich mich verändere. Ich fühle mich nicht mehr grundsätzlich wie ein fünftes Rad am Wagen. Nicht mehr so, als würde ich mein Leben vom billigsten Platz aus beobachten. Ich habe eine Entscheidung getroffen: Nach den Osterferien werde ich wieder zur Schule gehen und ich habe nicht einmal Angst davor.

Ich bekomme Rauch ins Gesicht und muss husten.

Über den Vorfall mit Klaus und Inge ist in der Gruppe nicht weiter gesprochen worden.

Herr Groschinsky hat so getan, als wären die beiden nie da gewesen, als wäre nichts passiert. Und auch die anderen haben nichts gesagt. Keiner hat mich darauf angesprochen. Weder auf Klaus noch auf Inge oder Joe.

Bekim hat sich noch mal mein Tattoo zeigen lassen beziehungsweise die Reste davon. Wenn ich mal ein gutes haben wolle, hat er gesagt, solle ich mich an ihn wenden. Er hätte da einen Onkel. Oder Cousin. Großcousin? Er war sich da selbst nicht sicher.

Die Wunde verheilt gut.

Zehn Tage nach dem Vorfall habe ich nur noch ein leichtes, luftdurchlässiges Pflaster auf dem Oberarm.

»Komm, lass noch einen bauen«, sagt der Junge.

»Krass«, sagt sie wieder.

»Yep«, sagt er.

»Krass«, sagt sie und bläst eine Rauchwolke zur Seite. »Noch einen bauen?«

»Yep«, kichert er.

Ich sehe Hanna über den Platz kommen. Sie geht schnell. Sie hat nasse Haare. Sie sieht mich, lächelt ganz kurz und schaut dann wieder konzentriert.

Ihr typischer Hanna-Blick.

Mir wird ganz anders. Aber gut.

52

Nachdem Hanna an der Kasse zwei Tickets gekauft hat, dreht sie sich zu mir um.

»Magst du lieber oben oder unten?«

Was?

Warum fragt sie mich das jetzt? Und warum hier? Ich werde knallrot.

Hanna erkennt mein Dilemma und lacht laut los.

»Nee, nicht das. Ich meine: Willst du lieber auf den Balkon oder aufs Parkett?«

Ich will dahin, wo sie hinwill.

Ich schaue mich um. Man kann über eine Treppe auf eine Art Balustrade gehen und von oben auf die Bühne gucken. Dort stehen weniger Menschen als unten. Es wird nicht so voll sein. Auf der anderen Seite würde ich mich gerne gegen Hanna drängeln lassen. Trotzdem zeige ich nach oben. Hanna nickt.

Dann lässt sie mich kurz stehen und besorgt uns zwei Becher Bier. Cool. Auf einem Konzert mit Hanna Bier trinken. Jetzt sollte Joe mich sehen. Auf der anderen Seite: Ich brauche ihn hier und heute und jetzt gerade nicht.

Hanna trägt wieder einen viel zu großen Hoodie und hat ihre Sonnenbrille in ihr nasses Haar gesteckt. Sie riecht gut. Irgendwie nach Orange? Orange und ein klein wenig Parfum?

»Stinke ich?«, fragt sie und steckt ihre Nase in ihre Achseln.

»Nein, gar nicht«, sage ich.
»Was schnüffelst du dann wie ein Karnickel?«
Ich will ihr mit dem Bier helfen, doch sie lässt mich nicht.
»Kann ich alleine!«
Sie lächelt.
»Mein Pulli ist nass.«
Hä?
»Ich habe mir den gerade von der Wäscheleine geholt.«
Ich berühre den Pulli. Er ist wirklich total nass.
»Warum?«
»Ich finde, er passt zu dir.«
»Warum passt der zu mir?«
»Der ist auch irgendwie noch nicht so richtig in sich reingewachsen.«
Was? Das ist doch voll unlogisch.
»Komm!«, sagt sie.
Als wir uns durch die Menschen nach vorne an ein Geländer drängeln, kommen wir an dem Kiffer-Pärchen vorbei. Sie grinsen.
»Was ist denn mit denen? Kennst du die?«, fragt Hanna, während wir uns setzen.
Ich nicke.
»Die sehen total bekifft aus.«
»Sind sie«, nicke ich, »und auf dem falschen Konzert sind sie auch.«
Der Saal ist voll oldschool, dabei aber irgendwie stylish. Er riecht nach Generationen von Bier, Schweiß und anderen Ausdünstungen.
An den roten Backsteinwänden hängen riesige Lautsprecher neben Kandelabern mit elektrischen Kerzen.
Hanna zieht ihren nassen Pulli aus und hängt ihn über

das Geländer. Dabei rutscht ihr T-Shirt ein wenig aus der Hose. Sie hat einen flachen Bauch und ein kleines, goldenes Piercing in Schmetterlingsform im Bauchnabel.

Ach, Piercing ist also okay?

Ihr T-Shirt ist wegen des nassen Hoodies feucht geworden. Ich sehe einen dunklen BH darunter durchschimmern.

»75 C«, sagt Hanna, »falls du dich das gerade gefragt haben solltest.«

Gott sei Dank geht in diesem Moment das Licht im Saal aus, so sieht sie nicht, wie ich schon wieder rot werde.

Wir stehen Arm gegen Arm und Hüfte gegen Hüfte. An den Stellen, an denen wir uns berühren, wird mir warm.

»Konzertregeln!«, sagt Hanna. »Regel 1: Während des Konzerts halten wir die Schnauze und reden hinterher darüber!«

Ich nicke.

»Regel 2: Wenn du mir deine Zunge irgendwo reinstecken willst, dann versuch es hinterher. Nicht während des Auftritts!«

Sie zwinkert mir zu.

»Das mache ich mit allen so.«

Das bekiffte Pärchen kichert.

»Zunge rein«, sagt er, »geil.«

»Krass«, sagt sie.

»Mit allen«, sagt er.

»Krass«, sagt sie.

Auf der Bühne beleuchten Spots die Musiker. Faber gehört auch zu den Künstlern, die Joe mir auf die Playlist »Red's new music« gemacht hat. Ich mag seine Lieder. Sein Sound ist jazzig, seine Stimme phänomenal. Seine Texte sind clever und lustig. Hanna bewegt sich neben mir, im Takt der Musik.

Einmal treffen sich unsere Blicke. Hanna hat einen ganz sanften, braunen Flaum über der Oberlippe, darin hängt ein Tropfen Bier. Sie hat Tränen in den Augen, lächelt aber. Mir fällt wieder auf, wie schön sie ist.

»Ich muss bei guter Musik immer weinen«, schreit sie mir ins Ohr.

Ich kann nicht anders, auch ich muss mich jetzt bewegen.

Wir tanzen gegeneinander.

Ich möchte, dass das nie aufhört.

Eineinhalb Stunden und drei Zugaben später ist Schluss.

Wir gehen raus.

Hanna nimmt meine Hand.

Der Rest des Publikums drängelt sich plaudernd an uns vorbei.

Ich habe es nicht eilig.

Vor dem *Strom-Café* bleiben wir stehen. Hanna wischt sich über die Augen. Hat sie noch mal geweint? Warum? Sie schaut mich an. Soll ich etwas machen? Soll ich etwas sagen? Will sie über das Konzert reden? Die Augenblicke vergehen. Soll ich ihr jetzt die Zunge irgendwo reinstecken? Wartet sie darauf?

»Ich weiß, dass du anders bist«, sagt sie. »Vielleicht ...«

Sie beugt sich vor, als ob sie mir einen Kuss geben will, stoppt aber.

»Mein Pulli«, sagt sie.

»Ich hole ihn«, sage ich.

Als ich zwei Minuten später aus dem Saal komme, sehe ich sie weit hinten auf der Straße.

Sie rennt.

Sie ist einfach weggelaufen und ich stehe mit ihrem nassen Pulli vor dem *Strom-Café*.

Diesmal hebt sie keine Hand.
Ich verstehe sie nicht.
»Jetzt mach mal Platz, Junge«, ranzt mich der Kellner an.
»Voll geil«, höre ich es leise kichern.
»Krass.«

53

Wir haben Kerzen angezündet. Mein Zimmer wirkt wie eine Kapelle.

Joe und ich liegen auf dem Bett und spielen Phobia. Das ist ein Spiel, das Joe und ich erfunden haben, weil es bei uns keine Spiele gibt. Kein Schach, kein Backgammon, nicht einmal ein Mensch ärgere dich nicht. Es gibt Karten, aber die gehören meinem Vater. Wir dürfen sie bei Todesstrafe nicht anfassen.

Also haben wir Phobia erfunden. Es ist ein Ratespiel. Joe hat aus der Klinik eine Broschüre mitgehen lassen, in der alle Neurosen und Ängste, die es gibt, aufgeführt sind.

Das Spiel funktioniert so: Einer sagt einen Buchstaben. Der andere sucht dann eine Phobie oder Neurose aus, die mit diesem Buchstaben beginnt, und sagt den Namen.

Dann muss man raten, was man hat.

»N«, sage ich.

»Gut«, sagt Joe, »dann hast du *Nekrophobie*!«

»Ist das was Ekeliges?«

»Nee, ist es nicht. Es ist eigentlich nur unnütz.«

»Das sind doch die meisten Phobien.«

»Nicht alle«, sagt Joe.

»Welche denn nicht?«, will ich wissen.

Joe blättert in der Broschüre.

»Zum Beispiel *Arachnophobie*«, sagt er.

»Was ist das?«

»Angst vor Spinnen.«

»Was ist daran nützlich? Das man Mädchen mit Spinnen erschrecken kann?«

Wir lachen beide.

»Nee«, sagt Joe, »das Nützliche ist, dass Menschen früher keine Schuhe hatten und barfuß liefen.«

»Was hat das mit Spinnen zu tun?«

»Manche Spinnen sind giftig. Wer drauftritt, hat verloren. Die Angst vor Spinnen konnte also Leben retten.«

»Klugscheißer!«

»Dummkopf!«

»*Nekrophobie* ...«, überlege ich, »hat das was mit schwarz zu tun, stammt das vom Wort negro ab?«

Innerlich lache ich. Endlich zahlt sich das Scheißlatein mal aus.

Aber Joe schüttelt den Kopf.

»Nö!«

Ich überlege und rede dabei vor mich hin.

»Ne... Nekro... Nekropho... ich komme nicht drauf.«

Joe liest vor.

Nekrophobie ist die Angst vor Toten oder vor dem Tod und allem, was damit zusammenhängt.

»Witzig«, sage ich und verstehe seine Anspielung genau. Ich nehme ihm die Broschüre weg.

»*Mysophobie*«, sage ich und halte mich für clever.

»Die Angst vor Unsauberkeit«, antwortet Joe wie aus der Pistole geschossen.

Ich werfe mich auf den Rücken und schaue an die Decke.

»Wo wir gerade bei unsauber sind«, sagt Joe, »du könntest mal duschen gehen.«

»Ja«, sage ich, »aber warum?«

Es ist später Ostersamstag.

Wir haben nichts vor, der Abend wird hier auf diesem Bett enden.

»Du würdest nicht mehr so nach ...«, er zögert, »... nach der Nachbarin riechen.«

Ich muss lachen.

Inzwischen läuft es so: Wenn das Telefon zweimal klingelt und dann aufhört, ist Sara weg und Silke gibt mir damit ein Zeichen, zu ihr zu kommen. Heute hat es morgens geklingelt und am späten Nachmittag noch einmal.

»Läuft gut, oder?«, fragt Joe.

Ich nicke.

»Aber du bist nicht ganz zufrieden?«

Stimmt. Ich bin nicht ganz zufrieden. Seit letztem Donnerstag bin ich unruhig.

»Hast du keine Lust mehr auf sie?«

»Die Nachbarin?«

»Wen sonst?«

»Ich weiß nicht ...«, sage ich.

»Was heißt denn: Ich weiß nicht? Entweder vögelst du die gerne oder nicht! Genau die beiden Möglichkeiten gibt es.«

»Oder ich mache es gerne, es fühlt sich aber irgendwie nicht richtig an.«

»Was fühlt sich nicht richtig an? Ist sie dir zu alt? Zu labberig?«

»Nein, gar nicht. Sie ist nicht ...« – was für ein Wort!!! – »... labberig. Sie ist schön.«

»Und was ist dein Problem?«

»Irgendwie ist es mir zu viel.«

Joe lacht hässlich.

»Du bist der erste Sechzehnjährige, den ich kennenlerne, dem Sex zu viel ist.«

»Wie viele andere kennst du denn?«, frage ich.

Joe piekt mir einen Finger gegen die Brust.

»Ich weiß sowieso, warum, ich wollte nur, dass du es sagst, weil du es ja auch weißt.«

Warum? Was ist der Sinn dabei?

»Sagst du es mir denn auch?«, frage ich. »Nur damit ich weiß, was du weißt, was ich weiß?«

Joe sieht mich nur an und sagt nichts. Dann greift er nach meinem Handy und wirft es aufs Bett.

»Ruf sie an!«

»Silke?«

Noch einmal? Ich will nicht. Eigentlich würde ich viel lieber weiter hier rumhängen und spielen.

»Nein!«, sagt Joe.

»Wen denn dann?«

»Hanna natürlich, du Schwachkopf!«

Ich soll Hanna anrufen? Will ich Hanna anrufen?

»Warum soll ich Hanna anrufen?«

»Weil du wissen willst, warum sie einfach so gegangen ist?«

Ja, will ich. Aber ich traue mich nicht, sie zu fragen.

»Ich habe ihre Nummer nicht.«

»Ach«, sagt Joe, »das ist kein Problem. Onkel Joe hat sie dir schon einprogrammiert.«

»Das ist aber lieb von Onkel Joe.«

»Kein Problem.«

»Ich sehe sie sowieso am Dienstag in der Gruppe.«

»Ja?«, fragt Joe.

»Ja. Oder am Mittwoch.«

»Oder am Donnerstag?«

»Ja. Oder am Freitag.«

»Richtig«, sagt Joe. »Ist ja egal. Du gehst ja total gerne in die Gruppe.«

»Eben«, lüge ich, und wir beide wissen, dass es nicht stimmt. »Da kann ich sie genauso gut dann fragen.«

»Absolut«, sagt Joe.

»Warum soll ich sie heute stören?«

»Genau«, findet Joe, »warum solltest du?«

»Ein Tag mehr oder weniger ... oder drei ... das ist auch egal.«

»Völlig egal«, nickt Joe.

»Sie wird es mir sowieso nicht sagen«, sage ich.

»Bestimmt nicht«, bestätigt Joe.

Wir schweigen.

»Scheiß drauf, also gut«, sage ich und greife nach dem Handy. Joe hat die Wahrheit gesagt. Da steht Hannas Nummer. Ich wähle. Es klingelt. Jemand hebt ab. Im Hintergrund höre ich Stimmen und Musik. Etwas zischt leise, aber niemand spricht.

»Hallo?«, frage ich.

Die Stimmen werden lauter. Ich verstehe aber immer noch nichts. Dann meldet sich jemand.

»Kim Wan Dong – Best Asia Food, ihre Bestellung bitte.«

Habe ich mich verwählt? Wie denn? Die Nummer war doch einprogrammiert. Joe hat sie doch gespeichert. Joe ...

Joe liegt auf dem Bett und lacht. Der Drecksack hat nicht Hannas Nummer gespeichert, sondern die vom Asia-Food-Lieferservice.

»Findest du das witzig?«, frage ich ihn.

Er lacht weiter.

»Sag, findest du das witzig?«

»Ja«, gluckst er.

Ich schaue ihn einfach nur verachtungsvoll an.

Er setzt sich auf und klopft mir auf die Schulter.

»Weißt du, wenn sie einfach wegläuft, wird sie kaum mit dir sprechen wollen, wenn du anrufst.«

Auch wieder wahr.

»Und wozu war der Scheiß dann gut?«, will ich wissen.

»Ganz einfach«, antwortet Joe. »Damit dir klar wird, dass du anrufen willst!«

Ich versuche, mir Hanna bei sich zu Hause vorzustellen. Ich habe keine Ahnung, wo das ist und wie es da ist. Ich weiß nicht einmal, mit wem sie wohnt. Lebt sie bei ihren Eltern? Sind die Eltern geschieden? Sie hat noch nie darüber geredet. Ich denke an Hanna bei unserer ersten Begegnung. Der Rollstuhl, der Tropf, die Brille, die Teddysocken. Hanna neben mir in der Notaufnahme. Besorgt. Und ich denke an Hanna beim Konzert. Ihre nassen Locken. Der Pulli. Der kurze Moment, in dem ich ihren nackten Bauch gesehen habe. Ihr Geruch nach Waschpulver, Orangen und Parfum. Das Bier an ihren Lippen. Ihr Atem gegen meinen Atem. Meine Lippen gegen ihre. Meine Zunge gegen ihre Zunge ... Mich überkommt ein Gefühl, als hätte ich aus Versehen eine Ladung heißer Steine verschluckt, die jetzt mit Karacho gegen meine Magenwand stoßen. Die ist aber aus Gummi und die Steine fliegen hin und her. Wo kommt dieses Gefühl her? Wie kann das sein?

Ich höre eine Tür knallen und meine Schwester brüllen.

»Sara ist 'ne Schlampe!«

»Madamchen, so reden wir hier nicht!«, sagt meine Mutter.

»Die blöde Kuh hat ihrer Mutter gesagt, dass wir ins Kino gehen, und kaum sind wir um die Ecke, kommt Jonas angefahren und sie steigt bei ihm ein und lässt mich sitzen. Ich war nur ihre fucking Ausrede.«

»Dann bleib doch heute hier«, sagt meine Mutter, »ich langweile mich sowieso.«

Das Telefon klingelt. Einmal. Zweimal. Dann hört es auf.

»Das ist bestimmt wieder dieser Witzbold, der sich als Körper-Klaus ausgibt«, ruft mein Vater.

»Krrrrt«, macht mein Opa.

54

»T«, sagt meine Mutter.

»Gut«, sagt Rike, »*Tetraphobie*!«

»Das ist leicht«, sagt meine Mutter. »Das ist jemand, der Angst vor Tetrapaks hat und deswegen nur Flaschen kauft.«

»Nein!«, ruft Rike bestimmt.

»Dann hat es bestimmt was mit dem französischen tête à tête zu tun? Jemand, der Angst vor Verabredungen hat?«

Schau an. So viel Fantasie hätte ich meiner Mutter gar nicht zugetraut.

»Nein!«, ruft Rike aber wieder bestimmt.

»Sag es«, fordert meine Mutter.

»Es ist die Angst vor der Zahl Vier«, erklärt meine Schwester.

Meine Mutter guckt erstaunt.

»Und was hat das mit mir zu tun?«

»Na«, sagt Rike, »weil du doch immer sagst: Ich zähl bis drei, Madamchen ...«

Wir müssen lachen.

»Ich bin dran«, ruft mein Vater.

»Nein, ich bin dran«, schreit mein Opa.

Mein Vater wirft ihm einen Blick zu, ist aber nicht in der Laune für Streit.

»Gut«, sagt er, »ich suche dir was aus.«

»Darf ich keinen Buchstaben sagen?«, fragt mein Opa.

»Nee«, sagt mein Vater, »weil du eigentlich nicht dran warst. Ich habe auch schon etwas. *Odontophobie*!«

Mein Opa lacht.

»Ich weiß: Angst vor Odos!«

Meine Mutter schaut ihren Vater fragend an.

»Was sind Odos?«

Jetzt lacht Opa.

»Odos sind Ottos in Scheißautos.«

Shit, das ist richtig lustig hier.

Und das haben wir Joe zu verdanken.

Als ich mich nach seinem Asia-Food-Streich gerade auf dem Bett einrichten wollte, fragte er mich, ob wir nicht alle zusammen spielen wollten.

Ich verstand nicht, was er meinte.

»Wie? Alle zusammen spielen?«

»Na, ich meine dich, deine Schwester, deine Eltern, dein Opa und ich. Wir spielen alle Phobia. Es ist Ostersamstag und keiner hat was vor außer rumhängen und sich langweilen.«

»So etwas machen wir nicht«, sagte ich.

»Na, dann wird es vielleicht mal Zeit?«

»Da hat keiner Bock drauf«, sagte ich.

»Weißt du nicht, weil ihr es ja noch nie ausprobiert habt.«

Ich dachte nach. Hatten wir es wirklich nie versucht? Oder hatten wir und es hatte keinen Spaß gemacht? Ich wusste es nicht mehr. Wenn, dann war es lange her.

Meine Familie.

Auch sie hatte sich in den letzten Wochen verändert. Mein Vater hatte extrem gelassen auf die Kreditkartengeschichte reagiert. So kannte ich ihn nicht. Eigentlich ist er ein Besserwisser und Klugscheißer. Einer, der Antidepressiva nehmen muss und trotzdem behauptet, er hätte alles richtig gemacht.

Auf der anderen Seite muss ich zugeben, dass ich auch nie versucht habe, ihn besser kennenzulernen. Er ist mein Vater. Er war immer da. Ich hatte ihn nicht ausgesucht. Aber er mich ja auch nicht unbedingt. Alles in allem muss ich sagen, wenn er so bleibt wie in den letzten Wochen, kann ich ihn mögen. Richtig mögen. Auch, dass er mir einen Job verschafft hat und mich nicht drängt, so schnell wie möglich wieder zur Schule zu gehen, ist super. Und wie er mit dem für ihn imaginären Klaus am Telefon geredet hat, das war richtig lustig. Noch lustiger wäre allerdings, wenn er wüsste, dass es der echte Körper-Klaus war.

Na, das hat sich ja nun auch erledigt.

Und meine Mutter? Neulich hatte ich wegen ihr geweint. Irgendwie habe ich sie, als ich bei Straller stand, zum ersten Mal als eigenen Menschen und nicht nur als meine Mutter wahrgenommen. Ein Mensch, der zum Reden in den Tante-Emma-Laden geht und eigentlich nur aus Sorgen um andere Menschen besteht und nicht einmal neue Sommerschuhe hat.

Mit meiner Schwester habe ich eigentlich am wenigsten zu tun, aber es kommt mir vor, als wäre sie ein wenig weniger egoistisch als noch im Winter. Und mein Opa und ich, was soll ich sagen? Er hat mich dabei erwischt, wie ich mir neben ihm im Ehebett einen runterholen wollte. So etwas schafft Bindung.

Joe stupste mich an.

»Die kennen das Spiel nicht«, sagte ich lahm.

»Dann erklärst du es ihnen«, antwortete Joe.

»Als ob meine Familie etwas machen würde, was ich vorschlage«, sagte ich.

»Warum nicht?«, wollte Joe wissen.

»Ich bin nicht derjenige, von dem man einen Vorschlag erwartet, geschweige denn einen hören will.«

Joe blätterte in der Broschüre.

»Welche Angst ist das? Wo steht das?«

»Das war schon immer so.«

»Probier es doch einfach aus.«

»Bringt nix.«

Joe fixierte mich.

»Hättest du denn Lust dazu?«

Ich überlegte. Hätte ich? Ich konnte es mir so schwer vorstellen. Auf der anderen Seite – was hatte ich zu verlieren? Wenn keiner wollte, könnte ich immer noch zurück aufs Bett und lesen.

Also nahm ich die Broschüre und ging in die Küche. Joe folgte mir. Am Tisch blieb ich stehen. Mein Opa kam gerade vom Klo zurück. Meine Mutter und meine Schwester standen immer noch im Flur. Mein Vater legte eine Karte ab und sah kurz auf.

»Was willst du?«, fragte er.

»Spielen«, sagte ich.

»Ach«, sagte er.

Mein Opa hingegen schaute mich aufmerksam an. So wie Joe. Als ob sie etwas von mir erwarteten. Na ja – wenn ich wollte, dass alle spielen sollten, dann müsste ich auch dafür sorgen, dass alle herkommen. Ich holte tief Luft und brüllte.

»So, jetzt kommen wir alle mal in die Küche!«

Mein Vater erschrak so sehr, dass er seine Karten fallen ließ.

Mein Opa grinste und setzte sich.

»Aye, aye, Sir«, rief er.

»Was ist da los?«, rief meine Mutter.

»Ihr sollt jetzt mal herkommen!«, rief ich. »Sofort!«

Trippeln, neugierige Schritte. Meine Schwester zuerst.

»Setz dich«, sagte ich. Und siehe da – sie folgte.

»Du auch«, wies ich meine Mutter an.

Als alle saßen, erklärte ich das Spiel. Keiner redete dazwischen, alle hörten zu und wir begannen. Meine Schwester warf mir einen Blick zu.

»Was ist mit dir?«

»Was soll sein?«

»Du bist so anders.«

»Bin ich nicht!«

»Doch!«

»Na gut, dann eben doch. Stört es dich?«

»Nee ... nee, irgendwie nicht.«

»Du bist dran.«

»*Nomophobie*«, sagte ich zu ihr.

»Die Angst vor Namen?«

»Nein!«

»Die Angst, normal zu sein?«

»Nein!«

»Sag!«

»Die Angst davor, ohne Mobiltelefonkontakt zu sein.«

»Ha, ha. Das hat sie, das hat sie!«, rief mein Vater.

So hatte es angefangen, jetzt spielen wir seit zwei Stunden.

Joe spielt allerdings nicht mit. Er hat es sich auf meinem Sofa gemütlich gemacht und ist eingenickt.

Das Telefon klingelt. Einmal. Zweimal.

»Wer ruft denn jetzt noch an?«, fragt sich meine Mutter.

Mein Vater geht ran. Er wartet gar nicht ab, bis sich jemand meldet.

»Ich hoffe, es ist niemand mit …«, er wirft einen Blick auf die Broschüre, »*Kynophobie*! Wuff, wuff«, bellt er in den Hörer.

Mein Opa haut sich auf die Schenkel.

»Jawoll!«

Ich nehme ihm die Broschüre aus der Hand und gucke *Kynophobie* nach. Angst vor Hunden.

55

Aus einer Ritze zwischen den Betonplatten kämpft sich ein Löwenzahn heraus, wie ein Säuglingskopf bei einer Geburt.

Ich sitze auf einem Mauervorsprung vor dem Hintereingang des Krankenhauses. Ich war nicht bei der Gruppe. Herr Straller hatte mich gefragt, ob ich ihm bei einer Art Inventur helfen kann, und ich konnte das irgendwie nicht ablehnen.

Jetzt sitze ich hier. Vor der Tür. Durch diese Tür verlässt Hanna immer das Krankenhaus. Ich warte auf sie.

Zum ungefähr zweihunderttausendsten Mal in den letzten fünf Minuten schaue ich auf mein Handy. Keine neue Nachricht. Ich gehe ins Menü. Vielleicht ist das Display ja doch kaputt gegangen? Nein. Da ist einfach keine Nachricht. Ich checke den WhatsApp-Chat mit den Teilnehmern Hanna und Red. Bislang hat nur Red teilgenommen. Ich scrolle durch die ungefähr dreißig Nachrichten, die ich Hanna in den letzten Tagen geschickt habe. Ich sehe, dass sie vor ein paar Minuten online war. Sie muss meine Nachrichten also zumindest gesehen haben. Natürlich, während der Gruppe wird sie kaum schreiben.

Ich atme durch. Eine gute Erklärung. Aber vielleicht doch? Vielleicht hat sie auf eine meiner zahlreichen SMS geantwortet? Das Gleiche in dem Menü. Keine Antwort. Warum? Ich habe belanglose Sachen geschrieben. Wie es ihr geht. Was sie so macht. Ob sie zur Gruppe kommt. Ob wir vielleicht mal ins Kino wollen. Ich hätte schreiben können, dass es mir so schlecht wie noch nie geht, dabei aber so gut wie niemals zuvor. Ich könnte ihr sagen, dass ich vom Aufwachen bis zum Schlafengehen nur an sie denke. Ich könnte ihr sagen, dass ich beim Essen mit der Gabel meinen Mund und beim Pinkeln das Becken verfehle. Ich hätte zu erwähnen, dass ich ständig irgendwo gegen laufe und mich stoße. Dass ich einfach stehen bleibe, atme, seufze und sie vor mir sehe.

»Du bist verliebt«, stellt Joe fest.

Ich weiß.

»Weißt du«, sage ich zu Joe, »wenn wir nicht auf dem Konzert gewesen wären, dann hätte ich gar nicht das Gefühl, dass sie mich mögen könnte. Dann wäre alles normal.«

Er schaut mich an, wie man einen Hund anschaut, der sich mit seiner Leine am einzigen Stuhl in einem großen Raum verheddert hat.

»Du würdest also lieber niemals ein Eis essen als nur mal ein kleines bisschen?«

Ich nicke.

Er schlägt mir leicht auf den Hinterkopf.

»Was für ein Schwachsinn. Wir sind hier doch nicht in einem Liebesroman, wo sich die Magd in den Landarzt verliebt und klischeehaften Schwachsinn absondert.«

»Kannst du einfach mal nett sein?«

»Ich bin nett. Wäre ich es nicht, würde ich einfach nicken und Ja sagen und denken: Was für ein Idiot.«

»Mach das einfach«, sage ich. Ich versuche den Löwenzahn mit Spucke zu treffen, verfehle ihn aber um Längen.

Gestern Nachmittag war ich bei Silke. Eigentlich bin ich jeden Nachmittag bei Silke. Ich wollte erst nicht gehen, als das Telefon geklingelt hat, bin dann aber doch. Es ist einfach mit ihr. Sie lässt mich rein, sie zieht sich aus, ich sehe sie nackt und bin bereit. Als ob man einen Knopf gedrückt hätte.

Aber das Gefühl hinterher ist nicht gut.

Es ist, als hätte ich etwas Verbotenes getan.

Es fühlt sich an, als würde ich Hanna betrügen.

Es sind nicht ihre Brüste, die ich berühre. Es ist nicht ihre Hüfte, die sich an meiner reibt. Silke ist schön. Sie ist auch sehr nett zu mir. Wenn wir miteinander schlafen, habe ich das Gefühl, in einer begehrenswerten Frau zu versinken. In ihren Körper.

Wenn ich an Hanna denke, möchte ich auch in ihr versinken. Aber nicht in der Körpermitte. Ich möchte in ihre Augen tauchen und auf diese Weise mit ihr eins werden. Alles andere natürlich auch, aber ... ach, man kann das schwer beschreiben.

Ich habe mir vorgestellt, dass Silke Hanna wäre. Es war ein Gefühl, als hätte mir jemand einen Hammer auf den kleinen Finger gehauen.

»Kannst du das verstehen?«, frage ich Joe.

»Du meinst, ob ich den Unterschied zwischen ›einfach bummern‹ und ›Liebe machen‹ kenne?«, fragt Joe.

Ich überlege kurz. Ja, das meine ich wohl.

Ich schaue wieder auf mein Handy. Keine Nachricht. Es ist jetzt gleich Viertel nach fünf. Die Gruppe ist seit fast fünfzehn Minuten zu Ende. Wo bleibt Hanna?

In der Nähe vom Ententümpel sehe ich Bekim, Gorleben und Jens. Sie rauchen auf einer Bank.

Handy.

Sechzehn Minuten.

Keine Nachricht.

Vielleicht war sie gar nicht in der Gruppe?

Gerade als ich Joe fragen möchte, ob wir ein Eis essen gehen, öffnet sich die Hintertür. Da ist sie. Hanna kommt heraus. Sie sieht verschwitzt aus. Kein Wunder. Im Gruppenraum ist es immer warm. Sie entdeckt mich. Sie ist nicht überrascht. Als hätte sie mit mir gerechnet. Die Tür geht weiter auf. Hinter Hanna verlässt Damian das Gebäude. Während er mich angrinst, greift er von hinten an Hannas Brüste. Was macht er da? Ich muss ihr helfen. Aber sie sieht nicht aus, als würde sie Hilfe wollen. Sie lässt es geschehen. Sie lacht. Sie wirft mir einen Blick zu.

»Du hast heute was verpasst«, sagt sie.

Die beiden gehen an uns vorbei. Damian haut ihr auf den Hintern, wie ein Zuhälter seiner Lieblingsnutte, die ihm gerade einen Tausender eingebracht hat. Hanna dreht sich noch einmal zu mir um.

»Bis bald«, lächelt sie.

Ich fühle mich, als hätte mir jemand gleichzeitig in Bauch und Eier getreten und mir dabei die Beine weggezogen, sodass ich mit dem Gesicht in gefrorene Matsche geknallt wäre.

56

Nach dem traurigsten Abendessen meines Lebens stehen Joe und ich im Garten an der Schaukel. Ich versuche, die Leere in mir mit dem Rauch einer Zigarette zu füllen. Joe betrachtet die Schachtel.

»Macht dich das cooler?«

»Nee, macht es nicht. Aber es gibt mir das Gefühl, dass mir nicht von mir selbst schlecht wird.«

Joe lacht.

»Rauchen macht impotent«, sagt er. Dann lacht er. »Aber ist bei dir ja jetzt egal ...«

»Hör auf!«, fahre ich ihn an.

»Was erwartest du?«, fragt Joe. »Bloß, weil du mit ihr auf einem Konzert warst und ihr achthunderttausend Mails geschrieben hast, soll sie wissen, was du fühlst? Wenn ich dir schreibe: ›Was machst du gerade?‹, denkst du dann, ich wäre in dich verknallt? Idiot!«

»Selber Idiot!«

Ich verschlucke mich am Rauch und muss husten.

»Und was soll ich machen?«

»Du willst etwas, also gib dir Mühe, es zu bekommen. Oder willst du warten, bis es von alleine kommt?«

Ich denke kurz nach.

»Ich habe das Gefühl, wenn ich nachhelfe, dann wäre es falsch. Es wäre nur richtig, wenn es von selbst kommt.«

»Klar. Deswegen hast du von selbst die Pillen genommen, dich von selbst vor Silke ausgezogen, deswegen ...«

»Das gilt nicht«, rufe ich, »das hast du mir gesagt.«

»Kommt aufs Gleiche raus«, sagt Joe.

»Verstehe ich nicht.«

»Doch. Du willst nur nicht.«

Was meint er?

»Aber wenn sie mit anderen rummacht, dann ist das ja wohl ein klares Zeichen«, sage ich.

»Und wenn du die Nachbarin flachlegst, nicht?«, fragt Joe.

»Und wenn ich das nicht mehr machen würde, was wird es ändern? Wird sie sich dann in mich verlieben?«

»Was weiß ich«, sagt Joe.

»Siehst du«, sage ich.

»Willst du sie?«, will Joe wissen.

»Ja!«, sage ich.

»Dann musst du fighten.«

»Wie? Soll ich Damian verprügeln? Er ist stärker.«

»Nein. Kämpfe um sie. Zeige und sage ihr, was du willst.«

»Was ist daran kämpfen?«

»Kämpfen bedeutet, etwas gewinnen zu wollen«, sagt Joe.

»Und?«

»Es bedeutet aber nicht, auch wirklich zu gewinnen.«

»Verstehe ich nicht.«

»Mann. Zwei Boxer steigen in einen Ring. Beide wollen gewinnen. Wissen wir vorher, wer gewinnen wird?«

»Natürlich nicht.«

»Aber beide wollen. Beide geben alles. Haben vorher alles gegeben.«

Ich schaue ihn an.

»Und was hast du gegeben?«, fragt er. »Du hast die Nachbarin geknallt und ein paar nichtssagende SMS geschrieben. Wenn das alles ist, dann ist bei dir alles nichts.«

»Du meinst, ich soll mit Silke Schluss machen?«

Joe schaut mich nur an. Er nickt nicht, er schüttelt nicht den Kopf.

»Und wenn Hanna mich nicht will, dann habe ich gar nichts.«

Jetzt nickt Joe.

»Das meine ich mit: Alles! Nur wenn du bereit bist zu verlieren, verdienst du es, zu gewinnen.«

Mmmhhh ...

»Ich gebe dir noch ein anderes Beispiel: Du hast mal gesagt, du willst Schriftsteller werden. Und du schreibst nicht ein Wort. Aber einen Künstlernamen hast du schon!«

»Das stimmt nicht. Ich schreibe für Straller!«

»Gut«, nickt Joe, »das ist ein Anfang, aber das reicht noch nicht. Ansonsten ist das doch irgendwie, wie sich ein Zugticket nach Osnabrück zu kaufen, bevor Osnabrück gebaut wurde!«

»Warum Osnabrück?«

»Keine Ahnung«, Joe ist in Fahrt, »weil da keiner hinwill?«

Ach so.

»Statt zu schreiben, statt es wenigstens zu versuchen, statt zu kämpfen, bringst du dich lieber um!«

Bumm. Das sitzt.

»Nicht aus Verzweiflung. Aus Feigheit. Weißt du, vielleicht bist du ja gar kein Schriftsteller? Kann ja sein? Und vielleicht liebt dich Hanna auch gar nicht. Aber wenn du es nie versuchst, dann wirst du es auch nie wissen. Aber du könntest immer sagen, eigentlich wäre ich ja ...«

Er spuckt auf den Boden.

»Vielleicht wird dein Leben scheiße. Vielleicht auch nicht. Aber du hast Möglichkeiten. Probiere sie aus.«

»Und wenn es falsch ist? Wenn ich das Falsche mache?«

»Definiere *falsch*!«

»Wenn es nicht das Richtige ist?«

»Das wirst du aber nie wissen, wenn du es nicht versuchst!«

Richtig.

»Und wenn man etwas will«, er verbessert sich, »wenn man denkt, dass man etwas will, dann muss eben alles geben, um es zu erreichen. Danach hast du dann einen fairen Stand!«

So ernst war Joe noch nie, seit ich ihn kenne.

»Sieh das Leben mal als Gabentisch. Voller Geschenke. Aber auspacken musst du selbst.«

Ich denke nach.

»Joe?«

Aber er ist verschwunden. Ich bleibe noch einen Augenblick und gehe dann rein. Meine Mutter steht in der Tür.

»Mit wem hast du geredet?«

Ich habe keine Lust, etwas zu erklären.

»Mit dem heiligen Geist der vergangenen Weihnacht«, sage ich.

»Ach«, sagt meine Mutter, »und wo ist er jetzt hin, der heilige Geist der vergangenen Weihnacht?«

»Nach Osnabrück«, sage ich.

Wir müssen beide lachen.

Meine Mutter piekt mir einen Zeigefinger auf die Brust, so wie Joe es gerne macht, und schaut mich ernst an.

»Ich habe da keine Lust mehr drauf. Setz dich beim Pinkeln gefälligst hin. Ich möchte dir nicht dein ganzes Leben lang hinterherwischen!«

Gut, ich werde alles geben!

57

In einer Vase lassen Blumen ihre Köpfe hängen wie Betrunkene über dem Klo. Ich sitze auf dem Sofa in Silkes Wohnzimmer. Irgendwie sieht es nicht so ordentlich aus wie sonst. Silke liegt bäuchlings und nackt neben mir, ihr Kopf in meinem Schoß.

Ich bin angezogen. Als ich vor ein paar Minuten geklingelt habe, hat sie mir im Bademantel geöffnet und den auch direkt fallen lassen. Dann hat sie mich – keine Ahnung, warum – ins Wohnzimmer gezogen und nicht – wie sonst – ins Gästezimmer.

Ich fühle mich wie ein Jäger, der gleich aus Versehen seinen Hund erschießen wird.

»Sehe ich das richtig?«, fragt sie. »Mein sechzehnjähriger Lover macht mit mir Schluss?«

Sie schaut mich an, direkt in die Augen. Lasziv, ungläubig. Ihre Wange liegt genau auf meinem Penis. Zwischen uns liegen nur ein paar Millimeter Baumwolle. Sie schiebt ihre Hand genau über die Wölbung.

»Ich soll *das* jetzt also nicht machen?«

Ich nicke.

Sie reibt Hand und Wange an meiner Hose.

»Und *das* hier auch nicht?«

Ich nicke wieder.

»Auf keinen Fall?«

Was heißt schon »auf keinen Fall«? Mein Körper schreit: Mach es! Mein Herz brüllt: Nein! Die beiden stehen sich gegenüber und grölen sich an. Der Streit findet in meinem Kopf statt. Es ist sehr laut dort.

Silke zieht ihre Beine an und hebt ihren Oberkörper. Ihre Brüste bewegen sich wellenförmig, fließend, erregend.

»Warum nicht?«

»Ich kann nicht!«

Sie schaut auf meine Hose.

»Mhhhm ...«

»Nicht so.«

»Wie denn dann?«

»Ich bin verliebt.«

So, jetzt ist es raus. Ich habe es gesagt. Jetzt muss sie damit umgehen.

»Oh ...«, sagt sie.

Ich kenne diese Situation nicht, aber ich kenne ein paar Filme und Bücher. Sie ist doppelt so alt wie ich. Und ich bin in ein Mädchen in meinem Alter verliebt. Es wird sie mitnehmen. Sie wird sich alt fühlen. Dabei sieht sie toll aus. Ich begehre ihren Körper. Ich mag sie wirklich. Nur, ich bin nicht in sie verliebt. Ich will nicht, dass sie sich schlecht fühlt. Ich will nicht, dass sie traurig ist. Scheiße, Scheiße, Scheiße.

Sie reibt sich über die Augen.

»Ich habe geahnt, dass das eines Tages passieren wird«, seufzt Silke.

Ich seufze auch.

»Und ich hatte trotzdem gehofft, es passiert nicht.«

Oh nein, sie soll bitte nicht anfangen zu weinen. Lieber soll sie mich anschreien, aber nicht weinen, das halte ich nicht aus.

»So wie es war, war es schön. Wirklich schön. Und ich danke dir, dass du so ehrlich bist«, sagt Silke.

Sie scheint einigermaßen gefasst.

»Aber es darf keiner leiden.«

Das sehe ich genauso.

»Weißt du, ich bin doppelt so alt wie du. Du erwartest von jemandem, den du liebst, andere Dinge als ich. Und du hast bestimmt recht damit, dass du mir nicht geben kannst, was ich brauche.«

Was? Was hat sie gesagt?

»Und deswegen ist es gut, die Reißleine zu ziehen, bevor du mich zu sehr liebst.«

Ha! Sie denkt, ich hätte mich in sie verliebt ...

»Ich hatte das schon einmal«, sagt Silke.

Was mache ich jetzt?

»Ich muss das nicht wiederholen.«

Gilt das? Gilt das als »alles geben«? Auch wenn es ein Missverständnis ist?

»Ich hätte nicht gedacht, dass du so reif bist«, lächelt Silke.

Sie dreht sich. Ihre Lippen berühren meine Hose. Ganz sanft.

Ich will das nicht. Ich will das doch. Ich will das nicht. Ich will das doch.

Ich betrachte ihr Haar, ich sehe auf.

Am Wohnzimmerfenster steht Sara.

Sie scheint uns schon länger zugesehen zu haben.

Ihr Blick sagt ganz klar und deutlich: Ich will das nicht!

58

Gina kommt nie mehr in die Gruppe. Sie ist tot.

Bevor wir darüber sprechen, haben wir es alle in der Zeitung gelesen. Eine fette Schlagzeile und ein kurzer Bericht über den Tod der Tochter der bekannten Schauspielerin.

Trotz ihres Berufes wäre sie eine liebende Mutter gewesen, die Tochter hätte die suizidalen Tendenzen schon lange gezeigt, wahrscheinlich hätte sie diese vom Vater geerbt. Es gibt keine Leiche, nur einen Abschiedsbrief. Gina schreibt, sie wolle ihr Leben nun endgültig beenden, niemand solle sich die Schuld geben.

Die Zeitung druckt einen Teil des Briefes, das meiste ist geschwärzt. Der Brief ist sechs Wochen alt, eine Suche hat nichts ergeben, man hat Gina für tot erklärt.

Wir sind geschockt. Klar, wir haben alle entweder einen Suizidversuch hinter uns oder plausibel einen angedroht. Sonst wären wir nicht hier. Aber bislang war keiner von uns erfolgreich. Gina ist die Erste.

Ich mochte Gina, aber was weiß ich, was wusste ich über sie? Sie war dick und sie hat mir manchmal was Schönes ins Ohr geflüstert.

Wahrscheinlich.

Ich habe ihr zu ihrem letzten Geburtstag zwei Snickers gekauft und sie hat deswegen rumgeschrien.

Ich stelle mir ihre Leiche vor. Dick, nackt, aufgeschwemmt in einem Fluss. Keine Ahnung, wieso Fluss. Es ist das erste Bild, das mir in den Sinn kommt.

Hanna weint. Erst sind es einzelne Tränen. Dann zucken ihre Mundwinkel und sie schluchzt. Damian will sie in den Arm nehmen, aber sie schlägt ihm ins Gesicht.

»Hau ab!«, schreit sie ihn an.

Er zeigt ihr den Mittelfinger, bleibt aber vor ihr stehen.

»Da seht ihr, wo die Sucht euch hinbringen kann«, sagt Herr Groschinsky mit der Zeitung in der Hand.

Bekim funkelt ihn böse an.

»Du Schwachkopf!«, sagt er.

»So reden wir hier nicht«, murmelt Herr Groschinsky, sagt aber vorsichtshalber nichts mehr.

Ich bin traurig wegen Gina, aber wenn ich ehrlich bin, dann muss ich zugeben, dass mich mindestens genauso interessiert, wie Hanna und Damian miteinander umgehen. Ich habe sie in den letzten Tagen immer ziemlich genau beobachtet. Da ist eigentlich gar nichts. Damian versucht, ihr nahezukommen, sie weist ihn ab. Trotzdem verlassen die beiden meistens zusammen die Gruppe.

Damian versucht, nach Hanna zu greifen.

»Lass mich«, ruft sie.

Er lässt sie nicht.

»Fick dich, Damian!«, ruft Hanna.

»Schlampe!«, sagt Damian, nimmt seine Tasche und geht.

Auf dem Weg nach draußen hält er vor mir an und fixiert mich.

»Dann rutsch du doch über sie drüber, du Arsch!«

Wumms, knallt er die Tür zu und ist raus.

Wir sitzen alle wie erstarrt auf unseren Stühlen. Ich schaue wieder auf die Bäume. Wie hießen sie noch mal?

Bekim steckt seine Hand in die Hose und fummelt nervös, Gorleben steckt sich eine Zigarette an.

»Das machen wir aber nicht«, murmelt Herr Groschinsky, unternimmt aber nichts.

Irgendwann steht Hanna auf und verlässt den Raum.

Ich gehe hinterher.

Ich finde sie vor der Hintertür, dort, wo der Löwenzahn sich durch den Beton geboren hat.

Hanna hockt auf der Mauer, Tränen rinnen über ihre Wangen. Ich würde sie gerne trösten. Ich würde gerne sagen, es tut mir leid mit Gina, ich will nicht, dass sie tot ist, ich will nicht, dass du weinst, ich will, dass alles gut ist, ich will nicht, dass Damian dich anfasst, ich will nicht, dass du ihn magst, ich will nicht, dass sich überhaupt jemand jemals wieder umbringt, ich will dich umarmen, ich will dich küssen, ich will dich beschützen, ich will dich lieb haben, ich will dich lieben, ich will mit dir zusammen sein, ich will dir guttun, ich will bei dir sein, ich will für dich da sein, ich will, ich will, ich will ... Was soll ich sagen?

»Ich liebe dich«, sage ich ganz leise.

Hanna schluchzt umso lauter.

»Ich liebe dich«, sage ich noch leiser.

Hanna schaut mich an, sie steht auf, kommt zu mir und nimmt mich vorsichtig in ihre Arme.

»Ich weiß«, sagt sie.

»Ich liebe dich«, sage ich noch einmal, als ob ich nichts anderes mehr sagen könnte.

»Ich liebe dich!«

»Ich muss sterben«, sagt Hanna.

»Nein«, sage ich, »wir entscheiden uns dagegen. Wir wollen leben.«

»Ja«, sagt sie, »ich will lieber leben. Aber ich MUSS sterben!«

Mir ist das jetzt alles zu viel Tod und Gesterbe. Ich habe definitiv keinen Bock mehr darauf. Vorsichtig nehme ich Hannas Kopf in meine Hände und will sie küssen.

Sie steht auf und läuft weg.

Wieder einmal.

Ich lasse den Kopf hängen.

Mehr kann ich nicht machen.

»Natürlich kannst du mehr machen«, ruft Joe.

Joe! Wo kommt der denn jetzt her?

»Lauf ihr nach, Arschgesicht!«

Ja? Soll ich wirklich?

»Lauf!!!«

59

Es ist Nacht. Es riecht nach Jasmin und Auspuff. Späte Vögel schwatzen letzte Lieder. Hanna und ich sitzen in der Bushaltestelle vor unserer Siedlung. Der letzte Bus ist schon vor Stunden gefahren.

Hanna trägt Opas Jacke.

Ihr war kalt.

Ich bin ihr hinterhergelaufen.

Ich habe sie angehalten.

Und sie hat mich angeschrien:

»Warum sagst du das?«

»Was?«

»Dass du mich liebst?«

»Weil das so ist!«

»Das macht doch alles nur scheiße!«

Ich verstand nicht ganz, was genau es scheiße machen sollte. Der alte Red hätte aufgegeben. Nein, der alte Red wäre schon nicht hinter ihr hergelaufen. Nein, auch falsch. Der alte Red hätte ihr niemals gesagt, was er für sie empfindet. Er hätte es für sich behalten und dann versucht, es zu verdrängen und zu vergessen.

»Warum sagt *du* denn so etwas?«, habe ich entgegnet.

»Was?«

»Na, dass du sterben musst?«

»Weil es stimmt!«

»Ja«, habe ich gesagt, »wir alle müssen sterben!«

Sie hat geseufzt.

»Ja. Und jetzt hau ab.«

Ich bin aber nicht abgehauen. Ich bin neben ihr gelaufen. Einfach immer weiter. Von der Klinik bis in die Stadt. Durch die Stadt. An den Fluss. Durch einen Park. Wieder zurück. An Klaus' Studio vorbei. Am Kino entlang. Schweigend. Irgendwann habe ich ihre Hand genommen und sie geführt. Sie hat mich gelassen. Ich wusste nicht, wohin ich gehen sollte, und bin in Richtung unserer Siedlung gelatscht. Sie an meiner Hand. Die ganze Strecke, die ich sonst mit dem Bus fahre.

In der Bushaltestelle sitzen wir jetzt seit ein paar Stunden. Erst hielten Busse, Menschen stiegen ein und aus, dann immer weniger. Jetzt ist Ruhe.

»Meinst du, Gina ist tot?«, will Hanna wissen.

»Ja.«

»Warum?«

»Keine Ahnung. Nur so ein Gefühl. Schon strange.«

»Bei der Mutter wäre jeder strange«, antwortet Hanna. »Stell dir mal vor, alle Welt wüsste – zum Beispiel –, was deine Mutter gerne für einen Kuchen isst, auf welche Männer sie heimlich steht, was sie nur ihrem Friseur anvertraut, aber du selber weißt gar nichts über sie, weil sie nie da ist. Das ist doch scheiße.«

»Ja«, sage ich, »aber das meine ich nicht.«

»Was dann?«

»Sie hat mir manchmal so Sachen ins Ohr geflüstert.«

»Was für Sachen?«

»So Sachen ...«

»Zum Beispiel?«

»Zum Beispiel«, hier erröte ich, »dass ich süß wäre ...«

Hanna sieht mich an.

»Das hat sie wirklich gesagt?«

»Ja.«

Hanna lacht.

»Warum lachst du?«

»Weil sie mir gesagt hat, dass sie das gemacht hat!«

Ich erschrecke.

Hanna lacht noch mehr.

»Warum?«

»Warum? Keine Ahnung. Ich glaube, weil du so schrecklich verklemmt warst.«

Ich sage nichts.

»Ich glaube, sie ist nur abgehauen«, sagt Hanna. »Ich fühle nicht, dass sie tot ist.«

Ich hatte Gina Snickers gekauft, Joe hatte mir nahegelegt, mit ihr zu schlafen, sie war mir zu dick, ich hatte nie einen wirklichen Draht zu ihr gefühlt. Ich war mir ja nicht mal sicher, ob sie mir wirklich diese Sachen ins Ohr geflüstert hatte.

»Weißt du was?«, frage ich.

»Was?«

»Ich liebe dich!«

Es geht mir leicht von der Zunge. Es stimmt. Und es ist mir egal, was sie erwidert. Ich liebe sie. Das ist eben so.

»Was ist mit dir?«, frage ich sie.

»Ob ich dich liebe?«

»Warum du sagst, dass du sterben musst?«

»Weil es wahr ist.«

»Und ...«

Sie unterbricht mich.

»Frag mich was anderes!«

»Was?«

»Was du willst. Du willst doch unbedingt Fragen stellen. Frag mich nach Damian.«

Eine kalte Kralle packt mein Herz.

Meine verschwitzte Hand drückt ihre.

Ihre drückt zurück.

»Ich will das nicht fragen.«

Sie schaut mich erstaunt an.

»Nein?«

»Nein!«

»Du willst nicht wissen, ob ich was mit ihm hatte?«

Im Grunde genommen will ich nicht, dass sie was mit ihm gehabt hatte. Änderte es etwas, wenn ich es wüsste? Sie hatte ihn vorhin beschimpft. Sie saß mit mir hier. Was würde es ändern, wenn ich es wüsste? Außerdem wusste ich es sowieso. Sie brauchte es mir nicht zu sagen. Ich hatte gesehen, dass sie nicht viel für ihn empfand. Sonst wäre sie anders gewesen. Warum sie es getan hatte? Warum hatte ich mit Silke geschlafen? Ging das Hanna etwas an?

Obwohl, wenn sie mich fragen würde, ich würde es sagen.

Aber konnte ich deswegen das Gleiche von ihr fordern?

»Nein!«, sage ich bestimmt.

Dann sehe ich sie an.

»Darf ich dich küssen?«

Ich habe sie verblüfft.

Sie hat mit einer Szene gerechnet.

Sie hat keine bekommen.

»Darf ich dich küssen?«, frage ich noch einmal.

»Ja. Aber nicht viel.«

Was genau bedeutet *nicht viel* in so einem Moment? An der Wursttheke von Straller wohl so ungefähr 100 Gramm. Was sind 100 Gramm Wurst in Küsse umgerechnet?

Ich küsse sie ganz vorsichtig auf die Wange. Meine Lippen berühren gerade so ihre Haut. Meine Nase stupst ihr Gesicht. Meine Nase wird feucht. Eine Träne hat sich aus Hannas Auge gelöst und ist ihre Wange hinab auf meine Nase getropft. Ich will mich gerade von ihr lösen, als sie mich packt und zu sich heranzieht. Ihre Lippen treffen meine. Sie öffnet meinen Mund mit ihrer Zunge. Wir versinken in einen heftigen Kuss, der mir sämtlichen Atem raubt.

»Sag's noch einmal«, haucht sie nach gefühlt ein paar Stunden.

»Ich liebe dich«, flüstere ich.

Ich habe das Gefühl, noch niemals in meinem Leben jemandem so nahe gewesen zu sein. Ich fühle mich wie ein Zug, der sich auf den Schienen verfahren hatte und nun endlich seinen Bahnhof gefunden hat.

»Weißt du noch, als wir uns zum ersten Mal gesehen haben?«, will Hanna wissen.

Bei Frau Cielo. Sie kam mit ihrem Rollstuhl nicht durch die Tür.

Ich nicke.

Sie lache.

»Du in deinem Motörhead-T-Shirt ...«

»Du mit den Teddysocken ...«

Hanna drückt wieder meine Hand, die jetzt nicht mehr feucht ist.

»Ich habe mich in dich verknallt. In dem Moment, in dem ich dich gesehen habe«, sagt sie leise.

Was? Wie konnte man sich zu dieser Zeit in mich verknallen?

»Warum?«

»Es gibt da kein Warum. Es war einfach so. Und dann hatte ich die ganze Zeit Angst, dass du dich in mich verknallen könntest.«

Hanna eben. Wer sollte so etwas verstehen?

»Ich wusste, ich würde dich nur traurig machen. Noch trauriger …«

Warum? Ich war gerade so glücklich wie noch nie.

Sie dreht sich zu mir und sieht mir tief in die Augen.

»Hör zu«, sagt Hanna.

Ich höre zu. Jeder Satz tut mir weh.

Hanna hat von den letzten drei Jahren ungefähr ein ganzes in Krankenhäusern verbracht. Sie hat eine Nervenkrankheit. Ihre Nerven entzünden sich von selbst. Sie kann dann nicht gehen und nicht gucken. Viele Erkrankte haben günstige Verläufe und können mit der Krankheit alt werden. Fast alle bekommen Medikamente. Bei den meisten helfen sie. Bei Hanna nicht. Sie reagiert auf alles, was sie bislang bekommen hat, allergisch.

Seit drei Jahren findet ihr Leben zwischen diesen Schüben statt. Ihren Eltern ist sie eine Last. Sie wollen eine Tochter, die funktioniert. Hanna hatte Angst. Deswegen hatte sie vor, sich das Leben zu nehmen.

»Und jetzt?«, frage ich sie.

»Warum magst du mich?«

»Ich mag dich nicht. Ich liebe dich!«

»Warum? Ich bin gestört, ich bin behindert, ich werde nicht alt werden, ich werde dich unglücklich machen, ich habe alles getan, damit du vor mir abhauen kannst, ich habe sogar was mit Damian angefangen …«

»Ist mir alles egal.«

»Mein Vater wird dich töten!«

»Egal.«

»Ich stinke ganz schnell!«

»Auch egal.«

»Ich habe dich gewarnt«, seufzt Hanna. »Gut, dann küss mich«, fordert sie.

Wir küssen uns dieses Mal gefühlt drei Jahre lang. Meine Hand streichelt ihr Gesicht, ihre Wange, ihren Hals, ihr Schlüsselbein. Ich würde auch gerne ihre Brüste streicheln, aber das geht nicht. Die Jacke von Opa ist zu dick und ich finde den Eingang nicht.

»Red Nachtigall ...«, murmelt Hanna.

»Ja?«

»... möchtest du mir endlich die verschissene Jacke ausziehen und meine Titten anfassen?«

»Ja. Aber sag nicht *Titten.*«

Hanna hat nämlich keine Titten. Hanna hat Brüste.

Ich seufze.

»Und möchtest du meinen Rollstuhl schieben, bis dass der Tod uns scheidet?«

»Ja!«

Wir schauen uns bis auf den Grund unserer Seelen in die Augen.

»Meine Fresse, jetzt gib mal Gas, Alter«, sagt Joe.

Klar, dass der jetzt hier auftauchen muss.

Ich gebe ihm ein Zeichen, zu verschwinden, und dabei fällt mein Blick auf die Wand der Bushaltestelle. Jemand hat einen Totenkopf gemalt, der meinem tätowierten ziemlich ähnlich sieht.

Ich schaue genauer hin. Das *ist* mein Totenkopf. Aber nicht nur der. Darunter ist ein Herz gemalt.

In das Herz hat jemand mit schwarzem Stift *Hanna und Red* geschrieben.

Darunter in klein:

Red's new facebook. Statusänderung. In einer Beziehung mit Hanna!

Joe! Ich liebe ihn auch!

Und dann genießen Hanna und ich unseren ersten gemeinsamen Sonnenaufgang engumschlungen in einer Bushaltestelle.

60

Die dunkle Wolke über meinem Kopf ist weg. Irgendwohin verschwunden. Ich sehe und fühle sie nicht mehr. Joe hatte schon gute Arbeit geleistet, aber Hanna hat sie endgültig vertrieben. Ich fühle mich wie ein Luftballon, der sich von der Gasflasche gelöst hat und frei schwebt.

So schnippisch Hanna mit anderen sein kann, so liebevoll ist sie bei mir. Sie hört mir zu, ich höre ihr zu. Was aber noch viel schöner ist: Wir wollen mit dem anderen reden, freiwillig. Aber wir müssen nicht. Es besteht nie dieser Zwang, eine Stille mit sinnlosen Worten auszufüllen. Hanna und ich können stundenlang schweigend miteinander reden. Den Blick des anderen aufzufangen, seine Gedanken anzusaugen und aufzunehmen, seine Gefühle zu spüren, zu übernehmen, zu teilen – das ist grandios. Ich fühle mich nicht länger leer und unvollständig.

Mit Hanna zu schlafen ist, als würde sich ein Netz aus Seidenfäden über mich legen. Mit Silke war es anders. Das war eine körperliche Sache, da war es, als würde der Geist den Körper beim Sex verlassen. Mit Hanna hingegen fühlt es sich an, als würden beide endlich eins werden. Wir verschmelzen wie flüssiger Stahl, zwei Teile, die glühend in einem Ofen aufeinandertreffen und als eines wieder herauskommen.

Es ist zärtlich, es ist feierlich und hinterher will ich nicht weg, sondern sie festhalten. Bleiben. Riechen. Lieb haben. Lieben.

Ich liege gerne nackt mit ihr im Bett. Am liebsten lege ich

meinen Kopf auf ihren warmen Hintern und betrachtete ihren Rücken bis hinauf zum Kopf. Ich fahre mit den Händen ihre Konturen nach, knabbere sanft an ihrer weichen Haut. »Bevor du mir in den Hintern beißt«, sagt sie, »kannst du noch mal das machen, was wir eben gemacht haben?«

Kann ich. Will ich. Mache ich.

Ich bin bereit, ihren angegriffenen Körper mit meinem eigenen Leib zu schützen, komme, was wolle.

Und wir ahnen beide, was kommen wird.

Doch es ist uns nicht wichtig.

Wir schieben nichts auf. Wir leben. Für uns gibt es zwei Tage, die wir nicht ändern können. Gestern und morgen. Ich glaube, dass Menschen dazu neigen, für eine Ewigkeit zu planen, auch wenn sie eigentlich wissen, dass es diese nicht gibt. Unsere Ewigkeit hat durch Hannas Krankheit eine Grenze. Wir planen nicht für die nächsten zehn oder dreißig Jahre. Wir leben jetzt. Warum auch nicht? Und wenn es sein muss, dann ist eben Schluss. Muss man dem Leben nicht eigentlich für seine Endlichkeit dankbar sein? Würde man sonst nicht alles immer wieder aufschieben?

Ich fühle mich, als hätte ich tausend Jahre auf Hanna gewartet und nun wäre sie endlich da. Ein Zug, von dessen Existenz man zunächst nur gehört hatte, dessen Fahrgeräusche man von weit her wahrgenommen hatte, ohne zu wissen, dass man irgendwann in ihn einsteigen würde. Nun war dieser Zug endlich in den Bahnhof eingefahren und zur Abfahrt bereit. Er hält ein Abteil für uns parat. Doch darin sind nur zwei Plätze reserviert.

Hanna ist der ICE meines Lebens und wir beide fahren erster Klasse.

Joe fährt nicht mit.

61

Hanna und ich haben einen unausgesprochenen Deal. Ich nerve sie nicht mit ihrer Krankheit. Natürlich reden wir darüber, aber ich verkneife es mir, sie mit Therapievorschlägen, Meinungen aus Foren und halbseidenem, angelesenem Wissen zu belästigen. Es ist ihre Krankheit. Auch wenn ich sie liebe, kann ich sie nicht auf mich nehmen. Und ich schwöre: Könnte ich es, ich hätte es getan.

Man nennt ihre Krankheit auch die Krankheit der tausend Gesichter. Wenn sie merkt, dass es wieder losgeht, packt sie ihre Sachen, setzt sich in ein Taxi und fährt ins Krankenhaus. Ich bekomme meistens nur eine SMS oder eine kurze Nachricht. »Er ist wieder da. Keine Angst. Melde mich.«

»Er ist wieder da« ist ein Scherz von uns. Um besser damit umgehen zu können, stellen wir uns Hannas Krankheit als eine Art WG-Mitbewohner vor. Einen Chaoten, der nur Dreck macht, laut ist und wahnsinnig nervt, der ständig ein Zimmer in ihrem Körper hat, aber oft auf Reisen ist und trotzdem niemals ganz ausziehen wird. Schlimm dabei ist nur, dass dieser Mitbewohner nicht nur Dreck und Ärger, sondern auch Schmerzen verursacht. Dass er auftaucht, ohne sich vorher anzukündigen. Es ist, als ob er sich hinter einer Ecke verstecken würde, urplötzlich dahinter hervortritt und mit aller Härte und ohne Vorwarnung zuschlägt.

Mitten ins Gesicht.

Das ist eigentlich das Schlimmste. Dass man es nicht weiß. Die Ungewissheit, wann er wieder zuschlagen wird. Gekoppelt an die Hoffnung, dass er vielleicht doch für immer weg wäre. Aber wäre es besser, wenn man es planen könnte?

Wir gehen voll Freude durchs Leben, aber vorsichtig um die Ecken.

Wenn es so weit ist, wenn er wieder zugeschlagen hat, vergehen manchmal 24 Stunden in Ungewissheit, eventuell auch mal zwei, drei Tage, in denen Hanna nichts von sich hören lässt. Alles in mir schreit, zu ihr zu fahren, aber ich weiß, dass es gegen die Spielregeln ist. Also halte ich mich daran.

Ich habe Hanna nach einem Schub, halb blind und im Rollstuhl, kennen gelernt, trotzdem hasst sie es, wenn ich sie so sehe.

Anfangs ist es nicht oft. Und zu Beginn heilen ihre Beine und Augen noch ziemlich gut.

62

Hanna und ich sehen uns jeden Tag. Meistens bei mir, obwohl ihre Eltern nie zu Hause sind. In unserem ersten gemeinsamen Herbst kündigen die beiden in dem Supermarkt in unserer Kreisstadt, in dem sie arbeiten, und eröffnen ihren eigenen. Es ist eigentlich kein richtiger Supermarkt, sondern eher so eine Art Mischung aus Reformhaus und Tante-Emma-Laden, heißt aber »Bio Supermarkt«. Er ist zu klein für Einkaufswagen, die Kunden packen ihre Waren in Körbe. Die Einkaufskörbe reichen völlig, niemand kauft viel, die Waren haben hohe Preise. Die Idee des Ladens ist Zeitgeist und gut, aber er liegt in der falschen Gegend. Die potentiellen Kunden dort haben entweder gar keinen Sinn für die angebotenen Produkte oder einfach nicht das Geld dafür. Alles, was Hannas Eltern verkaufen, ist top in Schuss und ökologisch einwandfrei hergestellt. Die einzige beschädigte Ware in ihrem Leben ist ihre Tochter. Hanna bedeutet für sie unkalkulierbare Kosten und unberechenbaren Stress. Jetzt ist nicht mehr der Supermarkt, in dem sie vorher gearbeitet haben, das Wichtigste, sondern ihr Bio-Markt wird ihr Baby. Es wird gerechnet, bestellt, kalkuliert, sortiert und verkauft. Obwohl alles digital läuft, hat Hannas Vater stets einen Bleistift hinter dem Ohr. Manchmal schenkt er uns ein Stück Käse, dessen Haltbarkeitsdatum abgelaufen ist. Wie es ihr geht, fragt keiner von beiden. Hanna ist es egal.

Meine Eltern lassen uns in Ruhe. Wir kommen klar, sie sind glücklich, dass ich jemanden habe, Hanna nimmt ihnen ihre Sorgen um mich. Mein Vater macht einen Deal mit seiner Firma, er wird eine Art Berater und arbeitet von zu Hause aus. Er hört auf, seine Medikamente zu nehmen. Das Lustigste: Er hört auch auf mit Patiencen und spielt mit meinem Opa Schach und Bauernskat. Manchmal kommt meine Mutter dazu und sie spielen Phobia. Meine Schwester entscheidet sich für ein Jahr im Ausland. Sie geht nach Australien, ich ziehe in ihr Zimmer und ab diesem Zeitpunkt wohnt Hanna mehr oder weniger meistens bei uns. Obwohl wir noch zur Schule gehen, haben wir ein Zimmer mit eigener Haustür.

Kurz nach Ginas Verschwinden haben wir die Gruppe verlassen. Es war keine bewusste, klare Entscheidung. Es lag mit Sicherheit auch daran, dass keiner von uns beiden Lust hatte, andauernd Damian über den Weg zu laufen. Ich habe Hannas Gründe verstanden, warum sie mit ihm geschlafen hat. Was nicht heißt, dass ich nicht eifersüchtig bin. Aber ich kann es verstehen. Aber auch so – die Gruppe hatte mir nichts mehr zu geben. Herr Groschinsky ist vielleicht ein guter Suchttherapeut, aber für mich ist er völlig unnütz. Mein eigentlicher Therapeut war sowieso Joe. Was sollte ich also noch in der Gruppe? Und Hanna fühlte ganz ähnlich. Wir gingen einmal nicht hin, dann noch einmal und dann gar nicht mehr. Ihre Eltern unterschreiben einen Wisch, meine Eltern unterschrieben den gleichen und wir waren frei.

Hanna ist eine Klasse über mir, ihren Abiball verbrachte sie im Krankenhaus zwischen Blutwäsche und Tropf. Andere Patienten bekommen Kortison, an Hanna werden immer andere Medikamente ausprobiert. Das Ergebnis bleibt aber stets gleich: Sie verträgt sie nicht. Ich durfte zu ihr, wir feierten in ihrem Bett in der Neurologie, gemeinsam mit einer älteren, an Parkinson erkrankten Dame, die sich eine Art Schrittmacher gegen das ständige Zittern in ihr Gehirn einbauen lassen will und mitten in einer Partie Uno einschlief. Ich trug sie zu ihrem Bett und schlief dann mit Hanna. In ihrem Arm ein Katheter mit einer Kanüle, auf dem Tablett ihres Rolltisches eine halbe Banane und ein fettarmer Joghurt.

Hanna animierte mich dazu, mehr zu schreiben als meine Flyer für Straller, und ich fing tatsächlich an. Zuerst schrieb ich kurze Geschichten über Menschen, die wir gemeinsam gesehen haben. Es war uns ganz egal, ob irgendwas davon stimmt. Wir dachten uns Geschichten aus, die zu den Gesichtern und Körpern passten, und erweckten sie zum Leben. Irgendwann begann ich dann, über mich, meinen Selbstmordversuch, die Therapie und Joe zu schreiben. Es ist nicht wirklich meine Geschichte. Es ist ein fiktives Ich. Cooler, schöner, besser.

»Ich mag die Geschichte sehr gerne«, sagte Hanna. »Du schreibst gut. Ich habe das Gefühl, als wäre ich dabei.«

»Du warst dabei«, sagte ich.

»Trotzdem. Aber eine Frage habe ich. Warum hat *dieser* Red sich umgebracht?«, fragte Hanna.

»Es hat ihm alles nicht gefallen, er war unglücklich.«

»Mhhhm«, überlegte sie.

»Es war alles einfach zu viel für ihn.«

»Mir gefällt der echte Red besser«, sagte sie.

»Aber der echte Red hatte *auch* keinen wirklichen Grund«, sagte ich.

Hanna lachte.

»Du hattest viele Gründe, die zu einem großen geworden sind.«

Ein Satz, der von Joe hätte stammen können.

»Warum verliebt der andere Red sich nicht?«, wollte Hanna wissen.

»Tut er. Er verliebt sich aber eher in sich selbst.«

»Aha«, sagte sie skeptisch.

Ich schrieb, wann immer ich konnte, und ein Vierteljahr später war ich mit meiner ersten richtigen Geschichte fertig.

»Das ist gut«, sagte Hanna, als sie es gelesen hatte. »Das bist nicht du, aber es hat viel von dir. Richtig gut.«

Ich bin stolz. Ich habe etwas geschaffen, das jemand gut findet, den ich selber gut finde. Dieses Gefühl kannte ich bislang nicht.

»Ich mag die Stelle mit den Sexfantasien und dieser Frau Cielo ...«, lächelt sie.

»Das ist ein toller Charakter, eine richtig gute Idee!«

Was meint sie?

»Ich finde, ich habe die echte Frau Cielo ganz gut getroffen?«

»Wer ist denn die echte Frau Cielo?«

Ich verstehe die Frage nicht.

»Wie meinst du das? Die echte?«

»Na, kennst du irgendeine Frau Cielo?«, fragt Hanna.

Hä?

»Ja, aber du doch auch.«

Sie lacht.

»Ich kenne keine Frau Cielo.«

»Unsere Therapeutin.«

»Unsere Therapeutin war ein Mann und heißt Herr Groschinsky.«

»Ja. Klar. Aber vorher.«

»Wann vorher?«

»Na, vor Herrn Groschinsky. Da hatten wir Frau Cielo.«

»Sicher nicht!«

»Natürlich. Frau Cielo. Sie hat uns einander vorgestellt. In ihrem Büro.«

Hanna lacht.

»Das spricht dafür, dass du ein guter Schriftsteller bist. Du hast dir selbst deine Geschichte so gut erzählt, dass du sie glaubst.«

Will sie mich verarschen? Sie sieht allerdings nicht so aus.

»Wo haben wir uns denn kennengelernt?«, frage ich sie.

»Na, bei Herrn Groschinsky. Im Gruppenraum. In der Klinik.«

Es verwundert mich zwar, dass sie sich nicht mehr erinnern kann, aber ich beschließe, das jetzt auf sich beruhen zu lassen.

63

Zwei Monate später stehe ich in einem großen, dunklen Gebäude, direkt am Bahnhof der Stadt. Eine einst elegante, heute zersplitterte Glastür. Der Lift ist gerade außer Betrieb. Das Außer-Betrieb-Schild sieht allerdings so aus, als wäre es selber bald außer Betrieb. Mit abgetretenem Teppich geflieste Gänge. An den Wänden Leuchter, jeder zweite hat eine Birne, wovon wiederum jede zweite heil ist. Vierter Stock. Heißer Herbsttag. Dunkle Flecken unter den Achseln des extra für diesen Termin angelegten, hellblauen Hemdes. Ich zittere vor Aufregung. Hanna ist zu Hause geblieben. Zum ersten Mal seit langer Zeit wünsche ich mir, Joe wäre da. Eine Empfangsdame, gerade noch so in Betrieb, begrüßt mich, während die Asche ihrer Zigarette, die sie im Mundwinkel verklemmt hat, auf den Schreibtisch rieselt und ihr der Rauch unter die Brille in die Augen zieht, die sie daraufhin schließt, anstatt einfach die Kippe in den randvollen Aschenbecher zu legen. Sie drückt einen Knopf und spricht in eine Stange.

»Herr Nachtigall wäre dann da.«

Wir beide hören ein langes, feuchtes Husten.

»Soll reinkommen.«

Ich habe ein paar Bücher gelesen, die in diesem Verlag erschienen sind. Hanna hatte sie mir empfohlen. Es waren gute Bücher. Ich habe mir diese Situation feierlicher und weniger verräuchert vorgestellt. Von meinem heutigen Treffen weiß ich erst seit gestern. Hanna hatte mein Manuskript an den Verlag geschickt, zwei Monate nichts gehört, dann einen Anruf bekommen und direkt diesen Termin für mich gemacht.

»Herr Bender wartet«, sagt die Empfangsdame, nimmt die alte Zigarette aus dem Mund, zündet sich eine neue an und deutet auf eine Tür, auf der BENDER, Verlagsleitung steht. Die Tür geht auf und ein älterer, ziemlich dicker Herr, steht – ebenfalls rauchend – vor mir.

»Herr Nachtigall?«

»Ja.«

»Bender«, sagt er und deutet zur Tür. »Kommen Sie rein.«

Herr Bender ist bestimmt Ende fünfzig und gekleidet wie ein Kellner, der einen Straßenrapper überfallen und dessen Klamotten abgezogen hat. Oder wie ein Flaschensammler, der sich als Kollegah verkleidet hat. Weite Hose, viel zu großes Hemd, dicke Goldkette.

Er hustet um sein Leben, während ich durch die Tür schreite. Das Büro ist anders als der Rest des Gebäudes. Helles Parkett, rote Sessel, Schrankwände voller Bücher, ein antiker Schreibtisch. So habe ich mir das Zimmer eines Verlegers vorgestellt.

»Setz dich«, hustet Herr Bender und zeigt auf einen der Sessel.

»Ich duze dich jetzt einfach mal – okay? Aschenbecher?«

Ich bin kurz verwirrt.

»Nein. Danke. Nichtraucher«, sage ich.

»Kaffee? Wasser?«

»Danke schön, ich bin zufrieden.«

Herr Bender raucht und hustet sich an seinen Schreibtisch, dort befindet sich das Pendant der Gegensprechanlage, die bei seiner Sekretärin in seinem Vorzimmer steht.

»Bringen Sie mal Wasser«, sagt er und zeigt auf die dunkelblauen, tellerminengroßen Flecken auf meinem hellblauen Hemd. »Der Kollege hier verliert Flüssigkeit.«

Er deutet mir an, mich zu setzen. Ich folge. Ich sehe auf die Wand mit all den Büchern.

»Gute Bücher«, krächzt Herr Bender.

Ich kenne viele davon und nicke.

»Ja, ich habe ein ...«

»Scheiß drauf!«, unterbricht mich Herr Bender. Überrascht blicke ich ihn an. Er zuckt die Achseln.

»Andere Zeiten. Das liest kein Schwein mehr.«

Herr Bender besieht sich seine Zigarette voller Verachtung. Die Tür öffnet sich, seine Sekretärin kommt mit einer Flasche Wasser, zwei Gläsern und natürlich einer brennenden Kippe im Mund in das Büro. Wortlos stellt sie die Gläser auf dem Tisch zwischen den Sesseln ab, nimmt die Flasche, öffnet sie, stellt sie auf den Tisch, fixiert mich dabei konstant und geht wortlos. All die Kippen. Das wäre ein Fest für Gorleben gewesen. Wo um Himmels willen bin ich hier gelandet? Für Hanna tut es mir leid. Sie hat sich etwas von diesem Termin versprochen, stattdessen sitze ich im Büro eines wahnsinnigen Kettenrauchers, hinter dem Vorzimmer einer verräucherten Irren.

Herr Bender zündet eine neue Kippe an und legt sie in den Aschenbecher.

»Haste 'ne Geschichte geschrieben, was?«

Ich lasse mir das Duzen gefallen und nicke vorsichtig.

»Authentisch. Wahr. Ehrlich. Mit Sex. Und Tod. Und Angst. Und Wahnsinn.«

Er hustet.

»Kennst du Luke Klasnicz?«

Ich überlege. Irgendwo hatte ich den Namen mal gehört.

»Luke Kay«, sagt Herr Bender

Dann erinnere ich mich. Luke K. Der Sänger von BND, Boys Next Door. Die teuflischste aller Boybands aller Zeiten. Die Band, die das bekiffte Pärchen im *Alten E-Werk* sehen wollte. Gott sei Dank haben sie vor gut einem Jahr aufgehört, weil ihr Sänger, eben dieser Luke K., der Mann mit mehr Tattoos als Haut, ein Alkohol- und Drogenproblem hat.

»Ja«, sagte ich.

»Schreibt ein Buch«, sagte Herr Bender. »Wir haben ihn unter Vertrag. In zwei Monaten kommt die neue Platte, dann Tour, die starten wieder voll durch. Und er schreibt ein Buch über seine Therapie.«

Herr Bender sieht mich erwartungsvoll an.

»Fällt der Groschen?«

Er fällt nicht. Ich schüttele den Kopf.

»Das Interessante ist: In seinem Buch steht haargenau das, was in deinem steht. Kapierste jetzt?«

Er fällt immer noch nicht. Wie konnte Luke K., die Flachpfeife, das Gleiche geschrieben haben wie ich?

»Ich stell dir mal 'ne Frage«, sagt Bender. »Was denkst du, wie viele Autoren von dem leben können, was sie schreiben? Deutschsprachige Autoren?«

Ich denke nach.

»Zehntausend?«

Herr Bender lacht hustend.

»Was denkst du – wie oft würde ich deine Geschichte verkaufen, wenn ich sie drucken würde?«

»Keine Ahnung. Zehntausend?«

Herr Bender lacht jetzt nicht mehr hustend, sondern hustet lachend.

»Am Arsch!«, krächzt er. »Dich kennt kein Schwein. Tausend. Zweitausend bei richtig Promo. Das war es!«

Ich sehe ihn an. Er ist nicht fertig. Da kommt noch was.

»Weißt du, was Luke für 'ne Auflage bekommt? Nur die erste?«

Ich schüttele den Kopf.

»BND, Boys Next Door, die verkaufen nicht nur in Deutschland. Die verkaufen in Europa. In Asien. Japan. China. Russland. Da drucken wir in good old Germany direkt hunderttausend. Dann übersetzen wir und verkloppen das Ding weltweit.«

Ich nicke. Was habe ich damit zu tun?

Herr Bender lehnt sich zurück.

»Luke ist zu dumm zum Scheißen«, sagt er, »Luke ist auch nicht siebzehn, sondern fünfundzwanzig. Seine Stimme wird von richtigen Sängern verstärkt, die Antworten in seinen Interviews bekommt er aufs Ohr. Er ist dumm. Er säuft, er kokst, er richtet sich zu Grunde.«

Herr Bender lächelt. »Eine Therapie hat er wirklich gemacht. Aber er kann natürlich nicht schreiben. Deswegen bekommt er deine Geschichte.«

Jetzt *ist* der Groschen gefallen.

Herr Bender steht auf, geht wieder zu seinem Schreibtisch, drückt den Knopf. Mir fällt auf, dass der Weg zur Tür kürzer gewesen wäre ...

»Marie Claire?«, ruft er.

Bender dreht sich zu mir um.

Als Marie Claire erneut das Zimmer betritt, fällt ihr ihre Kippe aus dem Mundwinkel, weil sie tatsächlich lächelt. Sie hält zwei Umschläge in der Hand.

»Wir machen das jetzt folgendermaßen«, sagt Bender, »du

guckst erst in Umschlag 1. Da steht eine Zahl. Diese Zahl steht für das Geld, das wir dir direkt auf dein Konto überweisen, wenn du den Vertrag aus Umschlag 2 unterschreibst.«

64

»Du stinkst nach Rauch«, war das Erste, was Hanna sagte.

Die Summe war so gut, dass ich gar nicht lange darüber nachdachte, dass ein anderer sich mit meiner Geschichte profilieren würde. Es gibt ja auch Songschreiber, die Lieder schreiben, die andere dann singen und damit berühmt werden. Der eine kann dies, der andere kann das. Und in meinem Fall profitierten alle davon. Hanna grinste nur, als ich ihr die Summe sagte, die auf dem Zettel stand. Sie lächelte, als hätte sie es vorher gewusst. Und diese Summe, Herr Bender nannte sie Vorschuss, war nur die Spitze des Eisbergs des Buches. »Unterm Radar – meine wahre Geschichte« von Luke K. verkaufte sich in Deutschland fast 250.000 Mal. Als die Band ein Jahr später nach Japan und Russland auch die USA eroberte, knackte die Biografie die Millionengrenze. Innerhalb der nächsten drei Jahre gingen die Verkaufszahlen dann langsam nach unten. Das Feuer brannte aus, bis es ein letztes Mal lichterloh aufflackerte, als Luke K. drei Jahre nach der Veröffentlichung starb. Ob Unfall, Selbstmord oder Mord – man weiß es bis heute nicht. Ich habe mit meiner kleinen Geschichte ordentlich Geld verdient. Die Schulden bei meinen Eltern sind längst erledigt.

Nach Luke K.'s Tod verließ Herr Bender den Verlag und gründete einen eigenen.

»Ab heute bin ich nicht mehr Herr Bender für dich. Ab heute bin ich einfach Bender.«

Ich bekam weitere Aufträge von ihm. Eine Autobiografie

für einen prominenten Tennisspieler. Auch die wurde ein Erfolg. Bender verdiente vermutlich unglaublich viel mehr als ich. Aber es war mir völlig egal. Ich hatte ja mehr als genug. Hätte mir das Leben beispielsweise vor meinem Selbstmordversuch angeboten, diese Option zu ziehen und dafür auf alle weiteren zu verzichten – ich hätte sie sofort gekauft. Ich schrieb und schrieb und machte fast nebenbei mein Abi.

Als Belohnung kauften Hanna und ich uns ein Wohnmobil. Nicht irgendeines. Einen alten Landrover Defender, den wir nach unseren Vorstellungen umbauen ließen, bis er aussah wie ein Hippiemobil. Knallgrün und überall Blumen. Wir machten uns auf den Weg.

Was der Weg ist? Das Ziel!

Was ist das Ziel? Der Weg!

Das Leben.

Atmen, lieben, leben.

Sehen, hören, riechen, schmecken, fühlen.

Manchmal stelle ich mir vor, Joe zu sehen. Da, wo wir gerade sind.

Irgendwo auf der Welt.

Ich vermisse ihn.

Aber ich habe Hanna.

Wir lachen. Und hoffen. Und machen weiter.

Meine Hand in ihrem Haar. Mein Mund auf ihren Lippen.

Meine Seele in ihrer.

65

Jahre vergehen, das Leben ist schön.

In unserer Wohnung morgens neben Hanna aufwachen. Kaffee kochen, Mensch ärgere dich nicht spielen, sich auf dem Bett langweilen, ihre Wäsche aufhängen, die im Gegensatz zu meiner so klein ist, den Müllmann anbrüllen, damit er die Hoftür zumacht, die Arbeit, die Treffen mit den Kunden, die Angst, an der nächsten Geschichte zu scheitern, auf einmal nichts mehr zu haben, dass dieses wunderbare Leben einfach zu Ende sein könnte – das ist Leben.

Ich liebe Hanna, wie man nur einen Menschen lieben kann. Hätte sich jemand mit einer Pistole vor uns gestellt und gesagt: »Einen von euch beiden muss ich leider erschießen«, ich hätte sofort »Nimm mich« gesagt.

Finanziell haben wir keine Sorgen. Es ist die Zeit, die an uns nagt. Hannas Krankheit ist ein Pulverfass, von dem wir nicht wissen, ob und wann es explodieren wird. Geht es eine Zeitlang gut, vergessen wir die glimmende Lunte. Brennt sie erst einmal wieder, rechnen wir minütlich mit dem großen Knall.

Wir sind unser eigenes Ritual und sind viel unterwegs. So vergehen die Jahre wie im Flug. Und jede Sekunde ist traumhaft schön, auch wenn sie gerade mal scheiße ist. Geht das? Ja. Geht!

Hätten wir das auch so genießen können, hätten wir nicht gewusst, dass es nicht ewig so sein kann? Ich weiß es nicht, aber ich glaube: Nein!

66

Ab und zu sehen wir meine Eltern, wir treffen uns mit meiner Schwester und einmal im Jahr besuchen wir Hannas Eltern in ihrem Bio-Markt auf einen Kaffee. Hanna ist nicht nur meine Frau und meine Freundin, sie ist auch alle meine Freunde. Ehrlich gesagt, ist Joe der erste und einzige männliche Freund in meinem Leben geblieben. Auch wenn ich ihn manchmal gehasst habe, ich habe ihn doch geliebt. Ich habe nichts so sehr gebraucht wie ihn, als er zu mir gekommen ist. Und wenn man es genau nimmt, habe ich immer noch eine Frage an ihn gut. Manchmal sehne ich mich nach ihm. Ich würde dann gerne mit ihm lachen und ihm zeigen: Guck mal, wie gut alles geworden ist. Und: Danke! Danke, dass du mir geholfen hast. Auf deine krude Art und Weise. Und dann würde ich ihn in den Arm nehmen und in sein Ohr flüstern. »Wer bist du? Wer warst du?« Und er würde grinsend sagen: »Das sind zwei Fragen, Arschgesicht!«

Hanna hat zwei Ärzte. Beide sind Neurologen. Einer arbeitet im Krankenhaus, der andere hat eine eigene Praxis. Ich kenne ihre Namen und habe sie ein paarmal gesehen. Ansonsten hält Hanna mich weiterhin raus. Ich soll mit ihrer Krankheit so wenig wie möglich zu tun haben. Ihre Therapie bespricht sie mit beiden, und wenn alle drei einer Meinung sind, dann nimmt sie ein Medikament in Angriff oder lässt es bleiben.

Mit fünfundzwanzig kauft Hanna sich ihren ersten Stock auf einem Flohmarkt in London. Ein schwarzer, sehr eleganter Bursche. Der Kopf ist silbern, liegt wunderbar in der Hand und hat die Form einer Ente. Wenn man ihn herauszieht, hat man einen Dolch in der Hand. Manchmal zieht Hanna den Dolch und stößt ihn, unter ängstlichen Blicken der anderen Menschen und der Kellner, in den Tisch, an dem wir gerade sitzen. Inmitten von Kaffeetassen und Kuchentellern sieht er aus wie ein Fernsehturm zwischen Bambushütten.

Zwei Jahre später hat sie zwei Stöcke.

Der zweite ist weiß und aus hartem Plastik. Er erinnert ein bisschen an eine Mischung aus Knüppel und Blindenstock. Wenn der schwarze Stock auf dem Boden aufsetzt, ist es fast nicht zu hören. Ein ganz leises Geräusch, wie Pulp, pulp, pulp, macht er. Der weiße ist laut. Krapp, krapp, krapp. So geht Hanna durch die Straßen. Pulp, krapp, pulp, krapp, pulp, krapp. Wir geben den Stöcken Namen. Pulp und Krapp.

Auch später, als sie nicht mehr gehen kann, sondern von mir, wie ganz am Anfang, in einem Rollstuhl geschoben wird, sind Pulp und Krapp immer dabei.

Immer wenn ich weinen will, tröstet mich Hanna und erklärt mir, dass alles nicht schlimm sei. Ich solle versuchen, das Schöne zu sehen. Das Leben bestünde aus tollen Dingen, die man sich aus einem schmutzigen Haufen herausholen muss. Entweder man sieht den Schmutz, oder man sieht das, was darunter oder dahinter liegt.

Der Schmutz ist die Krankheit, das Tolle sind wir.

»Wir müssen die schönen Dinge nur etwas schneller finden als die anderen. Und uns etwas mehr darüber freuen«, sagt Hanna.

67

Ich weiß nicht, ob sie selbst nachgeholfen hat oder ob einer ihrer beiden Ärzte sie unterstützt hat. Und ich will es auch nicht wissen. Es war ihre Entscheidung.

Wie hatte Joe gesagt? Wenn ein Gott so etwas nicht wollte, dann sollte er einem auch nicht die Möglichkeit geben.

Hätte sie es aus Angst getan, dann hätte sie es viel früher gemacht. Sie hat beschlossen, das Schöne mitzunehmen und das Hässliche, so gut es geht, zu akzeptieren, beizeiten auch mal auszublenden und es zu beenden, bevor es nicht mehr zu ertragen wäre. Sie hat alles richtig gemacht.

Das Problem ist nur: Was ist jetzt mit mir? Ohne Hanna bin ich nicht ansatzweise in der Lage, das eine vom anderen zu trennen.

Mit Joe hatte ich den besten Frühling meines Lebens.

Aber Hanna war mein Sommer.

Jetzt, wo sie tot ist, ist es Herbst.

Ein dunkler, stürmischer Herbst, der einen endlosen, eiskalten Winter vor sich hertreibt.

Eine nasse, kalte Wiese. Bäume ohne Laub. Tage, die nicht hell werden. Beete voll verwelkter, schimmelnder Pflanzen. Eine Harke, die sich mit Gewalt in meinen Leib bohrt, mit ihren Haken meinen Magen umgräbt, sich durch meinen Hals arbeitet und mir einen andauernden Brechreiz verursacht. Die dunkle Wolke über mir ist zurück.

Ich beerdige Hanna.

Alleine.

Außer mir ist nur eine Pastorin da. Sie redet, aber ich höre ihr nicht zu.

Das Grab ist ein Loch. Man hat es mit Kunstrasen ausgekleidet.

Der Sarg gleitet lautlos hinein.

Neben einer Hecke läuft eine Amsel im Kreis wie eine besoffene Nonne.

Ich will alleine sein.

Ich lege mich auf den Boden. Ich schließe meine Augen. Ich rieche Erde, ich rieche Gras.

Ich lege zwei Finger auf meine vernarbte Tätowierung.

Ich möchte bei Hanna sein.

Der Einzige, den ich jetzt gerne sehen würde, ist Joe.

68

Ich höre Stimmen. Dumpfe Stimmen. Als ob ich mit dem Kopf unter Wasser wäre. Oder Kopfhörer tragen würde, in denen es einfach nur rauscht. Oder als ob jemand mir ein dickes Daunenkissen auf den Kopf gelegt hätte und durch die Federn flüstern würde. Es klingt wie damals. Die Stimmen aus der Wolke.

»Ich glaube, es hat geklappt«, sagt eine Stimme.

Joe? Ist das Joe?

»Ich bin mir nicht ganz sicher, aber ich glaube es auch«, antwortet die ältere Stimme. Sie kommt mir ebenfalls bekannt vor.

»Jetzt liegt es in seiner Hand. Du hast gut gearbeitet.«

»Ich weiß!«

»Es ärgert mich«, sagt die Frau, »dass du nicht einfach mal normal sein kannst. Sag doch einfach mal was Nettes.«

»Einfach mal was Nettes.«

Pause. Wieder die junge Stimme.

»Du aber auch.«

»Was?«

»Du hast auch gut gearbeitet.«

»Ach? Sagen wir jetzt *du*?«

Ich höre ein schweres Atmen.

»Na gut, meinetwegen«, seufzt die weibliche Stimme.

Woher kenne ich sie nur?

Dann ist wieder Stille.

Absolute Stille.

69

Ich öffne meine Augen. Das Zimmer ist in einem Gelb gestrichen, als ob man eine Horde Kettenraucher auf Stühlen vor die Wände gesetzt hätte.

Ich schließe die Augen wieder. Ich weiß, wo ich bin. Ich bin wieder im Krankenhaus. Im gleichen Krankenhaus, in dem ich mit sechzehn gewesen bin. Es hat sich nichts verändert. Warum bin ich hier?

Ich höre leise Musik. Das Lied kenne ich.

Joe! Ist er es? Ist er zu mir zurückgekommen?

Ich öffne die Augen erneut, nur einen Spalt. An meinem Bett stehen meine Eltern. Mit Dr. Trappe.

Mein Vater sieht sich im Zimmer um.

»Bekommen alle Einzelzimmer?«

Dr. Trappe antwortet.

»Nein.«

Mein Vater fragt weiter.

»Und das zahlt die Kasse?«

Dr. Trappe schaut auf sein Klemmbrett. »Ja.«

»Wie lange muss er denn hierbleiben?«, will meine Mutter wissen.

»Das können wir nicht genau sagen«, sagt Dr. Trappe. »Kommt drauf an ...«

»Auf was?«

»Na«, sagt Dr. Trappe und schaut auf mich, »wir wissen ja nicht, was überhaupt passiert ist.«

70

Das dritte Mal werde ich wach, weil mir jemand die Nase zuhält. Ich öffne meinen Mund und atme wie ein an Land gezogener Fisch. Trotz abgeklemmter Nasenflügel rieche ich ein Parfum, das ich von irgendwoher kenne.

»Der Mund geht auf«, ruft eine Stimme. »Es ist also nicht alles kaputt!«

Diese Stimme erkenne ich sofort.

Diesmal öffne ich die Augen nicht langsam, ich reiße sie auf.

Braune Haare, ein Pony unter einer Basecap, eine schwarze Sonnenbrille.

Hanna! Hanna sitzt an meinem Bett.

Man kann nur ahnen, dass sich unter ihren Klamotten ein Körper verbirgt. Sie trägt eine dicke Jacke, ein Ärmel ist hochgekrempelt, unter der Jacke schaut eine Kapuze raus. Ihre Beine stecken in einer Jogginghose, statt Schuhen trägt sie diese dicken Socken mit Teddybären. Ihre Schuhe stecken hinten in einem Netz an einem Rollstuhl. Am linken Bein trägt sie einen Gips. Ich schaue nach dem Tropf. Er ist nicht da. Aber sie hat einen Katheter in ihrem Arm.

Was ist hier los?

Was ist das bitte für ein Traum?

»Die Augen scheinen auch zu funktionieren«, ruft Hanna.

Sie schaut mich an.

»Hallooo?«

Ich krächze nur etwas.

»…lo.«

»Ich bin Hanna«, sagt Hanna.

»Ich weiß«, sage ich.

»Echt? Woher?«

»Wir waren fünfzehn Jahre lang zusammen«, stammele ich.

Hanna schaut mich verwundert an.

»Cool. Dann haben wir uns kennengelernt, als ich ein Jahr alt war. Wo war das? Hast du mich angequatscht, während wir Schnuller genuckelt haben?«

Sie dreht sich in Richtung Tür und ruft wieder.

»Er kann reden, aber das Gehirn scheint ziemlich mitgenommen.«

Mit wem redet sie da? Und warum ist sie so jung? Sie ist keine Sekunde älter als in dem Moment, in dem ich sie das erste Mal gesehen habe.

Von draußen ruft eine andere Stimme, die mir ebenfalls bekannt vorkommt.

»Und wie ist er so?«

»Niedlich«, sagt Hanna.

»Nicht, dass wir uns um ihn streiten müssen«, sagt Gina, als sie mein Zimmer betritt. Es ist die alte Gina, nur in dünn. Sie ist überhaupt kein bisschen fett. Hinter ihr kommt Dr. Trappe mit einem Klemmbrett unter dem Arm.

»Wenn die Damen uns einen Augenblick alleine lassen würden?«

71

Dr. Trappe steht neben mir.

»Wie geht's dir?«

»Gut«, sage ich.

»Hast du gegessen?«

»Ja«, sage ich.

»Hast du geduscht?«

»Ja.«

»Wie ist das Wetter heute?«

»Gut«, sage ich.

Er macht ein Kreuz auf dem Zettel auf seinem Klemmbrett.

»Weißt du, warum du hier bist?«

»Ja.«

»Warum?«

»Keine Ahnung.«

Er nickt und macht sich eine Notiz.

»Mit wem hast du eben gesprochen?«

»Gina?«

Dr. Trappe schreibt etwas auf seinen Zettel.

»Sonst noch jemand?«

»Ja. Hanna.«

»Das ist doch schon mal was«, sagt Dr. Trappe.

»Und Joe ...?«, versuche ich es vorsichtig.

»Hier gibt es keinen Joe«, sagt Dr. Trappe.

72

Ich stehe vor dem Süßigkeitenautomaten, vor dem ich vor fünfzehn Jahren das letzte Mal gestanden habe. Ich starre auf den Geldschlitz. Er ist abgeschabt, als ob er sich weigern würde, die Münzen, die man hineinwerfen muss, anzunehmen.

Mein Blick wandert über den Flur. Dort steht der Wagen mit Kaffee und Tee, als hätte er immer dort gestanden. Ich sehe durch das Fenster nach draußen. Keine Enten. Aber dafür Willi mit einem Körbchen voller Sportartikel.

Ich betrachte meine Hand. Es ist unverkennbar die Hand eines ungefähr sechzehnjährigen Jungen. Warum bin ich hier? Ich ahne etwas, aber das möchte ich nicht glauben. Ich möchte nicht, dass der ganze Sommer und die folgenden Jahre nur ein Traum gewesen sind. Kann es sein, dass ich erst vor zwei Tagen versucht habe, mir das Leben zu nehmen? Aber woher wüsste ich dann, dass Hanna Hanna heißt und das Gina Gina ist? Woher würde ich Dr. Trappes Namen kennen, und wieso sieht Hanna in meiner Erinnerung so aus, wie sie gerade ausgesehen hat? Ich weiß, was sie trug, ich kenne die Teddysocken, und ich weiß, warum sie den Rollstuhl hat. Das Gipsbein ist allerdings neu. Warum Gina allerdings so dünn ist, das kann ich mir nicht erklären. Sie war dick, sie war richtig fett gewesen. Und sie hat nie gelacht.

Was war mit dem Rest meiner Erlebnisse? Hatte ich das nur geträumt? Das konnte nicht sein. Joe? Das steht auf einem ganz anderen Blatt. Laut Dr. Trappe gibt es ihn jetzt genauso wenig wie vor fünfzehn Jahren.

Vor fünfzehn Jahren.

Lächerlich.

Sollte ich Dr. Trappe darauf ansprechen?

Sollte ich mit meinen Eltern reden?

Ich stehe wieder vor dem gleichen Problem wie mit Joe.

Sage ich es, halten mich die anderen für irre.

Sage ich nichts, halte ich mich für irre.

Gibt es nicht jemand Neutralen, den ich fragen könnte? Frau Cielo? Ich springe auf und gehe zum schwarzen Brett. Frau Cielos Name steht nicht drauf. Nur Herr Groschinsky. Soll ich ihn fragen? Quatsch. Er wird mir wieder irgendwas von Suchtverhalten erzählen. Oder die anderen aus der Gruppe? Sind es die Gleichen wie damals? Was wird mit denen sein? Bekim? Fummelt er sich immer noch in der Hose rum? Macht Jens noch Spuckeblasen? Damian? Scheiße, Damian. Hoffentlich ist er nicht mit Hanna zusammen. Eifersucht überkommt mich. Auch ein Zeichen dafür, dass ich nicht einfach nur geträumt habe.

Die Tür zum Flur öffnet sich. Gorleben tritt ein und schleicht über den Gang.

»Daniel!«, rufe ich.

Er sieht mich an, als ob wir uns nicht kennen.

»Ja?«

»Warst du eine rauchen?«, frage ich.

»Wieso?«, fragt er.

»Nur so.«

Er geht einfach weiter. Gorleben kennt mich also offenbar nicht.

Wer bleibt noch? Silke Breuer? Ich könnte bei ihr klingeln

und ganz dummdreist fragen, ob wir mal was miteinander hatten.

»Du, sag mal, hat uns deine Tochter nicht damals erwischt, als wir gerade Schluss gemacht hatten und du unbedingt ... nein? Habe ich nur geträumt? Ach was. Na dann alles Gute.«

Eher nicht so eine gute Idee ...

Wer sonst noch?

Körper-Klaus! Der musste mich kennen. Er hatte mich tätowiert. Wenn Körper-Klaus mich nicht kennen würde, dann war alles nur ein ganz abgedrehter Traum gewesen. Ich will gerade wieder aufspringen, als mir etwas einfällt. Wenn Klaus mich tätowiert hätte, dann müsste ich ja auch noch eine Tätowierung haben.

Ich beginne zu zittern.

Ich beginne zu schwitzen.

Gina, die dünne Gina, kommt aus ihrem Zimmer – das gleiche Zimmer wie damals – und geht zum Automaten. Sie sieht mich, dreht um und geht auf mich zu.

»Alles okay mit dir?«, fragt sie mich.

Ich schüttele den Kopf.

»Kann ich dir helfen?«

»Du bist so dünn«, sage ich.

Sie lächelt.

»Ja«, sagt sie.

Was soll man auch sonst sagen?

»Warst du mal dick?«, frage ich.

Sie überlegt.

»Man nimmt hier drin nicht direkt zu«, sagt sie, »vielleicht habe ich ein, zwei Kilo abgenommen? Warum?«

»Und deine Mutter?«

»Die war auch nie dick.«

»Das meine ich nicht.«

»Was meinst du? Was ist mit meiner Mutter?«

»Dreht sie noch Filme?«

Sie schaut mich jetzt eher verstört an.

»Was für Filme?« Sie kichert. »Meine Mutter dreht eher Däumchen.«

Ich beschließe, nicht weiterzufragen.

»Kannst du mir einen Gefallen tun?«, frage ich Gina.

Sie schaut jetzt eher skeptisch.

»Kannst du mal schauen, ob ich eine Tätowierung habe?«

Gina schaut mich an. Sie merkt, dass ich keine Anmache starten will.

»Na«, sagt sie, »das ist ja schon fast originell. Wo soll das gute Stück denn sein?«

»Arm«, sage ich.

»Und welcher?«

»Rechter!«

Sie beugt sich vor.

»Na gut, dann will Tante Gina mal nicht so sein und sich den Arm des Patienten anschauen.«

Während sie sich mit meinem Hemd beschäftigt, flüstert sie mir etwas ins Ohr.

»Ich sage dir was, die Hanna hat sich in dich verknallt. Schon als du in deinem Zimmer lagst und geschlafen hast.«

Ich ziehe den Arm zur Seite und schaue Gina an.

»Ich sage die Wahrheit«, sagt Gina. »Und jetzt gib her.«

Sie krempelt meinen Ärmel hoch. Ich schließe dabei die Augen.

»Und? Habe ich eine Tätowierung?«

»Mhhh«, macht Gina.

»Was bedeutet mhhh?«

»Du hast eine Tätowierung«, sagt Gina.

Mir wird heiß und kalt.

»Und dein Hemd ist an den Achseln durchgeschwitzt. Das ist ein bisschen eklig.«

»Was ist das für eine Tätowierung?«

Gina geht näher dran. Ich spüre ihren Atem auf meinem Oberarm.

»Es sieht aus wie ein Herz mit einem Namen drin.«

Ein Herz mit einem Namen?

»Was für ein Name?«

»Joe!«, sagt Gina.

Ich öffne die Augen und schaue selbst.

Da ist ein Herz und da steht tatsächlich *Joe* drin.

Aber über dem Herz ist noch etwas anderes.

Da ist ein halb vernarbter Totenkopf.

Gina steht auf. Sie wirkt enttäuscht.

»Ich hoffe, ich konnte dir helfen.«

Ich nicke abwesend.

Sie beugt sich noch einmal runter und flüstert wieder.

»Und das mit Hanna, das ist wirklich wahr ...«

Gina kneift ein Auge zu und geht.

Ich bleibe wie vom Blitz getroffen sitzen.

Der Totenkopf von Klaus ist da. Die Tätowierung ist verblasst und vernarbt, aber vorhanden. Das bedeutet: Ich habe nicht geträumt. Es ist passiert. Wo das Herz herkommt – keine Ahnung. Es erinnert mich allerdings sehr an das Herz, das ich in der Bushaltestelle gesehen habe, in der ich Hanna zum ersten Mal geküsst habe.

Ich weiß nicht, was hier abgeht, kein Plan, was passiert ist.

Aber ich weiß, dass es einen gibt, bei dem ich eine Frage guthabe.

Und wenn nicht jetzt – wann dann?
Ich brülle, so laut ich kann:
»JOE!!!«
Nichts.
Ich versuche es anders.
»WO BIST DUUUUU?«
Ein Rascheln. Dann die alte, wohl bekannte Stimme.
»Nicht so laut, du Vollpfosten!«
Joe. Seine Stimme.
»Und korrekt muss deine Frage lauten: Wer bist du? Und nicht: Wo bist du?«
Joe.
Ganz der Alte.

73

Die Bank am Ententümpel neben der Klinik. Die Enten scharen sich um den Erpel. Sind es dieselben Enten? Sind es ihre Nachfahren? Ich starre auf die Wasseroberfläche. Eine Mücke landet. Um den Landungspunkt herum werden winzige, zarte Kreise größer und verschwinden.

Joe. Ich möchte ihn umarmen. Ich möchte ihn gar nicht mehr loslassen. Aber ich bin viel zu aufgeregt, um überhaupt etwas zu machen.

»Habe ich das alles nur geträumt?«, frage ich.

Joe zeigt auf meinen Arm, dorthin, wo die Tätowierung ist.

Ja, die ist da. Und? Ist das ein Beweis?

»Sie ist noch schöner als vorher«, grinst er.

Ich bin mir nicht ganz sicher.

»Träume ich vielleicht jetzt?«

Er schüttelt den Kopf.

»Bin ich vielleicht tot?«

Er schüttelt den Kopf.

»Wieso lebt Hanna? Warum ist Gina dünn?«

Er schaut mich an, zuckt mit den Achseln.

»Wo sind die letzten fünfzehn Jahre?«, rufe ich.

Joe bleibt ruhig. Er grinst sein »Joe-Grinsen«.

»Osnabrück?«, schlägt er vor.

Scheiße, ich muss lachen.

74

»Wenn jemand so einen Scheiß macht wie du, dann kommen wir manchmal«, erklärt Joe.

»Wer ist wir?«

Joe legt den rechten Zeigefinger über seine Lippen.

»Wir sagen nicht, dass man sich nicht selbst töten darf. Wenn man sehr krank ist und unter Schmerzen sterben muss, wenn dann zum Beispiel jemand – sagen wir – nachhilft, dann kommen wir nicht. Dann ist das so.«

»Wer ist wir?«, frage ich noch einmal.

»Na, zum Beispiel sie und ich.«

Joe zeigt auf den Platz neben mir.

Dort sitzt Frau Cielo.

Schön wie immer, in einem wunderbaren Kleid, mit herrlichen Stiefeln und ihrem bezaubernden Lächeln, das Amulett zwischen den Brüsten.

»Was ...«, stammele ich, »was ...«

»Hör ihr einfach zu«, unterbricht mich Joe.

Frau Cielo legt mir eine Hand auf meinen Arm.

»Keine Angst, Red!«

Ich habe keine Angst. Dafür bin ich viel zu verstört.

Ich überlege kurz, ob ich mir selbst ein paar in die Schnauze hauen soll, um wach zu werden. Frau Cielo schaut mich an, während sie zu mir spricht.

»Du warst traurig, du hattest vor allem Angst, du hast in nichts einen Sinn gesehen, du hast ständig befürchtet zu versagen und deswegen nichts wirklich begonnen, du hast alle

Menschen als Gegner empfunden, du hattest keine Freunde, du hast dich nicht getraut, anderen gegenüber etwas zu empfinden, du warst in einer schlimmen Sackgasse.«

Da hat sie recht.

»Überleg mal: Warum hast du versucht, dein Leben zu beenden?«

Ein fieser Zwerg sitzt auf meinem Hals und boxt mir auf die Stimmbänder. Ich kann nicht antworten.

Sie atmet tief ein.

»Ihr Menschen tut, als wäre der Tod etwas Unnatürliches, Schlimmes. Das ist er nicht. Es ist einfach das Ende eines Zeitabschnitts. Das Ende eines Lebens.«

Ich schaue Joe an.

»Bist du kein Mensch?«

Er ignoriert meine Frage. Frau Cielo redet weiter.

»Es gibt kaum Menschen, die keine Angst vor dem Tod haben. Warum?«

Ich denke nach, aber sie beantwortet die Frage schon selbst.

»Weil man nicht weiß, was passiert?«

Ja?

»Man weiß sowieso nicht, was passiert. Man kann es nur ahnen und planen und Vorsorge treffen. Das machen Menschen. Planen, planen, planen. Und bei allen Planungen vergessen sie zu leben. Sie sehen nicht mehr, was ihnen eigentlich geschenkt wird. Wer weiß, wann das Leben zu Ende ist? Niemand. Aber alle tun so, als gäbe es diesen Zeitpunkt nicht. Und das Leben ist eben manchmal sehr schön und manchmal eben nicht.«

»Und was hat das mit mir zu tun?«

»Schau dir deine Probleme an! Was waren das für Probleme? Haben sie irgendetwas mit dem wirklichen Leben zu tun gehabt?«

Ich überlege.

»Was soll denn das wirkliche Leben sein?«

Joe grinst.

»Nichts anderes als ein Geschenk.«

»Ein Geschenk?«

»Ja«, sagt Frau Cielo, »ein bedingungsloses Geschenk. Du musst nichts dafür tun, dass du geboren wirst. Das Beste, was du tun kannst: Genieße dein Geschenk. Mach das Beste draus. Denn irgendwann geht es kaputt. Wie alles. Alles hat ein Ende.«

»Warum?«

»Was wäre, wenn es kein Ende geben würde? Wenn man ewig leben würde? Wäre das gut? Was würde man tun? Man würde alles immer wieder auf morgen verschieben und nie etwas beginnen. Sieh die Endlichkeit als eine Art Antriebshilfe. Und genauso ist es mit Freude und Schmerzen. Das eine gibt es nicht ohne das andere.«

»Weißt du, niemand will sich eigentlich wirklich umbringen. Es ist, wie ein Geschenk wegzuwerfen, ohne es ausgepackt zu haben.«

Das kommt mir verdammt bekannt vor. Ich schaue zu Joe. Er nickt.

»Wir wissen, ob jemand sich wirklich umbringen will«, sagt Frau Cielo, »oder ob es nur ein Hilfeschrei ist.«

»Wer ist denn wir?«, will ich wissen. Doch sie übergeht meine Frage.

»Du hattest nichts geplant. Es war eine Kurzschlusshandlung. Du wolltest nicht wirklich tot sein. Du hattest nur Angst vor dem Leben. Angst, dein Geschenk auszupacken.«

»Wir schicken dann jemanden, der prüft, ob wir richtigliegen und ob wir etwas tun können.«

»Wer ist wir?«

»Wir«, sagt Joe, »sind Rüberbringer.«

»Rüberbringer?«

»Ja.«

»Was ist das?«

Joe lacht.

»Stell es dir so vor: Du stehst auf einer Seite des Flusses und willst auf die andere.«

»Und du bringst mich rüber?«

»Nein!«

»Was dann?«

»Ich prüfe, ob du überhaupt rüberwillst!«

»Und Sie?«, frage ich Frau Cielo.

Sie lächelt ihr »Frau-Cielo-Lächeln«.

Joe antwortet für sie. Eigentlich stammelt er eher.

»Sie ist sozusagen ... eine Art ... so ein bisschen ... wie soll ich ...«

»Ich bin seine Chefin«, sagt Frau Cielo. Resolut und bestimmt.

»Und was hast du mit mir gemacht?«, frage ich Joe. »Erklär es mir!«

»Ich habe dir dein Leben gezeigt.«

»Also wird das alles, was ich erlebt habe, passieren?«

Die beiden sehen mich an, ich lasse ihnen aber gar keine Zeit zum Antworten.

»Warum lebt Hanna? Lebt sie überhaupt? Gibt es sie überhaupt? Warum ist Gina dünn? Warum habe ich die Narbe von der Tätowierung? Warum sieht die Narbe aus, als wäre sie alt? Wo kommt das Herz her? Wo sind die letzten Jahre?«

»Wie gesagt«, sagt Frau Cielo, »wir haben verschiedene Möglichkeiten. Dir dein Leben zu zeigen, empfand ich als richtig.«

»Eigentlich war es meine Idee«, sagt Joe.

»Stimmt«, sagt Frau Cielo.

»Warum?«

»Schau dich an!«

»Und?«

»Bist du noch wie vorher?«

»Nein.«

Frau Cielo streichelt meine Schulter.

»Du hast geliebt, du hast gehofft ...«

Joe unterbricht sie wieder.

»Du hast gefickt ...«

Frau Cielo straft Joe mit einem bösen Blick, sie ergreift wieder das Wort.

»Du hast Liebe gemacht, du hast Liebe erlebt ...«

Joe fällt ihr noch einmal ins Wort.

»Du hast endlich mal was Verbotenes gemacht, du hast geklaut ...«

Frau Cielo unterbricht ihn erneut.

»Du hast zu dir gestanden, du hast bereut, du hast geweint, du warst verzweifelt, du warst da, du hast gefühlt, du hast gelebt!«

»Laber, laber, laber«, sagt Joe. »Frag dich doch mal, wo deine blöde Wolke hin ist?«

Automatisch schaue ich hoch, sehe aber natürlich nichts.

Frau Cielo zeigt auf die Tätowierung auf meinem Arm.

»Das mit dem Herz und Joe, das tut mir leid. Da habe ich mal kurz nicht aufgepasst.«

Joe grinst nur.

»Und was jetzt?«, frage ich.

»Jetzt?«, fragt Frau Cielo.

»Ja, jetzt«, sage ich. »Ihr habt mir gezeigt, was mein Leben ist. Die Hälfte davon war gut, die andere beschissen. Ich habe Hanna geliebt, ich habe sie verloren.«

»Tja«, sagt Joe.

»Hanna wird sterben. Warum soll ich den ganzen Scheiß noch einmal mitmachen?«

»Tja …«, sagt Joe wieder.

»Was soll dieses blöde *Tja*?«, fahre ich ihn an.

»Tja«, sagt er noch einmal, »das ist die Sache mit uns Rüberbringern. Wir zeigen euch euer Leben. Euer mögliches Leben …«

»Was soll das heißen?«

»Das bedeutet, dass es möglich ist, dass alles so passiert …«

»Möglich?«

»Ja. Möglich. Möglich aber auch, dass nicht …«

»Dass nicht?«

Ein Gefühl von Hoffnung durchfährt mich, als hätte ein Blitz eingeschlagen.

»Das bedeutet: Hanna stirbt vielleicht nicht?«

Frau Cielo schüttelt den Kopf.

»Nicht sterben ist für keinen Menschen eine Option.«

»Und was soll das Ganze dann?«

Joe grinst.

»Vielleicht stirbt sie ja erst mit neunzig an Altersschwäche?«

»Was?«

»Oder wird mit achtzehn von einem Auto überfahren …?«

»Warum …?«

»Oder du wirst es nicht wissen!«

»Warum?«

»Weil ihr euch nicht ineinander verliebt?«

Nein, das kann nicht sein. Das darf nicht sein.

»Das ist Quatsch«, rufe ich.

»Na gut«, lächelt Frau Cielo.

Ich denke nach.

»Ist sie nicht krank?«

Joe schüttelt den Kopf.

»Ich bin nur ein Rüberbringer. Ich weiß nicht alles.«

Hilfesuchend schaue ich Frau Cielo an, aber auch sie schüttelt den Kopf.

Ich denke an Hanna. Wie sie eben, wie sie vor ein paar Minuten war. An Hanna mit fünfzehn. An ihren Rollstuhl. An den Tropf. An die Teddysocken. Ich seufze. Sie hat die Krankheit. Sie wird sterben. Auf der anderen Seite – vielleicht hat sie die Medikamentenunverträglichkeit nicht? Unwahrscheinlich. Vielleicht findet man aber irgendwann ein Medikament, das sie doch verträgt? Es könnte sein. Aber warum?

Ja, warum? Geht das?

»Du musst dich entscheiden«, sagt Joe. »Was willst du? Willst du leben? Willst du es drauf ankommen lassen? Es wird nie alles *immer* gut sein. Aber es wird gut sein. Und es wird auch mal nicht gut sein. Manchmal ist es wunderbar, manchmal ist es beschissen! So ist das Leben eben.«

Während er spricht, entdecke ich Gina und Hanna. Sie kommen aus der Klinik und sehen uns. Gina winkt. Hanna auch. Sie steht. Sie hat keinen Rollstuhl. Sie hängt an keinem Tropf. Sie hat einen Gips. Sie humpelt. Und Gina sieht so gut aus.

So zufrieden.

Mir kommt ein Verdacht.

»Hatte Gina auch einen …«, es fällt mir schwer, das Wort auszusprechen, »… Rüberbringer?«

Joe lächelt nur.

Das würde natürlich einiges erklären.

Erklären? Lächerlich in diesem Zusammenhang. Aber kann das sein?

»Warum ist Gina denn in der Jugendpsychiatrie?«, frage ich Frau Cielo.

Sie sieht mir in die Augen.

»Welche Jugendpsychiatrie?«

»Na, hier«, sage ich.

»Bist du sicher, dass das hier eine Jugendpsychiatrie ist?«

Was?

»Vielleicht bist du ja auch einfach nur die Treppe runtergefallen?«, sagt Joe. »Könnte ja sein, oder?«

»Hey, Red!«, ruft Hanna. »Redest du mit dem Wind?«

»Nee, mit Joe und Frau Cielo«, will ich sagen und drehe mich zur Seite.

Aber da ist niemand.

»Komm mal zu uns«, ruft Hanna. »Wir wollen noch mal deine coolen Tattoos sehen!«

Ganz leise höre ich ein letztes Mal Joes Stimme.

»Gute Entscheidung. Lauf schon!«

DANKE

Ich bedanke mich bei Mini Gebauer für Probelesen, bei Steve Van Velvet, für das Überlassen seiner schönen Gedanken über Deutschrapper, bei Emma, für das Eliminieren sprachlicher Entgleisungen, bei Christian Walther, meinem Lektor, ohne den dieser Roman entweder ein Kinderbuch oder ein Porno geworden wäre und muchas gracias an alle in 4molinos – el mejor lugar para escribir!